殺人十角館

綾辻行人

十角館の殺人

30週年紀念愛藏版

洪韶英、王華懋——譯

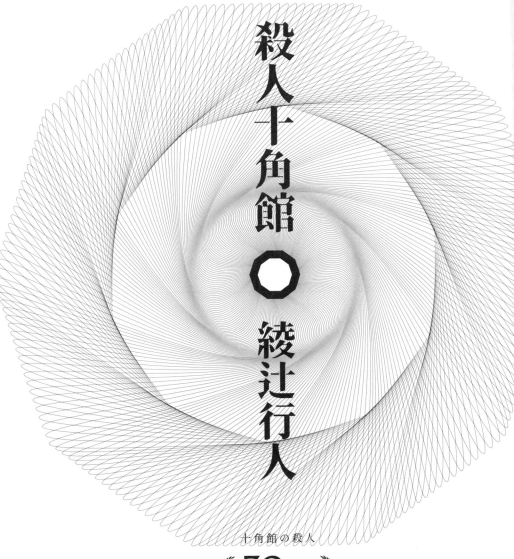

三十週年感懷自述

一九八七年九月五日，講談社 NOVELS 版《殺人十角館》付梓問市時，我當然甚至未曾想像過三十年後的未來會是這番光景。出版一本書，實現了我從少年時代開始「想要成為推理作家」的夢想，是莫大的喜悅，但對於往後是否能以職業作家身分餬口度日的現實問題，我並沒有太多的深思。

況且，當時我不認為《十角館》有希望「大賣」。這是無名新人徹底背離時代趨勢的作品。大學的推理研究會成員前往無人島，在那裡發生了阿嘉莎・克莉絲蒂的《一個都不留》式的連環命案——光是看到這樣的劇情簡介，肯定就會有許多人心生排斥：「這年頭誰會讀這種毫無現實感的玩意兒啊？」當時的社會氛圍令人不由得作出這樣的反應，實際上這一類的批評也不少。然而另一方面，出版之後，也意外地得到不少正面的迴響。我收到各界「我一直想讀這樣的推理小說」的聲援，令我獲得了不少自信。

以結果來說，在此一時期出版的《十角館》宛如一聲起跑信號，掀起了所謂的「新本格推理熱潮」。不只是「想要讀」，也「想要創作這種推理小說」的、主要與我同年代的寫手們紛紛挺身投入創作。從八〇年代末到九〇年代初的那段不可思議的亢奮氛圍，我至今難忘。

在我的認識中，接下來九四年至九六年，在京極夏彥及森博嗣等人登場後，「新本格」宣告結束。從他們以後，已經不是「新」，而應該視為「現代本格」的洪流去談論才對。

不過最近十年左右，又開始有許多年輕時候讀到《十角館》等「新本格」作品而受到衝擊和影響的新作家登場。這對我來說，真是一件非常值得欣喜的事，我也非常期待往後的發展。

從出版到經過三十年的現在，《殺人十角館》這部作品依然持續獲得新讀者，這個事實除了喜悅，也令我極為驚奇。撰寫當時，我滿腦子只有「我要寫我自己想讀的作品」這個念頭（雖然現在也幾乎不變），而幸運的是，當時的志向（或者說笨拙）似乎賦與了這部作品即使經過如此漫長的歲月，仍歷久彌新的特質。

往後《十角館》還能被人們閱讀多少年，我有些沒把握。

總而言之，以三十年的「現在」做為一個分水嶺，我想要再加個一、兩把勁，繼續書寫「自己會想讀的作品」，並創作不輟——二〇一七年現在，綾辻深切地如此期許。

*

接下來我還是想要借用這裡的篇幅，向以下幾位再次由衷獻上感謝。

首先第一位是小野不由美女士（——雖然很想敬稱「主上」，但感覺會被她罵：「不准！」還是克制一點好了）。

畢竟如果沒有在一九八一年秋天與她認識，《殺人十角館》這部作品就絕對不會問世。「真正享受讀者應該會在結局發出的驚嘆之聲的權利」，不管是在過去、現在還是將來，都一樣最優先屬於她——真的很感謝妳在這三十六年的漫長歲月裡，一直陪在我身邊支持著我。

接下來當然是島田莊司先生（——雖然很想敬稱「老師」，但感覺他會訝異：「現在才在跟我客套什麼？」還是克制一點好了）。

如果沒有在一九八四年初遇到島田先生，「綾辻行人」這名推理作家絕對不會出現在世上。我想起我們認識那一年，季節應該已經是深秋了，我和島田先生在京都衣笠一帶當時的咖啡廳「皮耶爾」的溫室風座位一隅促膝長談的情景。當時島田先生詳盡地告訴我他讀完《十角館》初稿（當時的標題是《追悼之島——十角館殺人事件——》）後的感想和意見。這些意見，都應用在後來幾次的改稿上了。然後在八七年《十角館》出版時，島田先生為我寫了一篇再強而有力不過的推薦文——「現代本格」的巨人，果然是我最大的恩人。

還有竹本健治先生和磯田秀人先生。

我是在一九八四年冬天認識竹本先生的。當時我已經和島田先生過從甚密，但仍對自己的才華毫無自信，這時竹本先生讀了我致贈的《蒼鴉城》（京都大學推理小說研究會的會誌）上的幾篇短篇，寫信給我說：「我還想要讀到你更多的作品，所以不負責任地建議你成為職業作家。」他的話推了我一把。

在竹本先生的介紹下，我認識了磯田先生。磯田先生當時身為「Kitty music corporation」的音樂製作人，也兼做小說家和漫畫家的經紀業務。磯田先生說「我想讀你的長篇」，我便把《十角館》的初稿寄給他，結果他說：「我覺得很有意思。我來替你向出版社推銷吧！」很快地，出書的計畫變得具體起來。如果那個時期沒有這樣的機緣，也許《十角館》終究不會面世——竹本先生和磯田先生對我來說，也一樣是恩人。

還有已故的宇山秀雄（宇山日出臣）先生。

一九八六年春天，《十角館》大幅改稿完畢，磯田先生立刻帶著稿子找了幾家出版社推銷，但遲遲沒有編輯部願意收下。然而就在隔年八七年，稿子一交到講談社的宇山先生手上，出版計畫便迅速動了起來。眾所皆知，宇山先生在出版《十角館》後，接連提拔了許多「新本格」的新人，是一位名伯樂。他從講談社屆齡退休後，在二〇〇六年夏季離世，對我來說，比起恩人，他更接近同志與摯友——如果宇山先生還在世，肯定會為這次珍藏版的出版欣喜不已。

*

這裡我想再次寫下與距今十年前——二〇〇七年出版的《殺人十角館（新裝修訂版）》（講談社文庫）〈後記〉的末尾幾乎相同的文字。

「獻給我所敬愛的每一位前輩」。後來經過了超過三十個年頭，但是在開頭寫下這句獻辭時的心情，在我的心中至今依然如故——這樣的心情，往後即使再過十年、二十年，一定依舊堅定不移。

綾辻行人

二〇一七年夏

MEMORIES 追想館——

從文壇出道時的照片及原型《追悼之島》的親筆原稿，回顧綾辻行人的起點。

《殺人十角館》出版前的一九八七年七月，攝於京都。

殺人十角館
講談社 NOVELS 版
一九八七年九月五日初版
裝幀：辰巳四郎

攝於哲學之道旁，現在已不存在的咖啡廳「若王子」。
攝影：宇山秀雄。

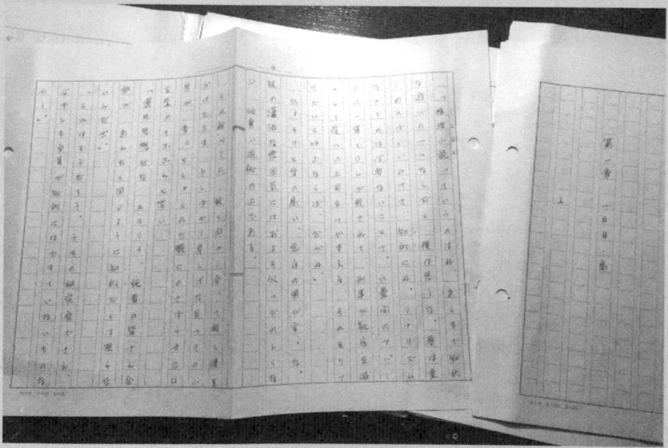

第一章開頭的原稿。

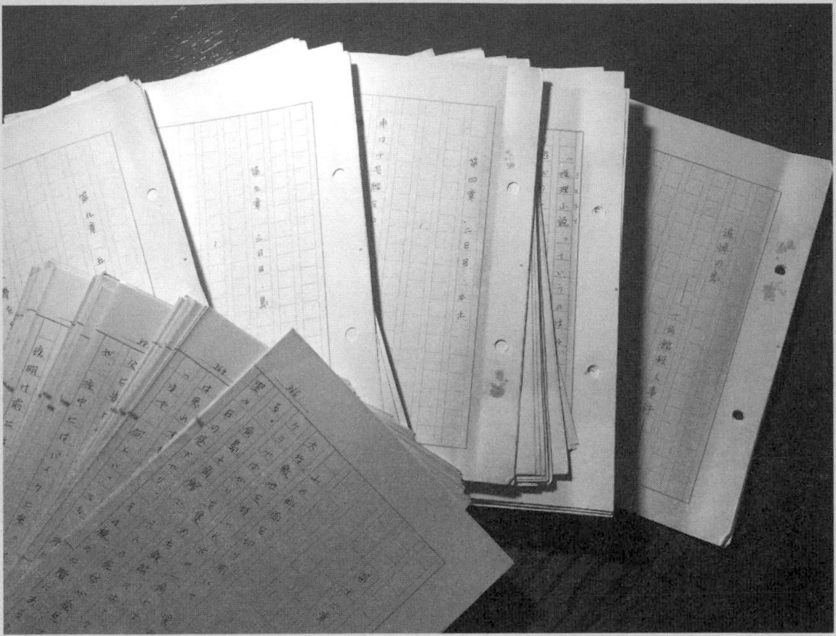

《追悼之島》親筆原稿。
副標題為「十角館殺人事件」。

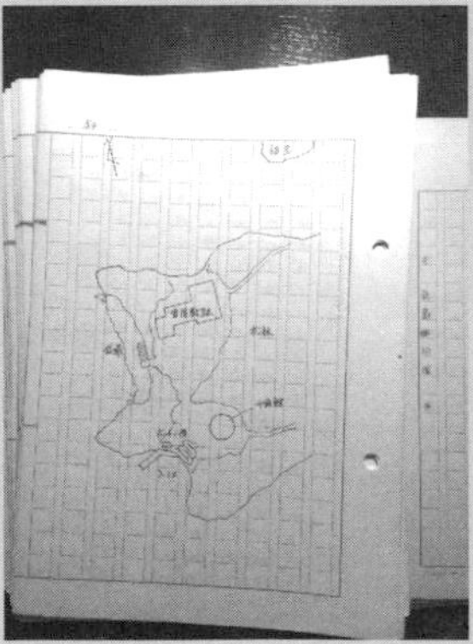

角島的手繪地圖。

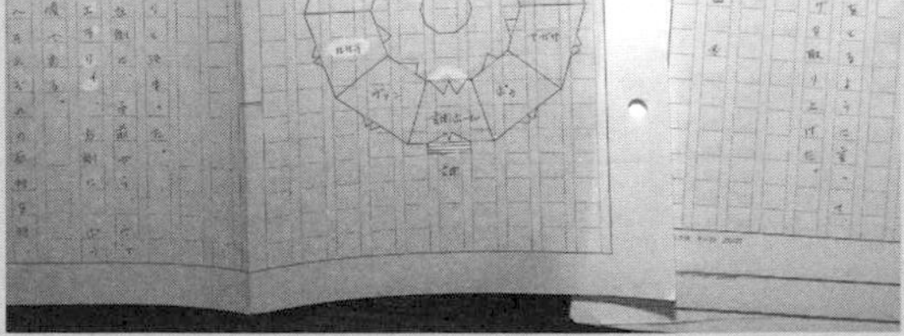

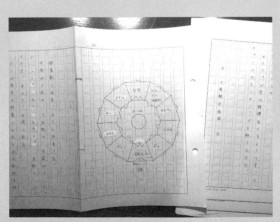

十角館的手繪平面圖。

推薦序——

綾辻流本格的意義

日本推理小說之神 島田莊司

日本的本格偵探小說是自江戶川亂步將海外作品翻案而始，當時為了迎合讀者口味，產生不少朝向煽情、獲得更多讀者青睞的作品，逐漸忘卻了本來的理論性思考，文學作品成為了怪奇化品味，之後的日本推理，是一段必須不斷努力將這種通俗印象抹去的歷史。

放手一搏刷新這種印象而登場的無疑是文學推理的巨人松本清張，不過他的作品偏重文學性，加上大半的劇情都在雜誌上連載，偏離了伏線的埋設、公平提示推理材料等本格推理小說的規則。日本的本格偵探小說就這樣漸漸忘了原點，而一般小說化了。

在美國因為范・達因的出現，展現了本格偵探小說最有效率、閃耀的作品風格。基本構造是在具有古風的建築物內、閉鎖的環境氣氛中，將不可能的密室殺人趣味，發揮到淋漓盡致，以一名行事作風帶有貴族氣息的外來紳士偵探，在公平的材料提示下，尋找出異於平常卻又帶有說服力的動機，並在一群奇怪的登場人物中，指認出意外的犯人。這是從愛倫・坡以降的本格偵探推理小說群中，過濾出歐洲式的貴族趣味，將其中最有魅力的要素萃取出來。

可是日本的偵探小說，先要克服前述所說的自家發展狀況，加上社會內部氣氛上還存留有封建的威壓習氣，日本作家們的筆尖，只好沉溺在感情式的人間關係泥淖中蠕動，難以釀造出宛如范．達因流那般知性爽朗明快的筆調。

可是綾辻行人卻無視於這樣的日本形態的人間關係，可以說是以他獨特的筆調，成功地將范．達因流的趣味內化其中。而且，既不像歐洲沙龍式的夸夸其談，也不是橫溝正史般的日式布局。他將登場人物符號化，不敘述其背景或人際關係，其手法就像是毫不在意地擺弄遊戲中的棋子。

日本的偵探小說自從發現了這個聰明的方法之後，終於把范．達因流的偵探趣味裝進自家的藥籠裡，結果也可以說是回歸到原點。綾辻行人的登場深具此一重大意義，而且即使遇上了電腦遊戲世代，這些遊戲狂的年輕人完全無視於其中略微艱澀的文學性，成為了以頭腦解謎為志向，綾辻本格流的讀者。

我覺得綾辻行人作品中登場的人物們，是為了創造讓文學為肌理的日本人期待的真實對話情境為目標，由於文章本身幾乎沒有文學風微妙的情緒趣味，經過知性的中文翻譯，感覺更純粹，讓小說的結構意圖更彰顯出來，令人意外的威力因此倍增不少。

——錄自二〇〇六年九月《殺人十角館》全新版專文推薦

推薦序——

綾辻推理的魅力

日本推理小說家　有栖川有栖

聽說綾辻行人的推理小說在台灣受到廣大讀者的歡迎，同為日本推理作家的我，不，應該說身為推理小說迷的我來說，實在是一件令人高興的事情。

本格推理小說的趣味，就這樣穿越國境散布開來。藉由這次「殺人館」系列全新版的推出，希望能再增加許多台灣的綾辻粉絲。

以怪奇、幻想妝點的華麗殺人劇。

精緻的推理與衝擊性滿點的結局。

這就是綾辻推理的魅力。一旦品嘗過這樣的滋味，就很難不愛上他。從十角館到水車館、迷路館，你不是一趟又一趟繼續著知性冒險之旅嗎？

綾辻和我不僅年齡、出道的時期相近，就連出生的土地和就讀的大學也在同一區，我們還沒有成為推理小說家之前就已經是很熟的朋友了，是對彼此工作都深感敬意的好友。與他一起成為「安樂椅神探」電視劇系列的原著作者，是我最感到驕傲的事情。

和他一起共同創作尋找犯人的連續劇原著，使我重新認知到某件事情，那就是「綾辻行人真的是很喜歡本格推理小說」、「他真是超愛騙人的」。當然這裡所說的「騙人」並不是他真的是個騙子，而是指他很喜歡讀者有「被騙了，原來如此」這種驚喜和快樂，這對他來說簡直就跟貪念一樣。意外的驚奇，這就是綾辻推理的最大魅力。

私底下真實的他其實是很誠實的紳士，但也有小孩子喜歡惡作劇的那一面，他很喜歡魔術，也許是因為這種性格所致吧，他平常就很愛玩撲克牌，經常就在大家面前開始耍起魔術來。雖然他本人說：「跟以前相比技術真是退步了不少。」可卻是非常精采的表演呢！

綾辻的推理也可以說是一場紙上魔術表演，誘導讀者暈眩的大規模魔術。想像著看到結局被嚇了一跳、屏息的自己，綾辻一定是在一旁偷偷微笑著。

如果，你還沒有讀過「殺人館」系列，我實在很羨慕，因為接下來你將會有一段豐富又精采的時間可以度過。

拉開館的門扉，請進吧！有非常精采的暈眩正等著你呢！（請小心腳下唷……）

——錄自二〇〇六年九月《殺人十角館》全新版專文推薦

導讀——

揭示現代本格未來的新本格經典

日本推理小說評論家　玉田誠

本作《殺人十角館》是在日本本格推理史上，掀起所謂「新本格熱潮」的名作。然而在本作出版的一九八七年當時，成為新本格推理先驅的本作，卻遭到不少作家及評論家嚴厲地抨擊。還記得當時此一狀況的人，或許已經為數不多了。

對作品本身的批判，多半是針對它浸淫於「暴風雪山莊」這種古典推理形式美的故事外觀，以及「人物描寫單薄」這句話所反映的文體特殊性。然而只要看看《十角館》之後日本現代本格推理的盛況，可以說歷史已經證明了這類批評錯得離譜。

本作的故事世界乍看之下似乎浸淫於本格推理的形式美，但細心觀察，就能明白它絕非僅僅是模仿古典推理的形式而已。借用島田莊司的話，本格推理是「誘發讀者驚奇的人工裝置」，是與自然主義文學大為迥異的文學形式。本作品刻意採用古典推理形式美的「暴風雪山莊」模式，也並非單純的復古主義，其中隱藏了作者獨到的、為了讓讀者驚嘆的深謀遠慮。無論是宛如模仿古典推理的舞台裝置，或是登場人物的描寫，甚至是與自然主義文學大異其趣的文體，全都是為了使「誘發讀者驚奇的人工裝置」的作用及強度極大化的戰略及企圖——只要是讀過本作品的讀者，應該便可以輕易理解這一點。

至於「人物描寫單薄」的批判，如同前述，考慮到本格推理是異於自然主義文學的人工文學形式，毋庸贅言，在「人物描寫」的技法上，它自然應當要採取截然不同的手法。本格推理中的人物描寫，在根本上不同於運用記述文「文學式」的表現或文體來反映登場人物的心境或行動的一般文學作品。在做為「誘發讀者驚奇的人工裝置」的本格推理中，隱藏的真相隨著精緻的邏輯推理被揭開，徹底顛覆先前呈現的圖像，透過這樣的結構與技巧，鮮明地刻劃出登場人物的悲哀及喜怒哀樂等人間群像，撼動讀者的心。倘若留意本格推理在文學上的此種特殊技法，就能了解沒有驚奇的本格推理無法描寫真正的人性劇，而這也徹底翻轉了先前提到的「人物描寫單薄」的批評，揭露出本格推理的本質。

沒錯，在本作的最後直擊讀者的驚奇，正是這部小說是具備卓越人物描寫的本格推理傑作的佐證。同時我也必須指出，這部鮮明地刻劃人性大戲的「誘發讀者驚奇的人工裝置」，使用了島田莊司點出的「人物記號化表現」這種本格推理中首創的出色個性化技巧。但是乍看之下記號化、彷彿沒有血肉的傀儡的故事角色，在他們被捲入的悽慘事件背後，一以貫之的是作者的世代獨有的透徹的現實主義。只要是經歷過本作出版當時的日本社會的人，肯定會在本作的動機中感受到不同於古典推理鏡花水月的真實性。附帶一提，我也是其中一人。

本作品除了是利用古典推理的形式美做為機關，勾起讀者驚奇的新時代本格推理作品，同時也不能忘記，它亦是成功融合了怪奇幻想與本格推理之作。本作品當然屬於本格推理領域，但是事件過程中的種種狀況、末尾所描寫的「制裁」的內容，讓人感受到超越人知的神秘學興味。這樣的手法經過後續的《水車館》，誕生出後來在本格推理的事件構成要素及邏輯推理中，導入怪奇幻想的傑作《霧越邸殺人事件》（原譯《童謠的死亡預言》）。不必說，這部《霧越邸》更是催生出《姑獲鳥之夏》、《魍魎之匣》的京極夏彥，以及刀城系列的三津田信三等優秀的後繼作家。並且這種本格推理與怪奇幻想融合的ＤＮＡ，也由冷言的《上帝禁區》、《反向演化》及陳浩基的最新作品《山羊獰笑的剎那》等台灣推理作品確實承襲下去。即使歷經三十載的歲月，本作《十角館》所播下的種子，仍持續在日本現代本格結實出璀璨的成果，在台灣這裡，亦促使新世代的作家創作出許多傑作。

目錄

獻給令人敬愛的推理界前輩們

序章

夜晚的海邊，寂靜的時刻。

只有單調的海浪聲，從無止境的黑暗中翻湧而出，隨即又消退逝去。

他獨自坐在防波堤冰冷的水泥地上，全身籠罩在霧白的氣息中，與這龐然巨大的黑暗對峙著。

他已經為此痛苦了好幾個月，也煩惱了數週之久，這幾天以來更是一直思索著同樣的事。終於在此時此刻，他的意志正逐漸地向一個明確的方向集中。

計畫已經完成，準備工作也幾可告一段落，就只等待獵物們陷入圈套。

雖然如此，他一點都不認為自己的計畫無懈可擊。事實上，就某種意義來說，計畫不僅稱不上精密，反倒該說是天馬行空。可是，他壓根兒就沒打算籌設完美而精密的計畫。

再怎麼掙扎也改變不了人不能成神、人就是人的事實。希望成神或許不難，但是只要身為人類的事實存在，任何天才也無法扭轉乾坤。人既然不能成神，就不可能預知由人類心理、行動，以及不可知的偶然所構築的未來，更無法依照預想構思出完美的計畫。

即使將世界視為棋盤，把人類當作棋子，棋譜本身也會有一定的**格局**界限。因此，不管事先做了多麼審慎精密的計畫，也難保不發生意外的偏差。這個世界充滿太多偶然，人心更是善變，若自以為聰明地預估大局，根本行不通。

所以，目前最理想的計畫不是無謂地限制自己的行動，而是必須隨機應變，步驟盡量富於彈性——這是他得到的結論。

他必須避免一成不變的執行模式，**重要的不是情節，而是結構**；也就是在執行時，能夠隨時應變、最具彈性的結構。事情成功與否，就靠他自己的智慧與手法，還有運氣。

（我知道，人不可能成神……）

不過，以不同的意義而言，他的確將自己置身在神的立場上。

審判。

——對，審判。

他要他們——他們所有的人，接受名為「復仇」的審判。

超脫法律的審判。

他非常了解自己不是神，也不被容許這麼做。也深知社會必因他的行動視他為「罪犯」，尤其此次以復仇為名，知法犯法，一旦事跡敗露，他將被置於法律之下受審。

然而，他已經不能以這些常識去抑制自己的感情，絕對不可能。他的感情？不，沒有那麼輕忽草率。絕對不是！

這種不是單純衝動的激情，已成為他靈魂的吶喊，生命的依靠，甚至是生存的理由。

深夜的海邊。沉默時分。

他望著外海，不見星光或一絲行船燈光的黑暗彼方，反覆思索著計畫。

準備階段即將結束。不久，他們——罪孽深重的獵物們將要躍入圈套，布有十個等邊和內角的圈套。他們毫不知情，毫無疑懼地進入十角形的圈套中，使自己受困、只有遭到審判。

等待他們的只有死亡。對他們來說，那是理所當然的懲罰。

而且，絕對不是輕易解脫的痛快死法。不會用炸藥把他們所有人一次炸個粉碎，不是那種比較簡單確實的方法。

一定要把他們一個一個地按照順序殺掉。對，就像那位著名的英國女作家所構思的計畫——一個接著一個。要讓他們感受死亡的痛苦、悲慘、恐怖……

他自己也非常清楚，或許他的精神狀態在某種意義上已經瘋狂而且病態。

（我知道，無論我怎麼正當化，即將展開的這項行動絕對不正常……）

他面向漆黑如墨的夜海，緩緩地搖頭。

插在外套口袋裡的手觸摸著冷硬的物體，取出口袋裡的東西審視著。

那是個透明的淺綠色小玻璃瓶。

密封的瓶中裝著他擠壓自內心深處，人們稱為良心的玩意兒。他把計畫的一切內容化為幾張紙片，摺疊起來封入瓶中——蠅頭小字寫著他預定實行的行動內容，沒有收信人的告白之信……

（我知道，人不可能成神……）

正因為如此，他把最後的審判託付給非人的大自然。瓶子將流落何方並不是問題，只讓孕生萬物的海洋評斷他究竟是對是錯。

起風了，凜冽的寒風令人渾身顫抖。

他緩緩地把瓶子投入了黑暗的海中。

第一章——第一天・島

1

「老掉牙的論調——」**艾勒里**，一個瘦高白皙的俊美青年說道：「對我來說，推理小說是一種知性遊戲。也就是以小說形式，使讀者對名偵探，或讀者對作者產生刺激的邏輯遊戲，如此而已。

「所以，我不要日本盛行一時的『社會派』現實主義。女職員在高級套房遇害，刑警鍥而不捨地四處偵查，終於逮捕男友兼上司的兇手歸案——全是陳腔濫調。貪污失職的政界內幕、現代社會扭曲所產生的悲劇，全都落伍了。無論是否被指為不合時宜，最適合推理小說的題材，總歸還是名偵探、大宅邸、形跡可疑的居住者、血腥的慘案、撲朔迷離的案件、石破天驚的大詭計……虛構的情境更好，重要的是能享受推理世界的樂趣就可以了。不過，必須完全合乎知性的條件。」

四周是波浪平穩的海，油氣沖天的漁船發出不穩定的引擎聲前進著。

「真受不了。」坐在船緣的**卡爾**托著滿是腮青的下巴，撇了撇嘴。

「艾勒里，你很煩耶，張口閉口都是**知性**兩個字。你乾脆直說推理小說是遊戲，幹嘛老是加上知性，聽得我渾身不自在。」

「那倒真出乎我意料之外。」

「你那是民粹思想，並不是每個讀者都能體會你所謂的『知性』。」

「說得也是。」艾勒里若無其事地盯著對方。「我常常覺得這是件可悲的事。有時漫步在校園裡，就有痛心的感覺。光是我們的研究社成員，就已經不全是具有知性的人，其中也有**病態的**傢伙。」

「你找碴？」

「才怪。」艾勒里聳聳肩膀，接著說：「我可沒說是你哦！況且，我所說的『知性』是針對遊戲態度的問題，並不是批評任何人聰明或愚蠢。其實這個世界上並沒有毫無知性的人，同樣地，也沒有不懂得玩遊戲的人。我的意思是，那些人精神上是否有餘力來玩這種**知性遊戲**。」

「哼……」卡爾嘲笑似地冷哼一聲，別過臉看旁邊。

艾勒里嘴邊浮現柔和的微笑，看著站在自己身邊滿臉稚氣、戴著圓邊眼鏡的矮個兒男人。「你說呢，勒胡？就我們生存的現代而言，如果推理小說獨立的形成方法論，為知性遊戲另謀存在領域，這可不是件簡單的事。」

「哦……」**勒胡**偏著頭不明所以。

艾勒里繼續說：「這也是陳腔濫調。擁有努力不懈的勤勉刑警、堅強有力的組織、最新的科學搜查技術……當今的警察絕不無能，反而因為太有能力才傷腦筋。就現實面而言，現在哪像古時候名偵探仍以頭腦為唯一武器而活躍的餘地？如果名偵探福爾摩斯重生於現代都市，恐怕只能以滑稽的辦案方式引人側目吧！」

「你未免言過其實，不是也有所謂當代的福爾摩斯嗎？」

「不錯，那當然。他應會身懷最先進的法醫學和鑑識科學的知識登場，而且向可憐的華生說明個老半天。話中充滿讀者現有知識難以理解、成串艱澀的專門用語和方程式。於是就像——這太清楚了，華生。你連這個也不懂，華生……」艾勒里雙手插在短大衣口袋，輕輕地聳聳肩。「剛才說得太離譜了。不過，我還是那句話。毫無情調的警察機構並不值得喝采——它不及推理黃金時代的名偵探們，沒有華麗的『理論』和『推理』，只有超越名偵探的現代搜查技術。打算以現代為背景的**偵探小說**作家，一定因此陷入矛盾的死角中。

「因此，這個矛盾最簡易——這樣說也許有語病——而**有效的**解決辦法，就是以『暴風雨山莊』為表現模式。」

「有道理。」勒胡認真地點頭。

「所以，真正合乎推理小說**現代**主題的就是『暴風雨山莊』……」

時序已是三月下旬，春天的腳步近了，海風吹來卻依然冷冽無比。

九州大分縣東岸突出的S半島J海岬——船背向J海岬，從旁邊S區的小港口出發，目的地是那個距離海岬約五公里的小海島。

天氣晴朗，因為當地的春天常起塵砂，所以微白的天色取代了應有的藍空，呈球體狀的太陽滲出日光照射海面，呈現一片銀鱗。遠遠的陸地彷彿蒙著面紗佇立風中，景物朦朧淒迷，夾帶著一股神秘氣息。

「看不到其他船隻的蹤影。」艾勒里一手扶著船緣，向始終默然叼著香菸的大個兒男人說道。散亂的頭髮顯得有些不修邊幅，落腮鬍子幾乎占據了半張臉——這就是**愛倫．坡**。

「島的那邊有急流，船隻都會避開。」有點年紀卻精神奕奕的漁夫說道：「這兒的漁場在更南方，即使出了港，也幾乎沒有船隻接近這個島——你們這些學生真是奇怪。」

「哦，是嗎？」

「光是名字就跟人家不一樣，全都**怪裡怪氣的**。就拿你來說，實在夠奇怪了。」

「這個嘛，其實是一種綽號……」

「最近的大學生都喜歡這一套？」

「不，這個——那倒不是。」

「所以說，你們的確挺奇怪的。」

漁夫和愛倫．坡所站位置的前面——兩名女生把船隻中央附近的長木箱，當成椅子坐著。包括在後面掌舵的漁夫兒子，船上共有八個人。

漁夫父子以外的六人，都是大分縣O市K大學的學生，同時也是大學推理小說研究社的社員。正因為如此，他們彼此以「艾勒里」、「卡爾」、「勒胡」等名字做為互相稱呼的綽號。

至於這些名字的由來，當然是——也許根本用不著說明——艾勒里．昆恩、約翰．狄克森．卡爾、卡斯頓．勒胡，以及愛德加．愛倫．坡——他們衷心景仰的歐美推理小說作家。兩個女生分別叫做「阿嘉莎」和「奧希茲」，那源自推理小說女王阿嘉莎．克莉絲蒂以及以《角落裡的老人》揚名的奧希茲女男爵。

「喏，各位！看得到角島的房子了。」漁夫扯開粗嗄的嗓子喊道。六個年輕人不約而同地望向前方逐漸靠近的小島。

那是個地形平坦的小島嶼。

近乎垂直的絕壁從海中冒出，島上覆著一片墨綠植物，形狀就像數枚巨大的銅錢重疊而成。船上乘員眼前約略可見三處短而突出的尖角，正是名為「角島」的由來。

四周圍繞著斷崖絕壁的島，只有僅容小型漁船側停的狹窄海灣，因此無法開發成觀光勝地或海水浴場。自古以來，除了偶有好奇的釣客造訪以外，小島早已被人們遺忘。雖然在二十幾年前，有人在島上建築了造型特殊的「青色館」，並且搬進去住。不過，如今已成無人島。

「就是崖上那一丁點兒嗎？」**阿嘉莎**站在木箱上，興奮地大叫。她一手按住被風吹亂的柔鬈長髮，瞇起了眼睛。

「是啊，那是殘存的部分，大宅已經燒光了。」漁夫大聲地解說。

「哦，那就是『十角館』？——老爹，」艾勒里問漁夫。「你上過那個島嗎？」

「曾經在海灣避過幾次風雨，倒沒去過島上。尤其在發生**那件事**之後，一直沒人靠近過——你們最好小心點。」

「小心什麼？」阿嘉莎回頭問道。

上了年紀的漁夫壓低聲音說：「島上有不乾淨的東西。」

阿嘉莎和艾勒里聞言，迅速地交換了個眼色。

「就是鬧鬼啊！那個慘死的中村……」漁夫微黑而布滿皺紋的臉皺了起來，露出令人毛骨悚然的笑容，又繼續未完的話。

「我也是聽人家說的。每當下雨的日子經過島嶼附近，就會看到崖上有個模糊的白色人影。還有人說，曾經看見中村的鬼魂向人招手。除了這些，有人看見沒燒掉的小屋亮著燈，廢墟附近有鬼魂，到島嶼附近釣魚的小船被幽靈作祟沉入海中……」

「沒有用的，老爹。」艾勒里失禮地輕笑一聲，「別說了，這種話嚇不了人，反而讓我們更興奮。」

事實上，六個年輕人當中，只有始終坐在木箱上的**奧希茲**稍微有點害怕。至於阿嘉莎非但不以為意，甚至樂不可支地連連稱好，轉身朝船尾走去。

「哎，剛剛說的是真的嗎？」她衝著正在掌舵的漁夫兒子——稚氣未脫的少年——興高采烈地問道。

「全是胡扯。」少年瞅著阿嘉莎的臉，又因對方過於耀眼而別過頭，很乾脆而簡單地回答。「只是些傳聞，其實我也沒看過。」

「是嗎？只有那樣？」阿嘉莎臉上浮現一絲不滿，不懷好意地微笑道：「不過，鬧鬧鬼也不錯呀！**尤其是在發生那種案件的地方。**」

這時是一九八六年三月二十六日星期三，上午十一點剛過。

2

海灣位於島嶼西岸。

兩側是陡峭的斷崖，右邊險峻突出的岩塊，在南岸形成將近二十公尺的絕壁。島的東側有急流，據說崖壁高達五十公尺。

正面也是一片斷崖，坡度陡急驚險。幾叢墨綠的灌木苔痕點綴在褐色岩塊上，還有鋸齒形的小石階蜿蜒而上。

小船漸漸靠近海灣。

海灣非常狹窄，波浪比較溫和，水色也不同，呈現一種深沉的暗綠色。

左邊有木製棧橋，通往一棟破舊骯髒的小船屋。

「真的不必來探望你們嗎？電話可能也不通了。」

六人踏上嘎吱作響，而且岌岌可危的棧橋時，漁夫關切地向他們說。

「沒問題的，老爹。」艾勒里回答，愛倫．坡正坐在大背包上抽菸，艾勒里拍著他的肩輕鬆地說道：「我們有個準醫生在這兒呢！」

留著落腮鬍的愛倫・坡是醫學院四年級的學生。

「是啊！艾勒里說得沒錯。」阿嘉莎附和著。

「況且，好不容易才上了這個無人島，如果老是有人來探訪，那多沒意思呀！」

「好大膽的女孩。」漁夫解開綁在棧橋邊的繩索，同時咧嘴露出雪白的牙齒笑了起來。

「那麼，下禮拜二早上十點來接你們。小心囉！」

「謝謝，我們會小心，尤其會留心鬼魂。」

＊

登上長而陡急的石階，展現眼前的又是另一片天地——雜草叢生的荒蕪前院，伴著白壁藍瓦的平房建築，矗立在眾人面前一覽無遺。

正前方向左右敞開的藍漆大門應該是玄關，幾級短短的階梯直通門口。

「這就是十角館吧？」艾勒里首先發言，由於剛剛爬過的石階相當長，還直喘著氣。他放下駱駝色的旅行袋，抬頭望天。

「——有什麼感想，阿嘉莎？」

「比我想像的棒多了。」阿嘉莎拿出手帕，按著微微出汗的白皙額頭。

「對我……來……說……」勒胡已經喘不過氣，他的兩手連阿嘉莎的行李都包辦了。「該怎麼說呢……我本來期待……看到更陰沉悽慘的氣氛，沒想到……」

「沒有你心目中那麼理想。管他的，先進去再說。范——應該已經先來了，到底怎麼回事？」好不容易調勻呼吸，艾勒里拿起行李說著。這時，緊鄰玄關左邊的藍色窗戶開了，出現一個男人的面孔。

「嗨，各位。」從今天起為期一週，在這島上這個屋中與眾人同食共寢的第七名夥伴——范出現了。這個外號的由來，不用多說，當然來自名偵探菲洛·范之父——S·范·達因。

「等等，我馬上過去。」范啞著嗓子丟下這句話，匆匆關上窗戶。不一會兒，從玄關那頭快步過來。

「抱歉，沒去迎接你們。昨天感冒了……發燒躺在床上。雖然我一直注意船的聲音……」他為了做各種準備，比其他六人早一步到島上。

「感冒了？沒關係吧？」勒胡推推因汗水滑落鼻梁的眼鏡，擔心地問。

「不礙事——已經快好了。」范瘦削的身子微顫了一下，信心十足地笑道。

＊

一行人由范帶領著，舉步邁進這個房子——「十角館」。

進入左右敞開的藍色大門後，就是**寬廣的**玄關大廳。然而，馬上就會察覺這只是錯覺，其實並沒有那麼寬敞。**房子的形狀不是長方形，所以才會有那種感覺。**

大廳盡頭有扇左右推門通往內部，仔細觀察，可以發現那裡的牆壁比玄關兩旁側壁狹窄。也就是說，**這個玄關大廳向著建築物的內部，呈現狹窄的梯形。**

除了范以外，六個人都偏著頭，著迷於這令人產生錯覺的奇妙房屋構造。一會兒，穿過裡門進入建築物中央大廳，眾人這才恍然大悟。原來這是由**十面等寬牆壁圍繞而成的十角形房屋**，所以才會產生錯覺。

若想了解這棟「十角館」的建築構造，最好的辦法是詳閱建築平面圖。

顧名思義，這個建築物的特徵是十角形——外壁的形狀呈正十角形，外牆的大十角形內側重疊著中央大廳的小十角形，直線連結起兩個十角形的各個頂點，形成十個隔間。換言之，中央的正十角形大廳周圍，正好被十個等邊梯形房間所圍繞。因此，十個梯形的其中之一，正是他們剛剛走過的玄關大廳。

「怎麼樣？有點奇怪吧？」率先進去的范回頭問大家。

「玄關的對面——左右推門裡面是廚房，廚房左邊是廁所和浴室，其他七個房間全是客房。」

「十角形建築物，十角形大廳……」

艾勒里環視所有的房間，舉步走向擺在中央的大桌子。手指輕敲著白漆桌子的一端，說道：「這也是十角形——不得了，遇害的中村青司莫非是個偏執狂？」

「也許是吧。」勒胡回答。

「聽說化為灰燼的青色館大宅，從天花板到地板，甚至所有的家具，一概漆成藍色。」

二十幾年前，在島上建造「青色館」後搬進來住的就是中村青司。建造這座十角館的當然也是青司本人。

「我想，」阿嘉莎並沒有特別對誰發話。「這樣會不會搞錯房間呢？」

正面相對的玄關大廳和廚房——各有一扇左右敞開的門，同樣以原木與玻璃構成，一關上就分不清究竟是哪一邊。而且，周圍的牆壁上通往各房間的原色木門也一模一樣，都讓人摸不著頭緒。再加上中央大廳沒有任何指標物品，難怪阿嘉莎會擔心。

「的確，今天早上我就搞錯了好幾次。」范苦笑著回答。可能是發燒的緣故，他的雙眼皮有點浮腫。

「我想做個名牌貼在門上比較妥當——奧希茲，妳有沒有帶素描本？」

突然聽到自己的名字，奧希茲愕然抬起頭。

不知道她是否介意自己略胖的身材，小個子的她總是穿著寒色系的衣服，反而顯得死氣沉沉。與亮麗的阿嘉莎對照之下，她總是低垂著怯生生的眼神。不過，憑著濃厚的興趣，她倒是畫得一手好畫。

「哦，有，現在拿出來嗎？」

「待會兒。現在大家先選好自己的房間，反正每個房間都一模一樣，不會有麻煩。」

我已經先……用了那個房間了。」說著，范指著玄關大廳右邊的門。

「房門鑰匙已經借來了。喏，都插在鑰匙孔裡了。」

「好，知道了。」艾勒里爽快地回答。「先休息一下，再去島上探險。」

3

房間很快地分配好了。

由玄關向左，依序是范、奧希茲、愛倫．坡，向右是艾勒里、阿嘉莎、卡爾、勒胡。

六人提著行李各自回房後，范倚著自己的房門，從象牙色的鵝毛背心口袋裡取出香菸。叼著菸，重新審視微暗的十角形大廳。

白漆灰泥壁，地板鋪著藍色大型瓷磚，用不著脫鞋光腳行走。由十邊傾斜而上的天花板，在頂部形成十角形天窗，陽光從窗口照射在露出的木檐上，傾瀉在白色的十角形桌台。桌子四周，擺著十張綳了藍布的原木椅。除了木檐下一只鐘擺似的球形吊燈外，別無他物。

供電早已切斷，室內的照明只能仰賴天窗射入的自然光。即便是白天，空曠的屋中依然彌漫難以言喻的神秘氣氛。

不一會兒，愛倫．坡換好牛仔褲和淺藍襯衫緩步走出房間。

「哦，你動作真快。等等，我去泡咖啡。」范手指夾著吸了一半的香菸，朝廚房

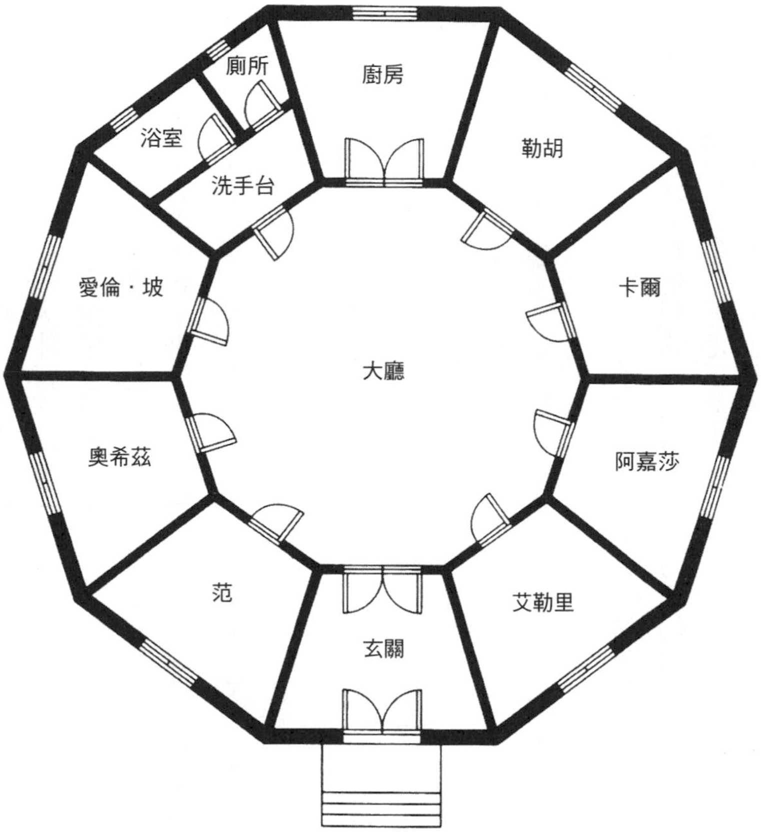
廁所
廚房
浴室
勒胡
洗手台
愛倫・坡
卡爾
大廳
奧希茲
阿嘉莎
范
艾勒里
玄關

Fig.1 十角館平面圖

走去。他現在是理學院三年級，比醫學院四年級的愛倫．坡小一歲。

「不好意思，毛毯這些大件行李都讓你帶。辛苦了，范。」

「別客氣，還不是託人幫忙運過來的。」

這時，阿嘉莎一面用圍巾紮起長髮，一面款步走了出來。

「房間太棒了，范。我本來以為會很糟糕的——咖啡？我來泡好了。」阿嘉莎開心地跟著范走進廚房，當她看到櫃子裡黑色標籤的玻璃瓶，脫口便說：「咦？即溶咖啡？」不滿意地拿起來搖了搖。

「別那麼奢侈，這裡是無人島，可不是旅館。」

范說完，阿嘉莎噘著塗玫瑰色口紅的嘴唇又說：「那麼，食物呢？」

「在冰箱。當初失火時，電線和電話線全燒斷了，沒電的冰箱派不上用場……總還可以放東西吧？」

「嗯，對，那就夠了。有水嗎？」

「唔，有自來水。還有，瓦斯桶也接好了，鍋子和爐子都能用，勉強可以燒洗澡水。」

「太好了——啊，還留著鍋子和餐具。或者，全部都是你帶來的？」

「不是，本來就留在這裡的。還有三把菜刀和砧板，不過砧板霉得很厲害……」

正說著，奧希茲怯生生地走了進來。

「哦，奧希茲，來幫忙。這裡雖然什麼都有，卻得全部清洗乾淨，否則根本不能用。」阿嘉莎聳聳肩，脫下黑色皮夾克。接著，轉向范及站在奧希茲後頭往這邊看的愛倫・坡，說道：「不幫忙的到那邊去，先去島上探險再喝咖啡。」

望著她一手扠腰的模樣，范苦笑著，垂頭喪氣地和愛倫・坡一起退出廚房。阿嘉莎瞅著兩人步向大廳的背影，又冷冷地拋下一句：「別忘了做名牌，我可不願更衣時有人闖進來。」

艾勒里和勒胡已在大廳裡。

「被女王陛下趕出來了？」艾勒里手指撫著細瘦的下巴，呵呵笑道。

「我們是不是該遵旨先環島一周？」

「識時務者為俊傑。卡爾呢？還沒好？」

「他一個人先出去了。」勒胡望著玄關說道。

「已經出去了？」

「這傢伙自命清高。」艾勒里微笑著諷刺道。

*

走出十角館，右邊——即北側生長著並列成排的高大松樹，樹列中斷處，松枝在上方交叉成拱形。四人穿過拱形，信步來到青色館廢墟。

廢墟僅殘留著建築物的地基，其他全是散布四處的骯髒瓦礫。廣闊的前院堆積著厚厚的黑色灰燼，景況荒涼。也許是烈焰燻染的緣故，焦黑蜷曲的殘枝斷木滿地都是，枯乾的松樹更是隨處可見。

「燒得一乾二淨。」眼見這一大片荒涼的景象，艾勒里不禁嘆了口氣。

「真的，一點都不剩。」

「哦？范，你也是第一次來？」

范點點頭，說：「以前聽我伯父說過許多，但卻是第一次來這個島。而且今天早上忙著搬行李，又發燒……根本沒有機會一個人在島上探查。」

「唔，真的只有灰燼和瓦礫。」

「如果留著屍體，你就高興了？艾勒里。」勒胡笑著尋他開心。

「胡說，你才這麼想吧？」

左邊的松林有條小路，似乎直達島前的斷崖。湛藍廣闊的海──面向那頭，隱約可見J海岬陰暗的影子。

「多好的天氣，靜謐優閒。」艾勒里面向海岸伸了個大懶腰。勒胡兩手裹著黃色運動衫的衣襟，矮小的身子挪了過去。

「是呀！你能相信嗎？艾勒里。半年前居然在這個地方發生那件慘案。」

「的確是慘案。**角島青色館謎樣的四屍命案……**」

「在小說裡，死個五人、十人也沒什麼稀奇，一旦發生在真實生活中，似乎有點不能接受。看到新聞報導時，我真的嚇了一大跳。」

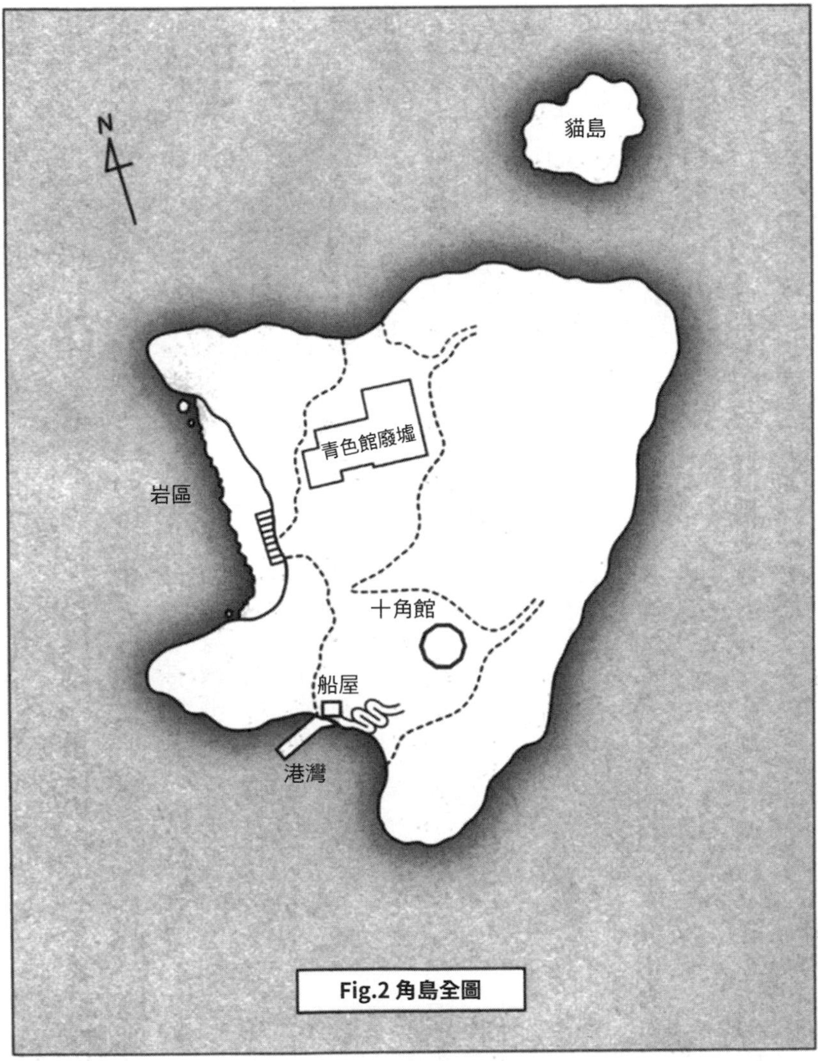

Fig.2 角島全圖

「大約是九月二十日黎明前——在S半島J海岬海灣的角島上，名為『青色館』的中村青司府邸被一把無情火燒得精光。廢墟中赫然發現中村青司、妻子和枝，以及傭人夫婦的屍首，共計四具。

「從四具屍體中檢驗出高含量的安眠藥，但是遇害者的死因不一。傭人夫婦一起被綑綁在自己房裡，而且被斧頭砍破了頭。青司全身被淋上燈油，顯然是燒死的。死在同一個房間的和枝夫人脖子纏著繩子，法醫判定死因是窒息。還有，夫人屍體的左手腕被人用刀砍掉。警方在廢墟四處搜索，始終不見手腕蹤跡。

「整個事件大概就是這樣吧？勒胡。」

「還有，別忘了失蹤的園丁。」

「對，案發的幾天前，那名園丁到青色館工作並且住了下來，事後警方搜遍全島都找不到他，直到現在還下落不明。」

「嗯。」

「關於這一點，有兩種解釋。第一、園丁就是本案的兇手，作案後畏罪潛逃。第二、兇手另有其人，至於園丁——可能被兇手追殺，倉皇逃命時墜崖被海水沖走……」

「聽說警方推斷園丁就是兇手，至於後來如何調查就不得而知了。艾勒里，有何高見？」

「我沒意見。」艾勒里輕撫額前被海風吹散的頭髮。

「資料不足，一點想法也沒有。我們只知道案發後兩、三天轟動的新聞報導。」

「沒想到你會示弱。」

「我不是示弱。要編造像樣的推理相當簡單，可是若要加以證明，資料就不夠了。警方還不是隨便搜查一下就結案了。最重要的命案現場燒成這樣，怎麼著手調查？況且死無對證，難怪那個失蹤的園丁會被當成兇手。」

「說得也是……」

「一切全都埋葬在這些灰燼中了。」

艾勒里轉身，踏進廢墟的瓦礫中。拿起身邊的木片，並且彎下身探頭翻看。

「怎麼啦？」勒胡有些驚訝，連忙問道。

「如果失蹤的夫人手腕突然出現，一定很有趣。」艾勒里一本正經地回答。

「說不定十角館的地板下埋著園丁的屍骨。」

「你這傢伙真無藥可救。」一直默默聆聽、發愣的愛倫．坡摸著下巴鬍鬚，慢慢吐出了這句話。

「艾勒里，你的興致還真好。」

「是呀——我可不是重提剛才在船上的話題，不過，如果明天這個島上發生任何案件，不就正好符合艾勒里最喜歡的『暴風雨山莊』了嗎？再假設，如果發展成『一個都不留』的連環命案，他就更興奮了。」勒胡調侃道。

「小心樂極生悲，就是那種人會第一個被殺。」愛倫．坡一向沉默寡言，偶爾也會語驚四座。勒胡和范交換了個眼色，咯咯笑著看好戲。

「『孤島連環命案』。有意思！」艾勒里絲毫不以為忤，開口說：「正中下懷，我來當偵探怎麼樣？誰要向**我這個艾勒里．昆恩挑戰？**」

4

「在這種地方，女人就是吃虧，老被當作傭人。」阿嘉莎俐落地清洗東西，一邊抱怨著。在旁邊幫忙的奧希茲盯著她白皙纖細的手指，不由得停下手邊工作。

「應該讓男生們輪流做廚房工作。有我們在，他們就不做事，妳不覺得太便宜他們了嗎？」

「嗯，是呀！」

「艾勒里裝模作樣地穿著圍裙，手裡拿著鍋鏟，一定很好玩。哈，可愛極了。」

阿嘉莎開心地笑了起來。奧希茲瞥著她那端正俏麗的側臉，悄然噓下嘆息。

高挺的鼻梁，伶俐的模樣，雙眼因淡淡的眼影而顯得更加深邃，還有那一頭波浪似的秀髮……

阿嘉莎總是開朗而充滿自信，不讓鬚眉的性格中仍不失女性魅力。炫麗的美貌極為吸引男人們的視線——她也引以為樂。

（和她比起來，我……）

小而圓的鼻子，滿臉雀斑，孩子般紅通通的面頰。眼睛雖大，卻和五官很不調和，老是顯得很不安。她即使學著阿嘉莎打扮，也只是東施效顰。還有，連自己也討厭的膽小性格、憂慮，以及遲鈍。

在常有機會相聚的七個人中，只有自己和阿嘉莎是女性。想到這一點，心情又沉重了起來。

「如果沒來就好了。」奧希茲暗自思忖。

本來，根本不想到這個島來。因為總覺得是一種冒瀆的行為。可是她過於膽怯，實在無法拒絕夥伴們強烈的勸誘。

「咦？奧希茲，好美的戒指。」阿嘉莎盯著奧希茲左手的中指。「妳以前戴過嗎？」

「沒有。」奧希茲含糊地搖頭。

「是不是心上人送的？」

「不……哪有這回事。」

決定到島上時，奧希茲想過了。那不是**冒瀆**，而是——**追悼**。**為了追悼死者，我才到島上來**，因此……

「妳還是沒變，奧希茲。」

「嗯？……」

「妳總是封閉自己。我們認識兩年多，我還是一點都不了解妳。這樣並不是不好，只不過，實在太不可思議了。」

「不可思議？」

「對。讀著妳刊登在社刊上的作品，我時常這麼想。妳筆下的小說情節是那麼朝氣蓬勃，可是……」

「那只是幻想。」奧希茲避開阿嘉莎的視線，怯怯地低下頭，嘴角浮現笨拙的微笑。

「我不太會面對現實，討厭現實的自己……」

「別這麼說。」阿嘉莎笑著，以指尖輕推一下奧希茲平整的短髮。「得有自信才行，奧希茲。其實妳很可愛，只是自己不知道。別老低著頭，抬頭挺胸。」

「妳真好，阿嘉莎。」

「來，動作快點，該吃午飯了。」

＊

青色館遺跡那裡，艾勒里、勒胡、范三個人還留在原地。愛倫．坡看過廢墟後，先獨自往廢墟對面的樹林走去。

「艾勒里，還有范。從現在起足足七天的時間，請兩位多多幫忙了。」喜劇似的——也許他本人並不同意這種說法——勒胡銀邊圓框眼鏡裡的小小眼睛，閃著熱情的光輝。

「不會跟你們要一百張，但至少要給我五十張。」

「喂，勒胡，你開玩笑？」

「我認真得很呢！艾勒里先生。」

「可是你突然開口要稿，我可完全沒有一點心理準備，對不對，范？」

「我贊成艾勒里。」

「所以嘍，我剛才一直在說明。我打算比往年提早，在四月中旬出版下一期《死人島》。為了招攬新生入社，同時慶祝推理小說研究社創立十週年，我們要推出特大號的紀念特刊。這次輪到我當總編，正好大大施展一番。我這新官上任，總不能編出寒酸可憐的社刊鬧笑話吧！」

文學院二年級的勒胡，今年四月起，即將接任推理小說研究社社刊《死人島》總編輯。

「如果不想丟臉，勒胡……」艾勒里從酒紅色襯衫口袋中取出未拆封的SALEM牌香菸，並打開封口。他是法學院三年級的學生，也是《死人島》現任總編輯。「你應該去拜託卡爾才對。姑且不提內容，那傢伙是咱們研究社最多產的作家。范？對不起，借個火。」

「你很少攻擊人的嘛！艾勒里。」

「不，是卡爾先挑釁。」

「說得也是，卡爾學長好像情緒不好。」勒胡說著，艾勒里輕笑一聲吐出淡淡煙霧。

「那是有原因的。」

「什麼原因？」

「卡爾先生還真可憐，最近剛被阿嘉莎甩了。」

「追求阿嘉莎女王？嘿，真有勇氣。」

「不知他是否為了發洩滿肚子不痛快，而把目標轉向奧希茲，結果又碰了釘子。」

「奧希茲？」范皺起眉頭。

「對，卡爾根本是自討沒趣。」

「那當然。和兩個甩掉自己的女人同在一個屋簷下，難怪他火氣這麼大。」

「就是說呀！所以，勒胡，你得好好地討好卡爾，否則休想拿到他的稿子。」

這時，阿嘉莎從十角館那邊走來，穿過松樹拱門停下腳步，向三人揮手道：「吃午飯了！愛倫．坡和卡爾呢？沒跟你們走在一起？」

＊

卡爾從十角館後面走進松林小道。

本想過去看看東岸的絕壁，不料小路越來越窄，加上路徑彎曲難行，走不到五十公尺，就失去了方向感。

好陰鬱的樹林。

行進中，林間高大茂盛的山白竹不時勾住衣服，發出沙沙聲響，他好幾次險些被絆倒。

本想回頭，卻又心有不甘。反正就是這麼個小島，不可能迷路而回不去吧。

他夾克下穿著緊身黑毛衣，微微滲著汗，很不舒服。當不快感將到達頂點時，小路帶他終於走出樹林。

小路連接斷崖的上方，眼前是一片刺眼的亮麗海藍。同時，一個大個兒男人面向著海佇立著——是愛倫・坡。

「喔，是卡爾？」聽到腳步聲回頭認出同伴後，愛倫・坡再度面向海岸。

「島的北岸好像是貓島。」他指著隱約可見的島說道。

那是個岩礁般的島，圓而突起的地面長著低矮的灌木，正如「貓島」之名，彷彿黝黑的野獸盤踞海上。

眺望島嶼那邊，卡爾哼聲點頭。

「怎麼了，卡爾？看來好像心情不好。」

「嗯，早知道就不來了。」卡爾皺著眉，沒好氣地埋怨。「去年才發生那個案件，現在也不會有什麼好玩。我本來只是為了激發想像力，才到這兒來……一想到得和那批傢伙相處一個禮拜，心情就不好。」

卡爾和艾勒里同樣是法學院三年級的學生，因為重考一次，所以和高一年級的愛倫・坡同齡。

他算是中等身材。但是由於骨架較粗，脖子略短，而且有些駝背，看起來比實際上矮一點。

「到底怎麼了？一個人站在這種地方。」

「沒什麼。」

愛倫．坡粗粗的眉毛下，原本細小的眼睛瞇得更細了。他腰際掛著樺皮貼工的精緻菸盒，取了一根香菸後將菸盒遞向卡爾。

「你到底帶了多少香菸？自己菸癮那麼大，還到處請人抽。」

「沒法子，我雖然唸了醫科，卻是標準的癮君子。」

「你習慣抽雲雀牌？果然是知識分子抽的菸。」卡爾說著，也從盒中抽出一根菸。

「不過，比艾勒里大少爺的薄荷菸好多了……」

「這就怪了，卡爾。你老愛找艾勒里的麻煩，怪不得總是覺得不愉快。就算你找他吵架，他也會當你是開玩笑，還不是一笑置之，何苦呢！」

卡爾用自己的打火機點了菸，不悅地別過頭。「不干你的事。」

愛倫．坡不以為忤，悠哉地吸著菸。

不久，卡爾把抽了一半的雲雀牌香菸丟到海中。然後坐在旁邊的岩石上，從夾克裡取出袖珍酒瓶，粗暴地旋開瓶蓋，往嘴裡倒了一口。

「大白天就喝酒？」

「你管不著。」

「這樣不大好。」愛倫．坡的語氣透著些許嚴厲。

「你應該收斂一點，不該大白天就……」

「你還介意**那件事**？」

「既然知道……」

「我不知道。**那件事**早已過去，幹嘛老是耿耿於懷。」

卡爾繃著臉不搭理愛倫．坡，又倒了一口酒。

「我不只覺得艾勒里無聊，事實上，帶女生一起到無人島也是件無聊透頂的事。」

「這裡雖然是無人島，卻沒野外求生那麼嚴重。」

「哼，話不是這麼說，我只是不想和阿嘉莎那種傲慢的女人在一起，而且還有個奧希茲。不曉得什麼原因，這一、兩年來，我們七個人自成一個『小集團』，讓我說話也大聲不了。其實，那些娘兒們毫無可取，一個死氣沉沉，另一個又自以為是……」

「你說得太過分了。」

「對了，差點忘記你和奧希茲是青梅竹馬。」

愛倫．坡默默踩熄香菸，然後想起什麼似地看看錶說：

「已經一點半了。回去吧，否則沒飯吃了。」

*

「吃飯前，請各位稍等一下。」戴著細緻金邊眼鏡的艾勒里向大家說：「下任總編輯要發表談話。」

十角形的桌子上已擺好食物，有燻肉、沙拉拌蛋、法國麵包和咖啡。

「各位，雖然有點不是時候，但是我還是得來個飯前致詞。」勒胡一本正經地清了清喉嚨又說：「是這樣的，早在今年新年聚會時，就有人提議到這座十角館來看看。當然，那時並沒有人想到計畫可能實現。後來因為范的伯父買下這棟建築，特別招待我們……」

「說不上特別招待，我只不過是說如果大家有意，可以向伯父說一聲。」

「好了，還不是一樣。總之，范的伯父在S區經營房地產買賣，是位精明的企業家。這次他買下角島這一帶，打算大幅改建成青年休閒中心。對吧，范？」

「也許規模並不很大……」

「話說回來，我們此行含有試驗的意味，正好一舉兩得，皆大歡喜。還有，范一早就為大家做好各種準備，非常辛苦，特此感謝。」說著，勒胡向范深深一鞠躬。

「現在言歸正傳。」

「快點，蛋和咖啡會涼掉。」阿嘉莎插嘴催促著。

「馬上說完，不過，如果菜冷了就不好吃。這樣吧，大家邊吃邊聽。

「嗯——現在聚在這兒的，都是有資格繼承學長姐大名的精英——也是本研究社的主要創作成員……」

K大推理小說研究社中，社員們彼此以綽號稱呼，這是研究社創立之初，流傳下來的傳統。

十年前，社員們由於推理小說迷特有的稚氣，為數尚少的所有社員均以歐美著名作家之名為綽號。後來，隨著社員的年年增加，作家名字當然不敷使用，因此想出「繼承學長姐名字」的方法。亦即，擁有作家名銜的社員，在畢業之際，有權選出一名後輩繼承自己的名字。

各自選定繼承人的方法以社刊作品為準。因此，目前擁有綽號的成員正是研究社的首腦人物；也因為這個緣故，他們有較多的機會聚在一起。

「我們這支強勁的隊伍，從今天開始，要在這個不可能產生雜念的島上朝夕相處一星期。所以，我們不應該白白浪費這段美好時光。」勒胡向大家莞爾一笑。「稿紙已經準備好了，請各位利用這次旅行，為四月即將發行的社刊貢獻一篇作品，拜託拜託。」

「哦，」阿嘉莎的聲音響起。「難怪，我正詫異為什麼只有勒胡帶這麼多行李……原來早有陰謀。」

「不錯，我就打這個主意。阿嘉莎學姐，還有奧希茲，請大力幫忙。」勒胡又是一鞠躬，撫著滾圓的臉頰嘿嘿笑著，活像一尊彌勒佛。圍著桌子的眾人各自浮現複雜的笑容。

「勒胡，大家可能都以『孤島連環命案』為題，重複的話怎麼辦？」愛倫．坡問。

聽愛倫．坡這麼說，勒胡挺直腰桿應道：「到時，用那個主題編成專刊就行了。或者，乾脆一開始就規定這個題材，不是也很有意思嗎？《死人島》這個刊名，不就是取自克莉絲蒂女士名作的日版書名？」

一隻手撐著臉頰，注視勒胡的艾勒里，壓低聲音向鄰座的范輕輕拋出一句話：

「糟糕，這次的總編可不好應付。」

5

他們的第一天就這樣平靜度過。

除了午飯時勒胡的要求外，七人原本就無意聯手合作，因此空閒時間都各自活動。

到了傍晚時分。

「怎麼了，艾勒里，一個人玩牌？」

阿嘉莎從房間走出來，穿著白罩衫和黑色皮褲，長髮上紮著鮮豔的棣棠花色頭巾。

「最近我有點熱中此道，不過還不到入迷的程度。」

艾勒里洗弄手中紙牌，微笑著。

「熱中這個？會不會紙牌算命？」

「怎麼會？我對那個沒興趣。」艾勒里在十角形桌上靈活地洗牌，一面又說：「提起紙牌，當然是變魔術嘍！」

「魔術？」阿嘉莎睜大眼睛愣了一下，隨即說道：「哦，這麼說，艾勒里，你也有這種毛病。」

「毛病？」

「對，老喜歡打啞謎，讓人摸不著頭緒！」

「打啞謎？沒那麼嚴重吧！」

「哦，是嗎？」阿嘉莎開朗地笑著說：「艾勒里，露一手吧！我很少看人變魔術。」

「推理小說迷對魔術沒興趣，這倒很稀奇。」

「不是沒興趣，只是很少有機會。哎，快點嘛！」

「好。那麼，過來坐在這兒。」

黃昏將近，十角館大廳滲著微微的暮色。等阿嘉莎坐在大桌子一端的椅子上，艾勒里便在桌上排好紙牌，然後從口袋拿出另一副牌。

「看好，這裡有紅藍兩副底色不同的紙牌。現在，其中一副給妳，另一副給我——妳選哪一副？」

「藍色的。」阿嘉莎回答。
「好，藍色的，妳拿著這副牌……」
艾勒里把藍底的一副交給阿嘉莎。
「首先，檢查紙牌有沒有動過手腳，然後隨妳高興把牌洗一洗，我這邊也洗好紅色的紙牌——好了嗎？」
「好了。的確是普通的紙牌，美國製的？」
「單車牌的天使系列（Bicycle Rider Back），沒看到背面腳踏車天使的圖案嗎？最普通的廠牌。」
艾勒里把洗好的牌放在桌上。
「好，我們交換。藍的給我，紅的給妳……好了嗎？然後從裡頭抽一張妳喜歡的牌記下花樣，我也從妳洗過的牌中抽一張記住。」
「喜歡的一張？」
「對。記住了嗎？現在，把牌放回最上面……對，和我一樣切一次牌。像這樣，上半和下半交換。嗯，好，反覆兩、三次。」
「這樣對嗎？」
「好，很好。然後，再換一次牌……」
藍色的紙牌再度回到阿嘉莎手中。艾勒里盯著她的眼睛，一面說道：
「好了嗎？我們剛剛各自洗牌，然後各從兩副牌中抽一張牌記住花樣，又放回去切牌，對不對？」
「嗯，沒錯。」
「現在，阿嘉莎，從妳的牌中找出妳剛才記住的牌，蓋在桌上。同樣地，我也找出我記住的牌。」
不一會兒，桌上蓋著紅藍兩張紙牌。艾勒里吸一口氣，叫阿嘉莎把兩張牌翻出正面。
「咦？這是真的嗎？」
阿嘉莎驚訝地提高嗓門。兩張紙牌正面，赫然出現同樣的花色和數字。
「都是**紅心四**吧！」艾勒里微微一笑。「很有意思吧？」

*

日落後，十角形桌子中央點上古意盎然的油燈。這是范聽說島上沒電，特地帶來的。除了大廳以外，各房間也準備了許多粗蠟燭。
吃完晚餐，時間已經過了七點。
「艾勒里，為何不告訴我剛才那套魔術的竅門？」端上咖啡分發眾人後，阿嘉莎推推艾勒里的肩膀。
「不能告訴妳，魔術最忌說出訣竅，和推理小說完全不同。一旦知道其中奧妙，人們多半會覺得失望。」
「阿嘉莎學姐，艾勒里要妳陪他玩魔術？」
「哦，勒胡，你也知道他會玩魔術？」
「何止知道，我已經陪他練習了一個月。在他熟練之前，還不准告訴任何人。活像個小孩子！」
「喂，勒胡。」
「他玩哪一套魔術？」
「很簡單的一、兩種。」
「那麼簡單的魔術？」阿嘉莎越來越不滿，一再要求。「告訴我有什麼關係嘛？」
「不能因為簡單就告訴妳竅門，尤其是第一次。即便是三歲小孩都知道的戲法，也是一樣。問題不在於訣竅，而是如何表演以及誤導。」
「表演？」
「對，例如，」艾勒里伸手拿杯，啜了口黑咖啡。「有個類似的戲法，電影《魔術》（Magic，一九七八）中，安東尼．霍普金斯飾演的魔術師，就向昔日戀人露了一手。那不是表演普通的魔術，而是一種超靈感實驗的演出。如果彼此心靈相通，牌面應該會一樣，然後魔術師藉機說服對方……」
「嗯，那麼，艾勒里，你也對我有企圖？」
「哪有！」艾勒里誇張地聳聳肩，紅潤的唇中露出白牙笑著。「遺憾的是，我還沒有說服女王陛下的魄力。」

「你還真會說話。」

「不敢，過獎了。」艾勒里舉起手中咖啡杯，細細審視。

「咱們換個話題，談談白天說過的中村青司——這個人真是怪異。看這杯子，就感受到一股寒意。」

那是個別致的苔綠色杯子，也是廚房餐具架上所留的許多物品之一。細看它的**形狀**，和建築物同樣呈十角形。

「大概是特別訂做的，菸灰缸，還有剛才所用的盤子也是，一切都是十角形。你覺得呢？愛倫．坡。」

「很難說。」愛倫．坡把菸擱在十角形的菸灰缸上。「的確有點出乎常軌，也許是有錢人的雅興吧。」

「有錢人的雅興。」艾勒里雙手捧住杯子，由上往內看。雖說是十角形，由於直徑僅有數公分，看來幾近圓形。

「無論如何，光是這座十角館，我們便已不虛此行。來，為故人乾一杯！」

「可是，艾勒里，儘管十角館是個**值得玩味**的好地方，島上卻什麼都沒有，只有殺風景的黑松林。」

「那倒不至於。」愛倫．坡回答阿嘉莎說：「廢墟西側的崖下是一片很好的岩區，有通往下面的階梯。也許可以在那裡釣魚。」

「對了，愛倫．坡學長，我記得你帶了釣具。好棒，明天有新鮮的魚吃嘍！」勒胡興奮地舔舔嘴唇。

「別抱太大的希望。」愛倫．坡緩緩撫弄下巴的鬍鬚，又說：「還有，房子後頭不是長了幾棵櫻花樹嗎？花蕾已經相當飽滿，可能兩、三天內就會開花。」

「真棒，可以賞花了。」

「好極了。」

「櫻花啊櫻花，為什麼一到春天就備受歡迎？其實，我比較喜歡桃花和梅花。」

「那是因為艾勒里大爺的興趣與眾不同。」

「是嗎？古時候，**高官顯貴**都**偏愛**梅花甚於櫻花哩！勒胡。」

「真的？」

「當然，對吧，奧希茲？」

突然被這麼一問，奧希茲驚愕地微顫肩頭，紅著臉輕輕點頭。

「解釋一下吧，奧希茲。」艾勒里說道。

「嗯……好。嗯，《萬葉集》裡有許多關於胡枝子和梅花的歌……各超過一百首，櫻花部分差不多有四十首左右……」

奧希茲和勒胡同樣是文學院二年級的學生，她主修英國文學，對日本古典文學也頗有研究。

「哦，我以前不知道。」阿嘉莎佩服地說，她是藥學系三年級學生，所學截然不同。「多說一點，奧希茲。」

「哦，好。大概是《萬葉集》成書時，有『大陸文化至上主義』的潮流，受了中國文化的影響。到了《古今和歌集》時，櫻花方面的和歌增多了……不過，多半是感嘆落花凋零的歌。」

「《古今和歌集》是平安時代的作品吧？」艾勒里問道。

「是醍醐天皇時代——十世紀初……」

「是不是由於悲觀的社會百態，而使感嘆落花的歌謠增多？」艾勒里又問。

「這個嘛，提起醍醐天皇，是締造『延喜之治』盛世的著名人物。當時人們認為，櫻花凋落之際正是疫病流行的季節。又由於櫻花會帶來疫病，宮中每逢此時必定舉行鎮花祭，也許是這個緣故吧！」

「原來如此。」

「咦？范，你怎麼不說話？」這時，愛倫．坡探頭看鄰座同伴的臉色。

「是不是不舒服？」

「嗯，有點頭痛。」

「臉色不大好，有沒有發燒？」

范皺皺眉頭，深深吐出一口氣。「對不起，我先去睡，可以嗎？」

「睡一下比較好。」

「嗯……」范雙手撐著桌子，慢慢從椅子上站起來。

「各位儘管聊，我不怕吵。」道過晚安，范便先回自己的房間。突然靜下來的微暗大廳，輕輕傳來喀嚓一聲的金屬聲響。

「這傢伙真可惡。」一直沉默著晃動膝蓋的卡爾，神經質地使個白眼，低聲拋出一句話，「故意當我們的面鎖門——什麼嘛！」

「今晚夜色不錯。」愛倫．坡佯裝沒聽見，抬頭仰望十角形天窗。

「是呀！前天好像是滿月。」勒胡也說。這時，天窗外微微的月光射入，J海岬燈塔的光線也彷彿照了過來。

「看，月亮被雲遮住了，明天可能會下雨。」

「哈哈，那是迷信呀，阿嘉莎。」

「艾勒里，你真沒禮貌。這不是迷信，而是水氣反射的關係。」

「根據氣象報告，這個禮拜都是晴天。」

「這倒比說月亮上有兔子科學得多。」

「月亮上有兔子。」艾勒里苦笑道。

「你知道嗎？宮古諸島那邊的人，都相信月亮裡有個扛木桶的男人。」

「嗯，我聽說過。」勒胡圓圓的臉堆滿笑容。「傳說中，他奉了神的命令把不死藥和死藥放入木桶帶到人間。可是他搞錯了，把不死藥給蛇，死藥卻給了人類。因此，被罰扛木桶贖罪，一直到現在……」

「南非霍屯督族（Hottentots）也有類似的故事。」愛倫．坡說：「不過，是兔子的故事。兔子誤傳了月神的神諭，月神一怒之下向兔子丟出神棒，所以兔唇才會裂成三片。」

「嗯。無論在什麼地方，人類所想的事似乎都大同小異。」艾勒里修長的身子靠著藍色椅背，雙手交叉胸前。

「大體上，世界各國都流傳著月兔的故事。比方說，中國、中亞細亞、印度……」

「印度也有嗎？」

「梵文中的月亮稱為『夏信』，這個單字原意就是『有兔子的人』。」

「哦。」愛倫・坡伸手拿起桌上的菸盒，再度仰望天窗。被切成十角形的夜空一隅，隱約浮現昏黃月影。

角島，十角館。

幽暗的油燈映著四周陰冷的白壁，刻劃出年輕人們晃動的影子。

漫然閒談中，他們的夜又即將交替。

第二章——第一天・本土

1

> 你們**殺害的**千織
> 是我的女兒。

狹窄的房間正中央擺著凌亂不堪的床，江南孝明微蹙雙眉躺在上面。

上午十一點，剛才回來時，看到信箱裡躺著這封信。

昨晚，他在友人宿舍裡打了通宵麻將。每次打完牌回到屋裡，嘈雜的洗牌聲仍在腦中轟然作響；然而一見信中字句，昏沉的腦袋猛然清醒。

「這是什麼？」

揉著睏倦的眼睛，他拿起信封又看了一次。

很普遍的褐色信封，郵戳日期是昨天——三月二十五日，發信地點在O市。唯一奇怪的是信中文字，全用文字處理機書寫。
沒有寄件人地址，信封背面打著「中村青司」四字。
「中村青司……」
他低喃著。陌生的名字，不，好像在哪裡聽過……
翻身而起，盤坐在被褥上，重新審視信中文字。裡頭也是文字處理機字體，紙是十六開的上等紙。
（你們**殺害的**千織，是我的女兒……）
千織這個名字有點印象，可能是中村千織。那麼，「中村青司」就是她的父親囉！
那已經是一年前，也就是去年一月的事了。
當時，江南參加的K大推理小說研究社舉行的迎新會。中村千織是研究社的學妹，比他低一年，當時她是一年級。江南現在是三年級，下個月起升四年級，去年春天退出研究社。
她——中村千織，死於那次迎新會筵席上。
江南那時有事先行退席，因此不知詳細情形。聽說是急性酒精中毒導致宿疾心臟病發作，當救護車趕到時已經回天乏術。
江南也參加了葬禮。
千織住在O市外祖父家中，葬禮也是在那邊舉行。但是，當時喪家好像不叫「青司」，而是個更老氣的男子姓名。莫非那不是父親的姓？而是外祖父的姓？對了，儀式中好像沒看到父親模樣的人……

可是，這個自稱是千織父親的人，為何寄信給素未謀面的我？

「青司」在信中強調千織是**被殺害**的。自己的女兒因為飲酒過度猝死在迎新會中，也難怪他會如此認為。然而，若是為了報復，何以在事隔一年以後的今天才展開行動？

想到這兒，江南坐直身子。

（中村青司……）

他開始解析記憶的線索。

江南一躍而起，從牆角微微傾斜的鋼架中取出幾本卷宗。卷宗裡面，存放著他因興趣蒐集的許多剪報。

（那是——去年九月間……）

他查閱片刻，找出那篇報導。

角島青色館一片火海——謎樣的四屍命案！

江南用指頭輕彈了一下大標題，他拿著卷宗坐在榻榻米上，迸出一句話：

「來自**死者的控訴**嗎……」

＊

「喂，東公館嗎？我叫江南，東一同學在嗎？」

「江南同學？」

接電話的好像是東一的母親。

「東一今天早上和朋友旅行去了。」

「是不是推理小說研究社的朋友？」

「嗯，好像到什麼無人島去。」

「無人島？妳知道島的名稱嗎？」

「嗯——叫做角島，在S區那邊……」

「角島！」

江南突然有種窒息的感覺，緊緊握住話筒。

「伯母，有沒有寄給東一的信？」

「信？」

「一個叫中村青司的人寄的。」

「這個……」

對方雖有些遲疑，但覺得江南的聲音迫切，說了聲稍等，便放下話筒離去。電話音樂聲在江南耳邊響了一會兒，帶著一絲擔憂的答話聲終於傳來。

「有，這是？……」

「真的有信？」

「是的。」

得悉有信寄到後，江南緊張的情緒突然放鬆，不由得微覺靦腆。

「哦，對不起，沒什麼事，抱歉打擾了。」

放下話筒，輕輕靠在牆上。

這是棟舊公寓，牆面一旦承受體重的壓力，就會嘎吱作響。不大牢靠的窗戶外頭，正傳出聽起來快要故障的洗衣機攪動聲。

（東一家裡也接到中村青司的信……）

江南一再眨著充血的眼睛。

（只是惡作劇嗎？）

打這通電話之前，他已先查了研究社通訊錄，打過兩、三通電話給**參加那次迎新會的其他社員**。但是他們都不在家，由於大半成員一向租屋外宿，無法確定行蹤。莫非……

他們一道旅行去了？——而且，還偏偏是到發生問題事件的角島。這真的只是巧合？

江南思忖良久，始終沒有答案。他再度拿起研究社通訊錄，開始找已故中村千織的電話號碼。

2

江南從K大推理小說研究社員搭船啟程到角島的S區出發，搭半個鐘頭巴士，再換電車，約四十分鐘路程後，便抵達O市。兩地之間，直線距離不到四十公里。他從O市再多搭四站，在「龜川」車站下車後，便加快步伐走向山邊的道路。

他打電話到中村千織外祖父家時，接電話的似乎是家中女傭。當告知對方自己是千織大學友人後，那位和藹的中年女性，透過話筒回答他的問題。

由於江南不好意思正面詢問，煞費苦心才確定千織的父親就是角島的中村青司。然後，又成功地問出青司之弟中村紅次郎的地址。他曾由新聞報導上得知關於紅次郎的消息。

中村紅次郎住在別府市的鐵輪，是當地高中教師，現在正值春假期間，大半時間都在家中。

江南從前的老家就在別府，對當地的地理環境非常熟悉，他的好奇心更加一發而不可收拾。掛上電話後，想也沒想，就決定盡快去拜訪紅次郎。

別府鐵輪有「地獄谷」之稱，是個著名的溫泉區。晴朗的天空下，坡道旁的下水道及成排的房舍間，裊裊升起霧白的硫磺煙氣，飄揚在風中。左邊不遠處，黑壁般的山就是鶴見岳。

穿過極短的繁華街道，眼前突然呈現一片寧靜房舍——街道這頭，有許多旅社、民房，以及別墅，供長期逗留此間作溫泉治療的人們住宿。

江南不費吹灰之力，便找到電話裡問來的地址。

那是棟穩重的平房，低矮植物圍成的矮牆裡，黃色金雀花、雪白珍珠花，還有淡紅色貼梗海棠爭相怒放，洋溢一片多彩多姿的春天氣息。

江南推開柵門，踩著石疊路走到玄關。做了個深呼吸，同時按了兩次門鈴。不久，裡頭傳來圓潤的男中音。

「哪一位？」

一個穿著白色敞領襯衫上罩著褐色毛衣，配著鐵灰色法蘭絨長褲，與這棟日本建築極不相稱的男人，出現在門口。自然上梳的頭髮中夾雜幾絲白髮。

「中村紅次郎先生嗎？」

「我就是。」

「嗯，我叫江南，是中村千織小姐生前大學社團裡的朋友……突然來訪實在很冒昧。」

玳瑁框眼鏡下，紅次郎輪廓分明的臉龐緩和下來。

「是Ｋ大推理小說研究社的朋友？找我有事嗎？」

「是這樣的——我今天接到一封怪信……」說著，江南取出那封信。
「就是這個。」
紅次郎接過來，目光落在井然有序的文字上。驀地眉間一震，抬眼凝視江南的臉道：
「進來吧！我有個朋友在，不過沒關係。對不起，一個人住，沒什麼好招待……」

＊

江南被帶往屋內。
兩組六張榻榻米大的空間組成Ｌ字形的房間。隔間用的紙門被拆掉，打通成一個房間使用。
前面的六張榻榻米當作起居室兼客廳，灰綠色地毯上擺著同色系沙發。裡面的六張榻榻米正好朝向右邊的院子突出，權充書房。偌大的書桌旁邊，有幾個高達天花板的書架。就一個單身漢而言，房間似乎過分整潔。
「島田，有客人來。」
前方面對院子的陽台上有張籐製搖椅，紅次郎口中的朋友就坐在那裡。
「他是Ｋ大推理小說研究社的江南同學，這位是我的朋友島田潔。」
「推理小說？」

島田匆匆起身，一不小心被搖晃的椅腳碰到腳，低聲呻吟著又跌坐椅中。
這個高瘦的男人，使江南立刻聯想到螳螂。
「聽說你去年剛退出研究社……」
「是的。」
「唔，來找阿紅是為了……」
「為了這個。」
紅次郎說著，把江南帶來的信遞給島田。
一見寄信人的名字，島田停下揉著痛腳的手，注視江南的臉。
「可以看嗎？」
「請便。」
「事實上，江南先生，」紅次郎說道：「我也接到同樣的信。」
「嗯？」
紅次郎走到書桌邊，從紅豆色桌墊上拿了一封信遞給江南。
江南馬上看看信封正反面，和他收到的信一樣，相同的信封、相同的郵戳、相同的字體。而且，寄信人的名字也是「中村青司」……
「可以看內容嗎？」
紅次郎默默點頭。

千織是
被殺害的。

只有這寥寥數字。雖然字句不同，卻同樣是十六開上等紙及電腦字體的模式。

江南緊盯著信，一時說不出話來。

不可思議的死者來信——很容易推測出去年迎新會的其他成員也收到同樣的信。

可是，萬萬沒想到這個中村紅次郎也接到信。

「這，到底怎麼回事？」

「不知道。」紅次郎回答。

「我也嚇了一跳，也許是有人惡作劇……剛剛還跟島田談到，這個世界上無聊的人太多了。正說著，你就來了。」

「看樣子不只寄給我，研究社其他成員好像也收到同樣的東西。」

「哦。」

「會不會這個中村青司——對不起，令兄還活著？」

「不可能。」紅次郎斷然否定。「正如你所知，我哥哥去年已經死了。我去認過屍體，慘不忍睹！對不起，江南，我不想提那件事。」

「很抱歉。那麼——你還是覺得這封信是惡作劇？」

「只能這麼想，不是嗎？我哥哥在半年前死了，這是不容置疑的事實。況且，我不相信鬼魂的存在。」

「關於信的內容，你有什麼看法？」

「這個……」紅次郎的表情奇特地黯淡下來。

「千織的不幸死亡我也聽說了——應該是個意外。對我來說，千織是乖巧可愛的姪女，至於說她被人殺害——我可以了解這種心情，可是恨你們也沒有用。倒是冒充我哥哥的名字惡作劇，這種行為不可原諒。」

「是惡作劇嗎？」

江南不以為然，應付了事地點著頭，窺視籐椅上的島田。不知何故，他一手撐著交疊的膝頭，似乎很高興地回視江南。

「還有一件事——」

江南把信還給紅次郎，接著說：

「我們研究社那些人現在正好到角島去了，你知道嗎？」

「不知道。」紅次郎不感興趣地答道。

「哥哥死後，我繼承了那塊土地和房子，上個月剛剛賣給Ｓ區的房地產商人。對方把價錢壓得好低，反正我不可能再去那邊。後來的事，我就不知道了。」

3

江南提到今天還有事要辦，不久便向紅次郎告辭。

離去之前，問起裡頭滿架的書，紅次郎答說自己在附近高中教社會科，一方面研究佛學。當他說明大乘佛教初期的「般若空」時，語氣中微帶靦腆。

「**般若空？**」江南歪著頭，不解地問。

「哎，你沒聽過《般若心經》嗎？色即是空，空即是色。阿紅就是在研究這個『空』字。」島田潔從椅子躍起，解說著。他踱到江南旁邊，把借去的信遞了過來，問道：「江南（kawaminami），你的名字怎麼寫？」

「揚子江的江，東西南北的南。」

「江——南——嗯，好名字——阿紅，我也該告辭了。一起走吧，江南。」

*

出了紅次郎家，兩人並肩走在人影稀落的人行道上。島田交叉雙手挺直腰桿，穿著黑毛衣的瘦削身子顯得更加頎長。

「江南，唔，好名字。」把交叉的手環到後腦的島田又說了一次這句話，但此時他把江南唸作「konan」而不是「kawaminami」，然後又接著說道：

「為什麼離開推理小說研究社？是不是和社裡的人合不來？」

「不錯，你猜得真準。」

「看你的樣子就知道了。」島田輕輕笑著，一面說道：「所以，你並不是對推理小說失去興趣囉！」

「我現在還是很喜歡推理小說。」

「是呀！你是很喜歡推理小說，我也一樣。推理小說乾淨俐落，比佛學有趣多了。江南，去喝杯茶如何？」

「好哇！」一面答著，江南不禁笑出聲來。

道路緩緩成為下坡。和風迎面拂來，春意盎然。

「但是，江南同學，你還真是個怪人。」

「哦？」

「為了一封可能只是惡作劇的信，專程跑這趟路。」

「路並不遠嘛！」

「唔，如果是我，八成也和你一樣。況且，我每天都閒得發慌。」島田兩手插在牛仔褲前口袋，露出雪白的牙齒。

「你覺得只是一般的惡作劇嗎？」

「雖然紅次郎一直這麼說，但我總覺得不對勁。」

江南答道：「我當然知道不會是鬼魂寫信，一定是有人冒充死者之名。但只是窮極無聊的惡作劇，未免太講究了。」

「怎麼說？」

「你想想看，所有的內容全部用文字處理機印成。如果是惡作劇，犯不著如此大費周章……」

「可是如果用慣了處理機，就沒什麼好奇怪的。最近文字處理機相當普遍，阿紅也有一台。今年才買的，現在已經用得很熟練。」

「不錯，的確很普遍。我的朋友當中，有不少人有這種新鮮的玩意兒。大學研究室裡也有一台，學生可以自由使用。不管怎麼說，用文字處理機寫信這種行為，恐怕還沒有那麼大眾化吧？」

「說得也是。」

「寄信者之所以採用文字處理機，當然是為了隱藏自己的筆跡。單純的惡作劇，有必要做這種掩飾嗎？況且，信中只有簡短的幾個字，對方若是以威脅人為樂，一定會寫上一大串可怕的字句。還有，紅次郎收到的信也是只有寥寥數字。所以我想其中必然有更深的含義，說不定有什麼陰謀。」

「有道理，更深的含義……」

下了坡道，就是海岸路。陽光燦爛的海上，各式各樣的大小船隻航行著。

「喏，那邊。」島田用手指著。

「到那家店吧！那裡很不錯。」

站在道路上就可以看見那裝有風向雞的紅色屋頂。江南唸出招牌上有趣的店名——MOTHER GOOSE（鵝媽媽），卻仍緊繃著臉。

4

兩人面對面在一處靠窗的座位坐定，江南再度審視這位初識男子的面貌。

年齡約三十出頭——不，更年長一點。頭髮略長而柔軟，使得原本不胖的臉頰更加瘦削。修長的身材高於瘦高個兒的江南，微黑的臉龐當中是個惹眼的鷹鉤鼻，兩眼略微凹陷而下垂。

極端與眾不同——島田的外表給人的第一印象只能這麼形容。從任何角度來說，總有股陰沉而難以相處的感覺。然而，這種外貌與言行的奇妙**矛盾**，反倒激起江南莫名的好感。大概就是所謂一見如故吧！

已經過了四點，江南想起從早上到現在什麼都沒吃，便點了份披薩吐司和咖啡。

隔著大玻璃窗往外看，十號公路那端有一片圓弧形的湛藍海洋，就是別府灣。這家店頗有學生餐館的風味，可能是經營者的興趣，店中擺飾皆為鵝媽媽造型。

「江南，可以繼續說了。」所點的熱伯爵茶送上後，島田緩緩倒滿一杯，首先開口。

「繼續——你是指那封信？」

「當然。」

「我所想的就是剛才那些而已。可以抽菸吧？」

「請便。」

「抱歉。」點了火，深深吸入一口，江南方才接道：「就像剛剛說的，我覺得這不是單純的惡作劇。不過，別問我為什麼。老實說，我一點也不知道寄信者的目的何在。只是……」

「只是？」

「我有若干的分析，但還稱不上理論。」

「我洗耳恭聽。」

「就是說，根據我收到的信中字句，想像寄信人的各種意圖，大致含有三種微妙的意思。

「第一，信中一再強調——『千織是被殺害的』，含有『控訴』的意味。第二由第一點衍生而來，含有因此我恨你們，要報復你們，這種『威脅』的意味。利用『中村青司』的名字來寫這種威脅文，最適合不過了。」

「有道理。那麼，第三點呢？」

「第三是從與前面兩點不同的角度來看，這封信裡頭，含有反面的意義。」

「反面的意義？」

「嗯。這個寄信人為什麼現在才以已故的中村青司之名，寄出這種怪信？不管威脅文寫得多麼恐怖，現在恐怕沒有人會當真吧？鬼魂用文字處理機寫信，太荒唐了。

「所以我想——這封信是否暗示我們**再度注意去年的角島事件**？我這麼推測，會不會太離譜？」

「不，很有意思。」島田眼中帶笑，伸手拿起杯子。

「唔，有意思。重新調查角島事件……的確有必要。關於那件事，江南，你知道多少？」

「除了報上刊登的消息，其他都不清楚。」

「那麼，我把所知道的告訴你。」

「哦，請說。」

「大致的情節你知道吧？時間是去年九月，地點在角島的青色館，被害人有中村青司及妻子和枝、傭人夫婦共計四名，此外還有行蹤不明的園丁一名。由於行兇後縱火，房屋全毀。兇手至今仍未落網。」

「我記得失蹤的園丁被指為兇嫌。」

「對，可是沒有確實的證據。只因為下落不明而涉有重嫌，光憑這一點並不能結案。

「至於事件的詳細情形——首先，必須稍微說明一下屋主中村青司的背景。當時，青司四十六歲，比阿紅大三歲，他很早退休，是位著名的天才建築家……」

中村青司是大分縣宇佐市一位企業家的長男，高中畢業後，到東京就讀T大建築系。早在學生時代，就得到全國競賽首獎，引起業界人士的注目。大學畢業後本當聽從指導教授力勸，進研究所深造；然而父親遽逝，使他毅然束裝返鄉。

父親身後留下龐大遺產，由青司和弟弟紅次郎共同繼承。不久，青司在角島自行從事建築設計，決定提早退休，過著半隱居的生活。

「……夫人和枝，娘家姓花房，是青司住在宇佐時的青梅竹馬。兩家早已**許下婚約**，在青司搬到角島的同時，兩人就結婚了。」

「後來他沒有再從事建築業嗎？」

「聽阿紅說，他偶爾還是設計，不過多半是為興趣而工作。高興時就接下喜歡的工作，完全依自己的意思設計，專門建造風格獨特的房子，頗受好評——甚至有人千里迢迢地到島上拜訪，只為了求他一紙設計圖。不過這十年來，他回絕所有工作，完全過隱居生活。」

「唔——真是個怪人。」

「阿紅為興趣研究佛學而且樂此不疲，也是個怪人。不用說也該想得到，『怪人的哥哥』當然怪上加怪。但是，他們兄弟之間，好像處得不好。

「言歸正傳——島上還住著一對叫做北村的傭人夫妻。丈夫掌理宅邸大小雜事，並且負責駕駛往返本土的汽艇；太太則包辦所有的家事。還有一個人，就是那名有問題的園丁。此人名叫吉川誠一，平常住在安心院附近，每月一次住到島上工作數日；火災的前三天，他正好到島上去。有關人物的介紹，大致就是這樣。

「其次是事件的狀況——發現的屍體有四具。由於火災的緣故，屍體燒得焦黑，鑑識上極為困難。警方花了一番工夫，才判明事情的經過。

「北村夫妻頭部破裂橫屍臥房，當場死亡。兇器推定是已在同室中發現的斧頭。此外，兩人都有被繩索綑綁的痕跡。死亡時間推定在九月十九日——火災前一天的午後。

「中村和枝在臥室床上被勒斃，兇器是細繩索。屍體少了左手腕，推定是死亡後切斷。切下的左手腕至今下落不明。死亡時間推定在九月十七日至十八日之間。

「中村青司與和枝死於同一房間，全身淋上燈油焚燒致死。屍體中驗出大量安眠藥，其他三具屍首也有同樣情形。死亡時間推定在九月二十日黎明火災當時。

「根據火災現場推定，起火點在廚房。兇手在屋中灑遍燈油後，縱火焚屋……

「警方對本案的看法，正如你所知，目前以失蹤的園丁吉川誠一嫌疑最大，被列為唯一嫌犯。雖然疑點還很多，例如——和枝夫人的手腕。吉川為何切下夫人的手腕？手腕又拿到哪裡了？還有，逃脫路線也是個問題。島上唯一的汽艇還留在海灣，兇手殺了四人之後，有可能在九月下旬這種氣候，游泳渡海到本土嗎？

「當然，警方也檢討過其他島外嫌犯入侵的可能性。可是如果是外來的兇手，不吻合的地方就更多了。因此，警方再度把焦點集中在吉川即兇手的論調上……

「江南，別客氣，吃吧！」

「嗯？哦——好。」

當島田滔滔不絕地訴說案情時，所點的披薩吐司和咖啡已經端來，但是江南一直沒吃。他倒不是客氣，而是聽得入迷，一時忘記入口。

「首先是動機——這有兩個說法。

「其一，覬覦青司財產的謀財說法。另一個是吉川暗戀和枝夫人，或者與夫人私通。更有人表示，或許兩方同時成立，綜合成一個殺人動機。

「吉川先讓屋裡所有的人喝下安眠藥，等大家睡著後開始行兇。他綁好北村夫妻，把青司關在某個房裡。然後把和枝夫人抱進臥室，一逞獸慾。最先遇害的就是這位和枝夫人，死亡時間比其他三人早一天或兩天。至於兇手為何殺人毀屍，就不得而知了。其次被殺的是北村夫婦，遇害時可能還在沉睡狀態。最後是青司，兇手在熟睡的他身上淋上燈油，然後到廚房點火……」

「可是，島田。」已冷的咖啡停在嘴邊，江南問道：「兇手為什麼讓青司活到最後？北村夫婦也一樣。先殺掉他們不是比較安全？」

「也許兇手起初並不想殺他們，可是在殺了和枝夫人之後，因而精神崩潰。還有一種看法，兇手不先殺青司是另有目的。如果這是事實，就符合了謀財說法。」

「為什麼？」

「換句話說，這和**青司這位建築家的特徵**有關。」

「建築家的特徵？」

「對，青司是——剛剛提過一點，他的興趣與眾不同。無論青色館或十角館，凡是青司所設計的建築物，都反映出獨特的偏執狂，充滿孩子氣的遊戲心態……其中之一，就是裝置**機關**的嗜好。」

「機關？」

「對。沒有人知道機關改建的程度，尤其是燒掉的青色館裡面，到處都有隱藏的櫥櫃或保險箱之類的設置。當然，只有青司本人才熟悉所設的機關……」

「原來如此。為了偷出財物，兇手非從青司口中問出秘密不可。」

「不錯，所以當然不能先殺青司。」

島田說到這兒，一手撐在桌面。

「以上就是整個案件及其搜查狀況的要點。至於園丁吉川的行蹤，目前還在搜索中。一直到現在，警方似乎毫無所獲。怎麼樣，江南，有什麼問題嗎？」

「這個嘛……」將剩下的咖啡一飲而盡，江南陷入思潮。

聽了島田那番話，警方的判斷似乎最妥當。然而，那只是根據遺留狀況所做的推測——說得難聽一點，是為了**吻合**現場情況，牽強附會而成的理論。

本案的最大瓶頸在於現場房屋全毀，沒有留下有力的線索。由屍體及兇器得來的資料原本不多，再加上整個島上沒有任何生還者……

「你的表情好嚴肅，江南。」島田舔舔微翹的上唇，說道：「現在該我來問你了。不過，和角島事件無關。」

「你想問什麼？」

「關於千織的事。我知道阿紅有個姪女，聽說為了上學方便，住在和枝夫人娘家。就在去年，發生意外死了，詳細情形我並不知道。千織是個怎麼樣的女孩？」

江南蹙起眉頭，表情有些僵硬。

「這——她是個溫順的女孩，不引人注目，看起來有點落寞。我幾乎沒跟她說過話，不過她的性情好像很好，聚會時總是為大家張羅一些雜事。」

「唔，她是怎麼死的？」

「去年一月，在推理小說研究社的迎新會上，因為急性酒精中毒……」江南答著，空洞的眼神挪向窗外。「平常聚餐時，她都很早離開。當時是我們硬把她留下來……真對不起她。聽說她原本就身體不好，可是那天大家玩瘋了，好像硬灌她多喝了些酒……」

「**好像？**」

「嗯，我本來也留下來和大夥兒一起熱鬧，後來因為有事，和另一個叫守須的朋友先離開。沒想到隨後就發生那件不幸的事，真是意外——」江南摸著夾克口袋裡那封信，又說：「不，不是意外——也許是我們害了她。」

想起千織的死，大家多少得負點責任。如果當時自己不中途離開而留在席上，能不能阻止大家逼她喝酒？

「江南，今晚有空嗎？」或許察覺到江南的心情，島田突然以開朗的口氣說：「我們邊吃晚飯，順便喝一杯如何？」

「可是……」

「我請客。不過，希望你多談點推理小說的事。很悲哀，我沒有那種好夥伴。怎麼樣？」

「好。樂意奉陪。」

「決定了，到O市去。」

「不過，島田？」

「嗯？」

「我還沒問你，你和紅次郎是怎麼認識的？」

「哦，這個呀！阿紅是我大學的學長。」

「學長？這麼說，你也是學佛學的？」

「可以這麼說。」島田有點不好意思似地摸摸鼻子。

「事實上，我父親在O市當住持。」

「嘿，原來是佛門子弟。」

「我是三兄弟裡頭的老么，這把年紀了還無所事事，沒有資格說別人是怪人。我父親雖然上了年紀，身體還很硬朗，現在除了看推理小說外，也替喪家誦經。」說著，島田虔誠地合掌。

5

> 你們**殺害的**千織
> 是我的女兒。

守須恭一再度從玻璃矮几上拿起那封信，又深深吐出一口氣。背靠著床，雙腳伸到灰色長毛地毯上。

（你們——**殺害的**——千織……）

目光徐徐追逐文字處理機井然有序的字體，沒有任何言語可以形容他此刻複雜的心情。

去年一月，在推理小說研究社的迎新會上——當時，他和同年級的江南孝明一起中途離席。後來……

寄信人的名字是「中村青司」——半年前角島命案的被害人。對守須而言，是個素未謀面的陌生人。

守須住在穿過O市站前的馬路邊，港口附近一棟名叫「巽Heights」高級公寓五樓的單人套房。

守須把信放回信封，輕輕搖了搖頭，一面伸手拿起桌上的七星牌香菸。

這陣子不覺得抽菸有什麼好，然而，他一直無法抗拒尼古丁的誘惑。

（角島那些人，現在在做什麼？……）

他茫然想著，目光投注在小而整潔的房間一隅。

牆邊的畫架上，擺著畫了一半的油畫。褪色的早春林木圍繞中，悄然注視時光過往的磨崖佛們……他在國東半島幾無人煙的山中所看到的風景，畫布上用炭筆打了底稿，只淡淡地抹上一點顏色。

刺激著喉嚨，令守須難受得幾乎嗆出來。他有些不耐地把才吸了兩、三口的香菸丟入蓄著水的菸灰缸。

一直有股討厭的預感，好像有什麼事要發生……

就在這時，電話響了起來。看看手錶，已經快十二點了。

（這麼晚了，大概是那傢伙……）

猶豫了幾秒鐘，守須拿起話筒。

「喂，守須嗎？」

不出所料，果然是江南孝明那熟悉的聲音。守須想了想，立刻應聲：「哦，**道爾**……」

「我說過別叫我這個名字。我中午也打過一次電話，可是沒人接。」

「我騎摩托車到國東去了。」

「國東？」
「嗯，去寫生。」
「哦，對了，守須，你有沒有接到一封怪信？」
「是不是中村青司寄來的信？為了這件事，三十分鐘前我才打過電話給你。」
「果然你也接到了。」
「嗯，你現在在哪裡？要不要過來？」
「就是想去找你，所以才打電話。我就在附近，想借用你的智慧研究一下那封信。」
「你太抬舉我了。」
「三個臭皮匠，勝過一個諸葛亮。我還帶了個朋友，一起去沒關係吧？」
「當然。那麼，我等你。」

＊

「不曉得對方是什麼意思？如果是惡作劇，未免太差勁了——」比照著並列在桌上的兩封信，守須說道。
「信上說『你們』，所以，我想應該不只我一個人接到這種信……」
「你這封好像是副本，我接到的才是正本。」江南抓起帶來的信，細細審視。

「對方一定拷貝了很多份同樣的信，東一家裡也接到一封，我打電話查過了。還有——中村紅次郎那裡也接到署名青司的信，不過內容稍有不同。」

「中村紅次郎？」守須皺起眉頭，問道：「是不是——中村青司的弟弟？」

「對，他那封信寫的是『千織是**被殺害的**』——我今天到別府拜訪他，在那裡認識這位島田先生。」

江南說完，守須向剛剛已經介紹過的島田，再次輕輕點了點頭。島田由於到此之前和江南喝了點酒，瘦黑的臉上透著紅暈。至於江南，可能是酒精的緣故，不但呼吸喘急，兩眼更是充血通紅。

「別急，一件一件說。」守須說著。江南欠欠身子，吐著酒氣，急促地訴說今天一整天所發生的事。

「江山易改，本性難移。你還是這麼好奇。」聽完話，守須瞅著江南微透倦態的臉龐。「這麼說，你從昨天到現在一直沒睡？」

「沒錯。可是，我真搞不懂，到底是誰，又為了什麼散布這樣的信？」

守須一手按著太陽穴，用力閉了一下眼睛。

「控訴、威脅……還有，喚醒大家對角島事件的注意力？嗯，這是個很不錯的想法。尤其從信中可以看出對方有意要我們探查角島事件，雖然多少有些牽強，不過很有意思。那案件的確有問題——島田？」

不知何時，島田已經靠著牆打起盹來。被守須一叫，他像貓似地揉著臉欠起身子。

「島田？我想問你一件事。」

「唔——嗯，什麼事？」

「去年角島事件發生時，中村紅次郎在做什麼？」

「想查他的不在場證明？」島田睏倦的眼中含笑。「嗯，好銳利的觸擊，真有你的。**青司和和枝夫人死後，獲利最大的是誰？**當然是阿紅。」

「對。很冒昧這樣說，但是紅次郎嫌疑最大……」

「守須，警方並不是傻瓜，當然已經調查過阿紅。**很遺憾的**，他有完美的不在場證明。」

「怎麼說？」

「從九月十九日晚上到隔天早上，阿紅一直和我在一起。他難得打電話約我喝酒，我們在別府喝到深夜，然後回他家過夜。第二天早上知道出事時，我們一直在一起。」

「的確無懈可擊。」

島田頷首道：「我想聽聽你的意見，守須。」

「好。雖然沒有什麼新的見解，但是從我當年看到新聞報導直到現在，就有個想法。」

「什麼？」

「我也說不出所以然，只是一種直覺……我總覺得**和枝夫人失蹤的左手腕**是案情的最大關鍵。如果找到手腕下落，一切就水落石出了。」

「唔，手腕的下落……」

守須和島田不約而同地看著自己的手，沉默不語。

「守須，你知道研究社那些人到角島去了嗎？」江南問。

「嗯。」守須嘴角浮現一絲笑意。

「他們也找過我，被我回絕了。我覺得很不敬。」

「他們打算去多久？」

「從今天起一個禮拜。」

「一個禮拜？搭帳篷嗎？」

「不，靠了點**人際關係**，可以住在十角館。」

「我記得紅次郎說過房子已經賣了。有點可疑，在接到死者來信的同時，又到死者曾生活過的島去……」

「的確是個討厭的巧合。」

「是巧合嗎？」

「或許不是。」

守須再度用力閉閉眼睛，說道：「如果擔心的話，可以先查一下出席那次迎新會的其他社員，家裡是否也接到信。我們必須確定除了東一以外，別人是否也接到這種信。」

「我想也是。」

「要不要去查查看？」

「哦，反正現在放春假，有得是時間。趁這個機會，玩玩**偵探遊戲**也不錯。」

「這才是我們的江南。那麼，乾脆這樣好了。順便進一步調查角島事件如何？」

「沒問題，可是具體來說應該怎麼做？」

「比方說，到吉川那個園丁家看看。」

「好是好，不過……」

「別想那麼多，江南。」島田打斷他的話，插嘴道：「這很有趣嘛！我不是說過吉川住在安心院附近嗎？他太太應該還在那裡，這位園丁太太以前在角島的中村家工作過。換句話說，**她是知道中村家內情的唯一生存者**。光憑這一點，就有拜訪的價值。」

「知道地址嗎？」

「查一下就知道了。」島田撫著瘦削的臉頰，愉快地笑道。

「這樣吧，江南明天上午查證威脅信收件的情況。然後，下午搭我的車到安心院。如何？」

「好，守須呢？和我們一起去……」

「我是很想去，可是，現在正忙著畫畫。」

守須眼光移向畫架上的畫布。

「國東的磨崖佛？這是你很喜歡的風景。是不是想拿去參加比賽？」

「不，沒那種打算。只是突然想畫畫，總想把那裡花開前的風景畫下來。所以，這陣子天天往那裡跑。」

「哦……」

「況且，我本來就沒有你那麼活躍，也不擅與人打交道。明天晚上再打電話給我，晚一點也沒關係。因為，我對你們這趟訪問也很有興趣。」守須點上明知味道不好的菸，說道：「或者——我可以在家裡扮演安樂椅神探。」

第三章——第二天·島

1

睜開惺忪睡眼。

昨晚回房時已經凌晨兩點，雖然立刻上床，卻始終難以成眠，只是瞪著眼凝視不見一絲亮光的空間，不知怎地，心情一直無法平靜。今天發生的種種事情中，只有討厭的事盤據腦海，宛如蛛網般糾纏心中，揮之不去。

艾勒里、范、愛倫·坡、阿嘉莎、勒胡，還有卡爾——這些人當中，並沒有特別厭惡哪一個。非但如此，反而懷有相當程度的好感。她討厭的不是別的，而是自己本身。

平常生活中，無論再憂鬱的事，只要回到自己租的小房間就能得救。一旦逃回屋裡，就是她一個人的天地——在那裡，可以海闊天空自由幻想，無憂無慮地陶醉其中。那裡有最知心的朋友，最理想的戀人，更有無條件崇拜她的人。至於她本身，也可如願成為最具魅力的女性。

但是——

初次造訪的這座島嶼，這棟建築，這個房間。好不容易能夠獨處，心中卻紛擾不定。

早就料到會這樣，或許不該來……

對她而言，這趟旅行含有特別的意義。

角島、十角館……其他人是否留意到？

她是知道的。對，這個島是去年一月因大家粗心而致死的「那個女孩」，她的故鄉。

中村千織是她的知己，唯一可以說知心話的朋友。同學院、同年級、同年齡……自從首次在教室碰面，就有一見如故的感覺，千織可能也是一樣。兩人非常投緣，私底下經常膩在彼此的房間談天說地。

我的父親是個怪人，在一個叫角島的島上離世索居——千織曾經這麼說過，而且不願別人知道這件事。

可是千織死了，自己卻和大家到了這個歷經她的出生，以及雙親慘死的島上來。

這不是冒瀆，而是追悼——奧希茲告訴自己，這件事不必讓其他人知道，我一個就夠了。哀悼千織的死，並且安慰她在天之靈……

但是，我有那個資格嗎？會不會太自以為是了？以這種心態到島上來，對死者是不是一種冒瀆？

她思忖著，不覺跌入淺眠中。現實與非現實交纏的夢，一波波襲來，毫不留情地撕裂她混亂的腦袋。夢境背景均為昨日島中所見場面，那麼真實……

就這樣——睡意突然退去。

她用窗縫透入的微光環視房間，一時無法判斷是夢是真。

鋪著藍色地毯的地板，固定在窗戶左邊的床。右邊牆壁自窗戶以下，擺著桌子、衣櫃、穿衣鏡……

奧希茲緩緩起身，下床打開窗戶。

外面微微透著涼意，天空中片片淡淡的白雲，波浪聲溫和而平穩。

看看枕邊的手錶，八點正。是早上了，這時，她才有真實的感覺。

關上窗，開始換衣服。

黑裙，自罩衫上披了件菱形花紋的胭脂色毛衣。一如往常地略瞥了一眼鏡子，不敢正面注視自己的容貌。

準備好盥洗用具，奧希茲走出房間。

好像還沒有人起床，十角形大廳靜悄悄的，嗅不出一絲昨晚的熱鬧氣息。

這時，奧希茲注意到已經收拾乾淨的中央桌子上，擺著一些沒見過的東西。在正上方天窗射入的陽光反射下，亮眼的白色光芒倏地令她目眩。

奧希茲覺得詫異，舉步走向十角形桌子。當她認出**並排在桌上的東西**時，不禁倒抽一口氣愣在那裡。

（這是什麼？……）

剛把手伸向桌子，又慌亂地縮回。

她一個人驚慌失措，顧不得洗臉，便拔腿奔向阿嘉莎的房門。

2

第一個被害者

第二個被害者

第三個被害者

第四個被害者

最後的被害者

偵探

殺人兇手

七塊寬五公分、長十五公分的乳白色塑膠板，上面各寫著鮮紅的文字。

「這算哪門子的惡作劇？」

艾勒里訝異地眨眨眼，嘴邊仍然掛著微笑。

換好衣服的只有兩名女性，其他五個男生剛被阿嘉莎大聲叫醒，都只在睡衣上披了衣服。

「這個玩笑開得真不錯，是誰的傑作？」艾勒里開口問眾人。

「艾勒里，會不會就是你？」

「不是我，也許是勒胡、卡爾或阿嘉莎？」

「我不知道。」

「我也是。」阿嘉莎滿臉緊張的神色。

「不會是范吧？」

「我不知道。」范手指按著浮腫的眼皮，搖搖頭。

「是阿嘉莎發現的？」

「不是，奧希茲先看到的——難道是妳？」

「不是我……」奧希茲逃避似地低下頭。

大家的視線自然集中在愛倫．坡身上。

感受到眾人集中在自己身上的視線，愛倫．坡皺起臉，不悅地說道：「告訴你們，我不知道。」

「那麼，到底是誰？」艾勒里聳著肩，「開玩笑也該適可而止。」

沒有人說話。

尷尬的沉默中，七人彼此對看。

「艾勒里。」愛倫·坡開口道。

「我想只有你和阿嘉莎才會做這種惡作劇。」

「別胡說，不是我。」

「也不是我。」

早上的大廳再度恢復沉靜。

沉默逐漸使眾人心情變得不安，互窺彼此的臉色，等待是否有人突然緩下表情出面承認。

靜肅中，只聽得遠方傳來的波浪聲。冗長、沉悶的片刻……

「我發誓不是我幹的。」不久，艾勒里以認真的表情打破沉默。

「真的沒有人願意承認？我再問一次——范？」

「我不知道。」

「阿嘉莎？」

「我說過不是我。」

「卡爾？」

「不知道。」
「愛倫・坡？」
「不知道。」
「勒胡？」
「開玩笑。」
「奧希茲？」
奧希茲怯生生地搖頭。
又是一陣令人窒息的沉默，只有不變的波浪聲傳入七人耳中。不安的波濤洶湧，在七個人心中產生共鳴，並且無法抑止地徐徐高漲……
「好吧！」說著，艾勒里撩上散落的頭髮。「兇手——這樣叫可以吧？一定在我們當中。沒有人承認就表示有一名，或者數名居心不良的人，隱藏在我們之中。」
「你說的居心不良是什麼意思？」
聽阿嘉莎這麼問，艾勒里簡單地答道：「我怎麼知道，也許有做什麼壞事的企圖吧？」
「少唬人，艾勒里。」卡爾諷刺地撇撇嘴唇。「說清楚不就得了，這是殺人的預告……」
「你太過分了，卡爾！」艾勒里以出人預料的音量吼著，並且瞪了卡爾一眼。
「——為了慎重起見，我再問一次。沒有人願意承認嗎？」

眾人眼神相覷紛紛點頭。

「很好。」

艾勒里蒐集並列桌上的七塊塑膠板，坐在一張椅子上。

「大家都坐下來如何？」

看著六人陸續落座，艾勒里嘴角仍是慣有的微笑。

「阿嘉莎，對不起，麻煩妳泡咖啡好嗎？」

「好。」答著，阿嘉莎獨自走進廚房。

艾勒里默默審視圍坐桌沿的五人表情，比照著自己手中的塑膠板。此時此刻，誰也不知道該說什麼。

過了一會兒，阿嘉莎端著咖啡走出廚房。接過冒著蒸氣的十角形杯子，艾勒里率先啜了一口。

「現在，」他兩手插入睡衣外頭的深綠色毛衣口袋，向大家說：「島上只有我們七個人，所以，擺塑膠板的人就在七個人當中。這一點，沒有疑問吧？可是，沒有人知道塑膠板的來歷；換句話說，我們當中有人懷著某種企圖擺了塑膠板，並且故意隱瞞不說。塑膠板是常見的塑膠料製成，文字是黑體字，以紅色油漆噴出。光憑這些，找不出線索。」

「可是，艾勒里，」勒胡表示意見。「美術字不是誰都會寫，如果不是曾經學過……」

「那麼，奧希茲最可疑。」
「艾勒里，我不是這個意思……」
「我們當中，學過繪畫而且擅長美術字的首推奧希茲。奧希茲，妳能反駁嗎？」
「——不是我。」
「可惜這句話不能成為反駁的理由。」
奧希茲脹紅了臉，輕輕抬眼辯駁：「現在市面上到處可以買到現成的美術字，卡爾，利用那個製成模型噴漆，任何人都可以……」
「對，沒錯。只要稍微有一點繪畫基礎，譬如我、愛倫．坡或范都辦得到。」
艾勒里趁熱喝光杯中咖啡。
「塑膠板本身怎麼樣？」
勒胡從旁伸手拿起一塊塑膠板，看了看後說道：「邊緣並不整齊。」
「大概不是現成品，好像是用線鋸切割成這個大小的。」
「是不是用墊板做成的？」
「超級市場木工部就買得到了，勒胡。那裡有大小各色的塑膠板，任君選擇。」
然後，艾勒里拿回勒胡手中的塑膠板，以洗牌的手法排列整齊。
「暫且收起來吧！」說著，他起身走向廚房。六人的視線，彷彿被線牽引般追隨而去。
廚房的門敞開著，艾勒里站在餐具櫃前找出空抽屜把塑膠板全部丟進去。隨即轉身回到大廳，宛如貓一般優雅地打了個呵欠。

「哎，看我這副德行。」他張開雙臂，往下看自己的穿著。

「既然已經醒了，換衣服去吧！」

艾勒里返回自己的房間後，現場緊張的氣氛漸漸緩和下來。

吐出一口氣，六人一個個站了起來。當男生們各自回房的同時，阿嘉莎和奧希茲兩人也攜手到阿嘉莎的房間去了。然而，在離開大廳之前，沒有一個人不瞥一眼問題的焦點——那個擺著七塊塑膠板的廚房抽屜。

三月二十七日星期四。就這樣，開始了他們的第二天。

3

過了中午……

眾人好像什麼事都沒有發生過，午餐席上沒有人提起早上發生的事情。

當作玩笑或閒聊話題，似乎有點不吉利。如果深入地加以討論，又未免脫離現實。其實，每個人都被廚房那個問題抽屜所吸引，只是彼此心照不宣。一方面互相窺視臉上的表情，同時努力佯裝忘掉了那件事。

終於吃完了阿嘉莎和奧希茲做的三明治，眾人陸續離開座位。

首先起立的是卡爾。頻頻撫摸剛刮過鬍子的尖下巴，拿著兩本書走到外面。接著，愛倫．坡和范也站起來，一起走向愛倫．坡的房間……

＊

「現在，繼續奮鬥。」帶著低沉的聲音，愛倫．坡一骨碌坐在地板上。

七間客房構造幾乎相同，愛倫．坡房裡的藍色地毯中央，散放著完成一半的拼圖。

「有兩千片呢！一個禮拜拼得完嗎？」

繞過拼圖走到房間裡邊，范坐在床的一端。愛倫．坡輕啟長髭圍繞的厚唇，說道：

「我會完成的，等著瞧。」

「你不是還要去釣魚嗎？還有社刊的稿子也得寫。」

「時間還多得是嘛！總之，先找出**這傢伙的鼻子**。」

不到一個榻榻米大的面積，拼圖邊緣已經完成。畫有完成圖的盒蓋擺在旁邊，愛倫．坡盯著圖，勤快地撥動散亂的小片。

拼圖的圖案是六隻狐狸嬉遊原野的照片。大母狐周圍環繞五隻可愛的小狐狸，其中一隻小狐狸鼻子的部分，正是愛倫．坡目前的難題。

「嗯？怎麼了，范？」注意到范雙手擱在膝蓋上，無精打采地垂著頭，愛倫．坡擔心地蹙起眉頭。

「是不是還不舒服？」

「——嗯，有一點……」

「盒子裡有體溫計，量量體溫，躺一下。」

「謝謝。」腋下夾著體溫計，范略瘦的身子躺在床上。然後，搔抓著稍帶褐色的柔細髮絲望向愛倫·坡，說道：「你覺得怎麼樣？」

「嗯？啊，找到了，就是這個。」愛倫·坡抓出一個小片，「好極了——你說什麼，范？」

「今天早上的事，你有什麼看法？」

手停了下來，愛倫·坡立起壯碩的上身。「那件事嗎……」

「真的是惡作劇嗎？」

「我想只是普通的惡作劇……」

「如果是這樣，為什麼沒有人承認？」

「也許還有下文。」

「下文？」

「嗯，繼續開玩笑。」愛倫·坡食指伸入鬍鬚中，抓著下巴。「我也做過各種假設，例如，今天晚上，誰的咖啡被摻了鹽巴，就是『第一個被害者』。」

「——哈哈。」

「就像這樣，『殺人兇手』愉快地重複罪行，也就是所謂大規模的『謀殺遊戲』。」

「原來如此。謀殺遊戲……」

「也許這種解釋很無聊，不過比起害怕殺人預告成真好得多了。」

「的確，又不是小說，殺人沒那麼簡單。不過，愛倫・坡，這個遊戲的兇手會是誰？」

「這……會玩這種把戲的傢伙，除了艾勒里不做第二人想。不過，他好像要扮演『偵探』的角色……」

「對，艾勒里昨天說過『誰要向我挑戰』，也許有人衝著那句話才這麼做。」

「這很難說。如果真是這樣，就是當時在場的你、我和勒胡三人中的一個了——可是，今天早上那些塑膠板，顯然是事先準備好的。」

「哦，除了艾勒里以外，可能會搞那種惡作劇的，就是勒胡或阿嘉莎……」

「不，說不定還是艾勒里一手導演的，也就是偵探即兇手的模式。」

「聽你這麼說，今天早上他是自導自演囉？那傢伙還真沉得住氣，了不起。」

「嗯——體溫計呢？范。」

「哦，差點忘了。」范起身，從毛衣領口取出體溫計，先在眼前看了看，隨即有氣無力地遞給愛倫・坡。

「果然有點發燒。」愛倫・坡檢視范的臉。

「你的嘴唇也有點乾。頭痛不痛？」

「有一點……」

「今天安分點，好好休息。有藥嗎？」

「我帶了市面上賣的感冒藥。」
「那就好，今晚早點睡。萬一在旅途中延誤病情，將來就麻煩了。」
「遵命，醫生。」范以沙啞的聲音答著，仰躺下來凝視天花板。

＊

大廳裡，阿嘉莎和奧希茲已經收拾好餐具，捧著紅茶包泡的熱茶坐下休息。
「唔，還得忙六天，準備七人份的伙食真不簡單！」
阿嘉莎靠著椅背，伸了個懶腰。
「真討厭。妳看，奧希茲，手都被洗潔劑弄粗了。」
「我有護手霜。」
「我也帶了。瞧，這就是按摩保養的成果。」
「又柔又細，像公主的玉手。」
阿嘉莎解開髮巾，吃吃笑著。奧希茲曖昧地微笑了一下，小小的手掌捧起苔綠色十角杯，放到嘴邊。
「哎，奧希茲。」往廚房那邊看了一下，阿嘉莎突然改變話題。「那些塑膠板到底是什麼意思？」
奧希茲身子一震，默默搖頭。

「今天早上覺得很不是滋味，仔細想想，可能只是普通的惡作劇。妳說是嗎？」

「我不知道……」奧希茲畏縮地張望四周。「大家都說不知道。其實，何必隱瞞呢？」

「就是這一點，奧希茲。」

「嗯？……」

「或許，大家想得太嚴重了。說不定兇手先生只是不好意思承認。」

「我不知道。」

「妳想兇手會是誰？」

「這個……」

「也許是艾勒里。不過艾勒里才不會不好意思承認呢！哈哈，說不定是勒胡那位少爺。」

「勒胡？」

「以他的個性，很有可能喔！勒胡滿腦子推理小說，說不定一時淘氣來個惡作劇。」

奧希茲垂著眼，不置可否。隨即縮起渾圓的肩膀。

「我怕……」喃喃地自語。

那是她的由衷之言——她始終無法認為那些塑膠板是單純的玩笑，總覺得有股強烈的惡意……

「我根本不該來的。」

「妳胡說些什麼呀！」阿嘉莎露出爽朗的微笑。

「喝完茶到外面吸吸新鮮空氣吧！這個大廳連白天也陰沉沉的，周圍的十面牆更是怪異，也許是我多慮，其實沒什麼好擔心的，對吧？」

＊

艾勒里坐在海灣的棧橋上，凝神注視深沉的水色。

「實在令人擔心，艾勒里。」站在旁邊的勒胡開口道。

「嗯？」

「你知道我在說今天早上的塑膠板。」

「哦。」

「不會是你幹的吧？」

「別胡扯。」

從剛才就一直這個樣子，無論勒胡說什麼，艾勒里總是頭也不回，心不在焉地回答。

「可是，連『偵探』和『殺人兇手』的牌子都不缺，很像你的作風。」

「我怎麼知道？」

「別這樣，說說而已。」勒胡縮起圓圓的肩頭，蹲了下來。「總之，你不覺得只是一般的惡作劇嗎？」

「我不那麼想。」斷然說著，艾勒里雙手插入短外套口袋。

「當然，我希望能那麼想……」

「為什麼不是惡作劇？」

「沒有人承認。」

「不錯，可是……」

「你不覺得手法太複雜了？」說著，艾勒里回頭看勒胡的臉。

「如果用簽字筆在圖畫紙或隨便什麼東西上面寫寫，還說得過去。特地割下塑膠板，用紅色噴漆噴出黑體字……要是我，才不會為了嚇唬大家而這麼大費周章。」

「這麼說……」勒胡摘下眼鏡，開始擦拭著。「你覺得真的會發生命案？」

「可能性很大。」

「這……你說得倒乾脆。發生命案就是會出人命，而且死的不只一人。如果那些塑膠板是殺人的預告，會死五個人……怎麼會有這種事……」

「很無聊嗎？」

「當然無聊，又不是小說或電影……難道那些塑膠板扮演和『印第安玩偶』同樣的角色？如果『兇手』連『偵探』也幹掉然後自殺，不就成為『一個都不留』的局面了嗎？」

「大概是吧。」

「艾勒里，我們為什麼非死不可呢？」

「你問我我問誰？」

頓時，兩人默默看著打在岩石上的波浪。比起昨天，潮聲似乎來得更兇猛，水色也更陰暗。

不一會見，艾勒里緩緩站起說：「回去吧，勒胡，這裡太冷了。」

4

浪濤聲震耳欲聾。

那聲響宛如狂暴巨人的鼾聲，伴隨著動搖人心的不安，將他們帶往更陰沉的思潮……

晚餐剛剛結束，十角形大廳一如往昔，晦闇中晃動著微弱的燈影。

「大家不覺得有點陰森森的嗎？」分發完餐後咖啡，阿嘉莎說道。

「大廳的牆壁看得人眼睛好不舒服。」

燈光映照下的十面白牆——按理說，每一面牆壁都應該互以正確的一百四十四度角銜接，然而明滅的光線使壁面呈現不同的曲面與銳角交疊。由於中央的桌子頑強地維持整齊的十角形輪廓，因此，大廳外圍更加顯露出奇妙的歪曲。

「真的，讓人頭暈眼花。」范按著充血的眼睛。
「早點睡，范，你的臉色還不大好。」愛倫・坡關心地勸說。
「還沒好？」阿嘉莎伸手摸范的額頭。
「還在發燒。不行，范，快去睡。」
「沒關係，現在才七點。」
「不行，這兒是無人島，又沒有醫生，萬一病勢加重就糟了。」
「哦……」
「藥呢？吃了沒有？」
「睡覺前才吃，吃了會想睡覺。」
「現在吃了去睡，小心點總沒錯。」
「我知道。」范像挨母親責罵的小孩，沮喪地站起來。阿嘉莎到廚房拿了水壺和杯子交給他。
「那麼，我先告退。」說著，范走向自己房間的門。這時……
「這麼早回房，誰知道在暗中搞什麼名堂。」低沉而險惡的聲音從卡爾口中洩出。
范停下扭轉門鎖的手，回頭迎著卡爾說：「我只是睡覺而已，卡爾。」
「哼，我總覺得你在房裡拚命磨刀。」
「什麼？」范的聲音帶著暴躁。
卡爾則嘲笑地報以冷哼。「我認為早上的殺人預告是你幹的。」

「范，別理他，快走吧！」艾勒里說道。

「等等，艾勒里。」這時，卡爾發出討好般的聲音說：「依據常理，在這種情況下，范應該最可疑。」

「是嗎？」

「想想看，多數人聚集在一個場所中，假如發生連環命案，聚會的招待者或主辦人多半脫不了嫌疑，不是主兇便是從犯。」

「那是在推理小說裡。」

「預告殺人的塑膠板正是推理小說中所謂『道具』，我這樣推測有什麼不對？」卡爾說著，向范努努嘴巴。「怎麼樣？招待先生。」

「開什麼玩笑！」范腋下夾著水壺和杯子，氣得用力跺腳。「聽清楚，我可沒有招待各位。因為伯父買下這塊地，所以我才當了仲介人。旅行的主辦人，應該是下任總編輯勒胡……」

「沒錯，的確是勒胡來找我商量。如果追根究柢，積極進行這趟旅行的是我本人。」艾勒里加強語氣，接著說：「若要懷疑范，同樣地，我和勒胡也有嫌疑，否則不合邏輯。」

「我不喜歡出了人命才大談邏輯的名偵探。」

艾勒里滿臉驚訝地聳聳肩膀。「話說回來，招待者即兇手的模式太普遍了，不像兇手的作風。若是我，在接受招待時就會好好利用機會……」

「你們真是窮極無聊！」愛倫．坡不耐煩地捻熄抽了一半的香菸吼著。

「什麼名偵探名兇手，你們連現實和小說都分不清？范，別理這些**神經病**，快去睡吧！」

「神經病？」卡爾停下晃個不停的腳，張大眼睛，用力頓足。「說清楚，什麼地方不正常？」

「難道我說錯了？你們總該有點常識。」愛倫．坡板著臉，重新燃上一根香菸。「首先，你們的爭論毫無建設性。我們又不是第一次聚在一起，難道彼此一點都不了解？假定卡爾所說范是兇手，設下圈套等我們上鉤；也許艾勒里和勒胡是兇手，率先計畫這趟旅行；或者卡爾是兇手，伺機行動時正好碰上這次旅行。可能性太多了，一時也說不完。」

「愛倫．坡說的很有道理。」阿嘉莎贊同說：「這樣爭論下去，不會有結果。」

愛倫．坡泰然吐出一口煙，說道：「你們根本已經認定**早上那件事**是殺人預告，這不是太可笑了嗎？一群熱愛推理小說的人，抱著遊戲的心理聚集在這種**曾經出事**的地方，為的是什麼？為什麼不能把**那件事**當成遊戲的一環呢？」

於是——愛倫．坡把白天在屋裡和范的對話及所作的解釋，一五一十地告訴大家。

「就是這樣，愛倫．坡學長。」勒胡樂不可支地拍起手來。

「在咖啡裡加鹽。」艾勒里兩手枕著頭，靠在椅背上。「如果真是在咖啡裡加鹽，我要向兇手脫帽致敬。」

「樂天派的蠢主意！」卡爾忿然起身，踩著浮躁的步伐回房去了。目送他的身影消失後，范啞著嗓子道過晚安也退出大廳。

「兇手究竟是誰，現在不是已經很好玩了嗎？」阿嘉莎向奧希茲笑道。

「嗯——是呀！」奧希茲仍低垂眼簾，小聲地附和。

從口袋裡掏出藍底的單車牌紙牌，在白桌上攤成蝴蝶結狀，艾勒里口中低喃著：「誰是『第一個被害者』？遊戲越來越有趣了。」

也許是無法抹去不安的反作用，大家都被愛倫·坡的意見深深吸引。從早上持續而來的緊張氣氛，頓時煙消雲散。

然而……

此時此刻，島上的確有一個人清楚而明白地知道——殺人預告的塑膠板上文字所表示的意義。

第四章——第二天・本土

1

車子在十號公路向西行駛。

坐在駕駛座旁，江南不時抬眼斜睨握著方向盤的島田潔，不知怎地，心底湧上一股無法抑止的笑意。

住持的三少爺開這種車——紅色法米利亞（MAZDA Familier）。打扮也和昨天那身毛衣搭配牛仔褲的一派輕鬆完全不同，今天穿了套灰色西裝，瀟灑的藍色太陽眼鏡，每樣配件都極不調和；但在島田這位獨具個性的男人身上，卻巧妙地產生一種神奇的統一感。

據島田說，失蹤園丁吉川誠一的妻子名叫政子，目前仍住在安心院的家中。今天上午查到住址，已經約好這次的訪問。

從別府駛入山邊，穿過明礬區。

不算寬的道路兩旁，並列成排乾稻草搭成的帳篷狀建築物，草隙冉冉冒出白色煙氣。這當中，正在採取供作沐浴劑的「湯之花」。

不久，當車子來到往宇佐郡的山坡時……

「江南，你那邊進行得怎麼樣？」島田問道。

「嗯？哦，對不起，還沒向你報告。」正倚著車窗眺望風景的江南，搔搔頭坐直身子。「還有些地方不能確定，不過，我敢斷言參加那次迎新會的全部人員都會接到信。」

「唔，其中有幾個人到島上去了？」

「不清楚，很多人獨自住在外頭，聯絡不上。大概除了中途離席的守須和我以外，全都……」

「看樣子可能會出事。」

「我也這麼想。不過，守須如果在這兒，也許會想得更慎重，說不定會有相反的說法。」

「相反？」

「嗯。就是說——當時迎新會那些人現在一起到島上去，這件事並不是巧合。他們本來就常聚在一起，所以才結伴參加迎新會，並且相約到島上去。因此，威脅信事件與角島之行的符合並不具特別意義，不能一概而論。」

「哦，微妙的理論。」

「那傢伙是個慎重派，本性專注，行事慎重……」

「看他昨晚的表現，像個積極的偵探。」

「是呀！其實我也有點驚訝。不過，他**腦筋很好**倒是真的……」江南和守須是江南還未退出研究社時的好夥伴，當時如此，現在也是如此。

江南是個好奇心非常旺盛的行動派，一旦對某件事物發生興趣，就會馬上採取行動。但是，過度旺盛的好奇心常常使思考不夠縝密，他自己也很了解這一點。同時，也深知自己三分鐘熱度的毛病……

另一方面，就不同的意義而言，守須是個非常熱情的人，只是平常不容易表露出來。律己很嚴，任何事不做到令自己滿意絕不罷手。因此，對江南來說，守須是個能夠經常糾正他，制止他衝動行事的忠告者。

（在家扮演安樂椅神探……）

這正是守須的一貫作風，江南想。他並不認為自己資質較差，只是自覺適合扮演華生的角色。而扮演福爾摩斯的唯一人選，就是守須。

可是──思忖著，江南再度瞥視島田潔。

（此人不會甘心屈居華生或一般警察一角吧？）

車行不久，來到一處視野良好的高原。斜坡上丈高的草木叢生，山坡重疊交錯綿延不絕。

「左邊那座山就是鶴見岳。」

「哦？──聽說最近成為滑翔翼勝地。」

「距離安心院還很遠嗎？」

「再走一段路，過了下坡路就到宇佐郡。然後翻過一個山坡，就是安心院高原。現在是一點半，到那邊——嗯，大概三點左右。」

江南手撐著腰伸伸身子，同時打了個大呵欠。

「累了？江南。」

「對不起，我是個夜貓子，早起太辛苦了。」

「睡一下，到了再叫你。」

「不好意思。」

江南放下車座，島田便用力踩油門。

2

出現在玄關入口的吉川政子與江南模糊的想像截然不同，是位穿著高尚碎花和服，舉止拘謹穩重的善良女人。由於先入為主的觀念，江南總以為為了畸戀連殺四人後下落不明的男人之妻，應該是個不易親近的女人。

政子實際年齡可能在四十上下，不知是否操勞的緣故，面容顯得蒼老而憔悴。

「我是今早打過電話的島田，很抱歉冒昧來訪。」

島田開口時，這位園丁妻子客氣地打著招呼。

「聽說你是紅次郎先生的朋友，大老遠來，辛苦了……」

「阿紅——不，妳認識中村紅次郎？」

「是的，先生很照顧我。我和吉川結婚之前，在角島的青色館工作。青司先生住進去後，我一直在那裡。其實，那份工作也是紅次郎先生介紹的……」

「原來如此。在那裡認識妳丈夫的？」

「是的，我先生當時也常在青色館出入。」

「這棟房子是妳丈夫的老家？」

「是的。我們結婚後在O市住了一陣子，後來為了顧及老家公婆的健康……」

「你們從這麼遠的地方去上工，真辛苦。」

「搬到這邊後，我先生辭掉別處的差事，只做角島青色館和別府紅次郎先生兩家。」

「哦，紅次郎的院子也是妳丈夫照料的？」

「是的。」

「事實上，我們今天突然來拜訪，是為了這個——寄到我的朋友江南那裡去。」

說著，島田出示江南交給他的信。

「這是？」

「不知道是誰冒充已故青司先生的名字，寫了這封信。紅次郎那邊也接到類似的信……」

「哦。」

「我們猜想，這件事可能和角島事件有關，所以，想從妳這兒打聽一點消息做為參考。」

政子無法掩飾困惑的神色，不久抬起視線說道：「這兒說話不方便，請進。順便為我先生拈一炷香……」

＊

島田和江南步入微暗的房屋。

面向兩人正坐的政子背後，有一個小小的佛壇。新設的牌位在幽暗中，泛著一絲淒涼。

「兩位也知道，一直沒有找到我先生。在元旦之後，上個月我終於死心，為他辦了喪事。」說著，政子按按眼角。

「可是，妳沒想到他還活著的可能性？」

「如果他還活著，一定會和我聯絡。」

「可是……」

「我必須聲明一點，我先生絕不會做出那種可怕的事情。外頭那些傳言，我完全不相信。認識我先生的人，也都這樣說。」政子的語氣堅決。

島田認真地點著頭說：「聽說妳丈夫在青色館失火的前三天到角島去，正確的日期是什麼時候？」

「九月十七日一早出門的。」

「後來，二十日早上失火前，有沒有和妳聯絡過？」

「有。出門的那天下午有一次……」

「打電話嗎？」

「是的，向我報平安。」

「當時，有沒有什麼不對勁？」

「和平常一樣。不過——太太好像生病了。」

「和枝夫人？」

「是的。他沒看到太太，便問了青司先生。先生說，太太生病躺在床上。」

「哦。」島田輕撫鼻頭，微微噘起嘴唇。

「很冒昧問妳一個問題——妳會不會覺得妳丈夫對和枝夫人很有好感……」

「我先生和我都很仰慕太太。」政子的臉色有幾分蒼白，說道：「剛才告訴過你們，我先生絕不是外面推測的那樣。說什麼對太太有邪念，太離譜了。而且……」

「什麼？」

「還有人說我先生貪圖青司先生的財產，簡直胡說八道。因為，那些財產早已經……」

「**已經？**妳是說已經沒有財產了？」

「我不該提這些無聊的事。」

「不，別介意，我了解妳的心情。」

島田深邃的眼睛亮起光輝。

「青司已經沒剩下財產……」

島田沉吟著，突然想起什麼似地問：「聽說青司和弟弟紅次郎相處得不大好，對這件事妳有什麼看法？」

「這個嘛……」政子的聲音曖昧不清。「青司先生是個怪人，所以……」

「紅次郎有沒有去過島上？」

「我在那裡工作的時候還常常去，後來可以說幾乎沒去了。」

「妳在那裡工作的時候……原來如此。」

「吉川太太，」一直默默傾聽兩人對話的江南插嘴道：「妳認識中村千織吧？我是她大學裡的朋友，所以，才會接到剛剛島田先生給妳看的信。」

「你是說小姐……」政子的視線落在黑舊的榻榻米上。

「小姐幼時的面貌，到現在我還記得很清楚。我辭工回家後，也常聽我先生提起她的事。真可憐，這麼年輕就發生那種事……」

「千織小姐在島上住到什麼時候？」島田問。

「應該是上幼稚園那年，被送到外祖父家去的吧？聽我先生說，小姐很少回島上，大半是太太到O市去和她見面。太太一直很疼她……」

「青司先生呢？」島田欠欠身子，追問著。「當父親的青司先生對女兒怎麼樣？」
「這個……」政子顯得有點狼狽。「我想，青司先生恐怕不大喜歡孩子。」

3

談了將近兩個鐘頭，離開安心院的吉川家時已經過了五點。由於中途停下來吃晚飯，兩人回到別府大約九點左右。
長時間駕駛使島田也呈現疲態。偶爾與對面來車錯車時，都聽到他低低的咒罵聲。
「到阿紅家看看，沒關係吧？」島田說道。
江南嘴裡雖說無妨，內心卻不大樂意。自從出了安心院，便一直被強烈的虛脫感所折磨。
睡眠不足與疲勞占了大半原因，然而無法否認地，精神方面也覺得有點洩氣與無奈。
興匆匆地跑這趟遠路，卻沒有什麼大收穫。其實，原本並沒打算獲得明確的解答，只希望能夠問到一點未知的情報就可以了。但是……
（如果吉川政子那裡也收到青司名義寄來的信，我是不是就會滿足了呢……）
江南想著，不禁厭惡起自己來。

三分鐘熱度——深知自己的個性如此。結果，自己還是不夠成熟。就像小孩想要新玩具一樣，自己一直在尋找新的刺激，一旦過程稍嫌單調，馬上就厭倦……

沒多久，抵達鐵輪的紅次郎寓所。

夜晚靜謐無聲，天空是一片薄薄的雲層，隱約浮現淡黃色的月影。

島田按了門鈴。屋中傳出輕微的鈴響聲，然而——等候片刻，不見有人應門。

「奇怪，燈是亮的。」詫異地低喃著，島田再度揿鈴，並且敲了兩、三下門。「難道已經睡了？」

正想繞到後面去，島田回頭看見江南倚著門柱，筋疲力盡似地閉上了眼睛。

「算了，下次再來。抱歉，江南，讓你跑了冤枉路。你好像累壞了，走吧！」

＊

出了幹道駛向O市。

島田搖下車窗，帶著海潮氣息的夜風吹了進來。

「冷不冷，江南？」

「不，沒關係……」虛脫感與厭惡自己的感覺依然存在。

「真抱歉，一大早就載著你到處跑。」

「該抱歉的是我，我似乎有點洩氣……」

「別擔心，你只是太累了。」島田並沒有任何不悅的表情，左手放開方向盤，揉拭眼睛，一面說道：「不瞞你說，我也有落空的感覺。不過從另一個角度來看，今天的安心院之行是一大收穫。」

「怎麼說？」

「所謂的落空，是指吉川誠一的消息。換句話說，我們原以為吉川若是沒死，多少會和妻子聯絡。但是，沒有一點那種跡象。」

「不過，才失蹤半年就辦了喪事，你不覺得其中必有文章嗎？」

「說得也是。但是依我看，政子不像會說謊的女人，她的優點是誠實和善良。」

「哦……」

「我一向很有識人的眼光，也許是**直覺**吧！」島田獨自笑了起來。「總之，我們原先的目的沒達成。江南，給我一根菸如何？」

「你會抽菸？」江南微覺驚訝地問，從初識島田到現在，一直沒見過他抽菸。「七星牌行不行？」說著，整盒遞了過去。島田盯著前方，靈巧地敲出一根菸叼在嘴裡。

「幾年以前，我是個老菸槍。自從得過一次肺病後，幾乎戒掉了。現在一天只抽一根，在怠惰的生活中我只要求自己做到這件事。」

點上火，島田津津有味地抽起菸來。「閒話少說，我所謂的收穫，是指青司所剩財產不多這一點。如果這是真的，那麼吉川即兇手的犯罪動機就減弱許多了。」

「那麼，與和枝夫人的畸戀呢？」

「關於這一點，一開始我就覺得有點牽強。記得以前和阿紅討論這個案件時，他曾強調和枝不是水性楊花的女人。至於阿紅印象中的吉川，更不可能對夫人產生畸戀，這種說法和政子一樣。」

「這麼說，你認為吉川不是兇手嘍？」

「很有可能。」島田依依不捨地把所剩不多的菸蒂丟進菸灰缸。「還有一點，從今天的談話中，我覺得青司和阿紅兄弟不和的原因，似乎出在和枝夫人身上。」

「和枝夫人身上？」

「換句話說，如果她有秘密情人，應該不是吉川，說不定正是阿紅。」

「紅次郎和和枝夫人？」

「對。現在想想——正是如此。去年命案發生後，阿紅整整在家關了一、兩個禮拜。那段期間，簡直像個廢人。與其說是哀慟青司的死，不如說是因為和枝夫人的死而大受打擊。」

「島田，那麼命案的兇手是？……」

「我還得弄清楚一件事，遲早會告訴你的。對了，我們是不是要向守須報告今天的事情？」

「哦，也好……」

江南看看儀器表上的鐘，十點四十分。

沿著海岸通往O市的幹道上，車輛已經寥寥無幾。零落的紅色車尾燈間，卡車的黑色龐大軀體向前行進著。平行的軌道上，流曳一道長長的火車燈光。

「他昨天說打電話就可以，不過反正是一趟路，我們就順便過去吧！」

或許是島田剛才那番話的鼓勵作用，江南消退的氣力恢復了許多。島田似乎察覺這一點，瞇起眼睛說著：「守須……也是個好名字。」

4

「我以為你已經玩膩了偵探遊戲，」把水注入已放好茶包的杯中，守須半開玩笑地說：「真想不到，大概是島田陪著你的關係吧？」

「被你看透了。」江南露出難為情的淺笑。

「先發表調查報告吧，偵探大人。」

於是江南把今天所得的情報，扼要地告訴守須。

「唔，原來如此。」守須倒了第二杯紅茶，沒加糖就一飲而盡。「明天想做什麼？華生先生。」

「這個嘛，該做什麼呢？」江南躺下來伸直身子，懶洋洋地一手撐著頭。「老實說，我今天還是有點洩氣。原以為春假又長又無聊，只好每晚打麻將——誰知突然接到『死者的來信』，當然不能等閒視之。我想其中必定大有文章，正起勁的時候卻……」

「喂，別只顧自我分析，冷落了島田先生。」

島田抓著瘦削的下巴，笑道：「藉這件事來打發時間不是很好嗎？總比讓想像力在忙碌的生活當中壞死來得健康，這是我的一點淺見。其實我和江南一樣，要不是閒得發慌，這把年紀了怎麼能去調查這件事。不過，我本來就滿喜歡探索離奇的事——嗯，守須？」

「什麼事？」

「我想聽聽安樂椅神探的意見。」

「我就知道你的來意。」守須伸舌潤潤乾裂的嘴唇，莞爾笑道：「老實說，昨天聽了你們的話以後，我就有個想法。不過這只是推理，完全在臆測的範圍之內，不能當真。」

「正如江南所說，你果然是個慎重派。」

「就慎重派而言，我這個想法未免大膽了些……或許島田先生跟我想的是同一件事？」

「我也這麼覺得。」

「好了，言歸正傳……」守須的目光從島田移到江南身上。「我覺得很奇怪，有件事情你為什麼沒有提到？也就是說，角島事件不正是法藍西斯・尼文（Francis M. Nevin Jr.）所謂『犧牲打』模式嗎？」

江南啊地叫了一聲。「你是說**青司其實沒有死**？」

「不敢斷言，只是有這種可能性。」守須倒了第三杯紅茶，慢慢地繼續說：「傭人北村夫妻雖然是被斧頭砍死，屍體卻因為火災燒得無法辨認。我想，其中是否套用了『無臉屍體』的詭計？至於和枝夫人的屍體，除了失蹤的手腕外並沒有什麼問題。這麼一來，探討的重點應該放在所謂青司的屍體上面。你們說是不是？

「留在現場的，是具全身淋上燈油燒得焦黑的屍體。臉當然不用說，即使身上有舊傷疤或手術的痕跡，也無從辨認。我不知道警方根據什麼斷定是青司的屍體，但是可以想見或許是他人屍體。況且，還有一位同時失蹤的園丁──島田？」

「什麼事？名偵探。」

「說不定，你已經調查過青司和吉川誠一的年齡及體格？」

「哈哈，好厲害，真服了你。」島田高興地露出了牙齒。「吉川和青司同年，當時四十六歲。體格同樣是中等身材，血型都是A型。不用說，燒死的屍體也是A型。」

「你連這個也查出來了？」江南驚訝地問。

島田撫著臉頰說道：「我沒告訴過你嗎？江南。其實，我在警界有點人際關係。守須，假設**中村青司和吉川誠一交換過來**，你怎麼重組事件的經過？」

「這個嘛，首先……」守須手支著頰，凝視空中。「最先遇害的是和枝夫人，推定死亡時間在十七日到十八日之間。由於吉川誠一抵達島上後，在十七日下午打電話給政子，我想當時夫人恐怕已經被殺了。吉川沒看到她而感到奇怪，青司告知生病在床上休息。這根本是謊話，事實上和枝夫人服了他下的安眠藥，被勒死在床上。

「接著，青司唯恐事跡敗露，決心殺掉北村夫婦和吉川。他讓三人服了藥，用繩子綁起來。十九日，北村夫妻慘死斧下。然後，把沉睡的吉川背到和枝夫人橫屍的房間，解開繩子，換上自己的衣服，全身淋遍燈油。最後放火燒屋，自己則逃離島上……

「就這樣，被害人之一的吉川成為兇手青司的『替身』，就是典型的『無臉屍體』模式。不過，這種推測依然有許多疑點，大約可以歸納為四點。」

「是什麼？快說。」島田催促著。

「第一點，首推動機。青司為何殺害結褵二十餘年的夫人？倘若是發瘋，自然無話可說，但是發瘋也得有個理由才對。

「其次昨晚已經說過，就是被切下的手腕。青司為何切下夫人的手腕？又拿到哪裡了？

「第三是行兇時間不同的問題。假定夫人最先遇害，死於十七日左右，最後遇害的吉川則在二十日黎明。這三天之間，青司在做什麼？

「最後一點，就是行兇後的青司如何離島？藏身何處？」

「大體上，跟我想的差不多。」島田說：「而且，在你列舉的疑點中。我至少可以回答最初的一項。」

「殺害和枝夫人的動機？」

「不錯。當然囉，跟你剛才說的一樣，只在猜測的範圍之內。」

「**嫉妒**，是嗎？」

守須這麼一問，島田嘟起嘴唇，默默點頭。

「即使是很普通的感情，如果在青司那種天才心中長期累積，必然成長為驚人的瘋狂——江南？」

「什麼事？」

「記得吉川政子今天談到中村千織的話嗎？」

「嗯，當然記得。」

「她說千織很少回島上，而且和枝夫人很溺愛女兒。當我問起青司待女兒如何時……」

「說他好像不喜歡孩子。」

「對，就是說青司不疼女兒。」

「難怪——在她的喪禮上，喪家名字不是青司……」

「現在知道我的意思了吧？」島田審視江南與守須的表情，江南直點頭，守須皺著眉移開視線。

「你認為**千織不是青司的女兒**？」

「正是如此，守須。」

「那麼，她是誰的女兒？」

「可能是中村紅次郎，據政子說，在她和吉川結婚辭去工作前，阿紅經常走訪島上。換句話說，他們兄弟的感情原本不錯。而且，阿紅突然不再造訪角島與千織出生的時間相符。守須，你覺得如何？」

「這個……」守須伸手拿玻璃几上的菸盒，說道：「所以，你們回程時到紅次郎那裡去了？」

「對，本來想找阿紅查問一下。」

「──島田，」守須坐立不安地開口說：「我覺得不該做那種事。」

「咦，怎麼突然這麼說？」島田有點莫名其妙。

「或許是我多事，但是不管你和紅次郎私交多好，總不該過分揭人隱私。」

守須平靜的眼神投注島田臉上，又道：「我們三人在這兒談天，說些什麼都無可厚非。但是依據這些推測去挖掘他人隱私，而且是不願人知的秘密，我想這種行為實在有失厚道。」

「可是，守須，昨天不是你建議我們去找吉川誠一的太太嗎？」江南反問。

守須輕嘆一聲，說道：「為了自己的輕率出口，我今天後悔了一整天。好奇心與良心在我心底激烈地衝突，這種複雜的情緒實在很難形容。昨天是一時興起，所以才……總之，我覺得不該為了找樂子而去做那種不道德的事。尤其整天面對山中石佛之後，這種感覺更是強烈。」說著，眼光移向牆角畫架。畫布上的畫抹上一層油彩，已經到了以畫刀上色的階段。「很抱歉，島田──我想退出這個行動。安樂椅神探發表過自己的推理，現在決定退休了。」

島田不以為忤，說道：「那麼，你的結論仍然是青司還活著。」

「若說結論，未免有點語病，我只是指出他人忽略的一個可能性。事實上，如果有人問青司真的還活著嗎，我的答案一定是『不』。」

「那封信呢？怎麼解釋？」

「一定是到角島那些人裡頭，有人惡作劇——還要不要茶？」

「不，夠了。」

守須為自己斟上第四杯紅茶。「假設青司沒有死，可能會為了自己不愛，甚至討厭的女兒千織之死，而寫下控告般的信嗎？」

「哦。」

「我想，把殺意這種極端的感情長期壓抑在心中，比一般人所能想像的困難太多。

「如果半年前那件事真是青司一手導演，他應該不只針對和枝夫人，而會同時對害死千織的年輕人及弟弟紅次郎也都懷有殺意——難道殺意不會爆發成瘋狂行動，在殺死妻子後，立刻提刀撲殺紅次郎和那批年輕人？然而他卻躲了起來，直到今天才寄出威脅信展開復仇。我想，人類的神經不可能這麼強韌。」

「唔。」

「還有開水嗎？守須。」彷彿為了助沉默的島田一臂之力，江南開口問。

「已經不多了，要不要再燒一壺？」

「不，那就不必了。」江南仰躺下來，兩手交叉胸前。「反正島田和我都閒著沒事，暫且撇開你的原則，我們還可以繼續玩這個偵探遊戲……」

「我當然不會干涉你們的自由。」守須稍微緩和口氣，接著說：「但是，我覺得應該盡量避免揭發別人的傷心事。」

「我知道。」江南摀著嘴打了個呵欠，茫然自言自語。「角島那些人現在不知怎麼樣了……」

＊

他們當然無法知道。

隔著數條街道及海洋的小島那邊，殺機已即將爆發了。

第五章——第三天・島

1

睜開雙眼，時間已近中午。昨晚睡得太遲讓她睡過了頭。

阿嘉莎看看錶，匆匆起身。但是豎耳傾聽，其他人似乎沒有動靜。

再度裹起毛毯，**懶洋洋地**趴在床上。

昨晚上床時，已經過了半夜三點。除了卡爾和范先回房外，大夥兒也都差不多這個時間就寢。

雖然是旅行之中，也不好意思獨獨自己遲睡不起。阿嘉莎知道自己並不是最後一個起床，便放心地拿起小几上的香菸。

她的血壓一向偏低，早上需要足足一個鐘頭，身體各部位才會完全清醒。

可是……阿嘉莎思忖著。

（奧希茲也還沒起床嗎？）

不管睡得多晚，她很少這麼晚起。是不舒服呢？還是起床後發現沒人出來，又回房去了？或者……

淡紫色的煙冉冉升起。阿嘉莎喜歡抽菸，但從不在人前表現。

第二根才吸了幾口，撐起尚未完全清醒的身子，阿嘉莎勉強下床。

黑罩衫上套了件棕灰色背心裙，走到穿衣鏡前。確定自己穿戴整齊後，拿著盥洗用具和化妝包走出房間。

雖然已近正午時分，空蕩蕩的十角形大廳仍舊陰暗，唯有中央桌子微微泛著白光。由天窗仰望天空，依然是昨天的晦暗色調。

阿嘉莎快步走到盥洗室，迅速地洗了臉化好妝。然後回到大廳，打算收拾散亂桌上的杯盤，以及滿是菸蒂的菸灰缸。

這時，眼角餘光**有個紅色的東西**吸引了她的注意。

（那是什麼？）

心中的疑惑，腳下的行動，還有突然湧上的念頭，三者幾乎同時產生。倏地，她的臉色轉為蒼白。果然是——**心中所想的東西**，赫然出現在原色木門上。

第一個被害者

彷彿感到心中某處有個聲響，下一剎那，阿嘉莎不顧一切地尖聲喊叫。

阿嘉莎背後的門打開，首先衝出的是卡爾。衣著整齊，看樣子早已起床。他望了一眼愣在那裡的阿嘉莎，然後注意到她凝視的東西。

「誰的房間？」卡爾怒罵似地問。

阿嘉莎一時無法作答，因為白底紅字的塑膠板貼在門上，蓋住了名牌。

圍成十角形的門陸續打開，其他人也跑了出來。

「是誰的房間？阿嘉莎！」卡爾又問了一次。

「奧……希茲的……」

「什麼？」愛倫·坡猛然彈起似地奔向門口。他仍是一身睡衣，尚未梳理的頭髮蓬亂著。

門沒有上鎖，輕輕一推便開了。

房裡一片陰暗，窗縫中射入的幾道光線，彷彿利刃般割裂著黑暗。

「奧希茲？」愛倫·坡顫著聲音叫道：「奧希茲……」

微微的光線照入，靠牆的床上——她靜靜地躺著。毛毯端整地蓋到胸前，臉上覆著她的藍色毛衣……

「奧希茲！」

愛倫·坡咆哮似地叫了一聲，衝入房中。然而，臥在床上的身體毫無反應。

「妳怎麼了——奧希茲……」

愛倫·坡沉重無力地伸手，掀開蓋在她臉上的毛衣，寬闊的肩膀立刻顫抖起來。

隨後跟來僵立門口的五個人，也想湧入房中看個究竟。

「別進來。」愛倫·坡哀求似地舉起雙手阻止大家。「求求你們——別看她的臉。」

愛倫．坡的聲音，使得五人觸電般地再度呆立原地。

愛倫．坡深深吸一口氣，然後再度輕輕揭起毛衣——開始檢查她已不再動、也不再膽怯的身體。

一會兒，愛倫．坡檢查之後蓋回毛衣，搖搖晃晃地站起身子，仰頭向著天花板吐出呻吟般的長嘆。

「出去吧！各位。」愛倫．坡回頭向五人說道：「這是現場，最好上鎖——鑰匙呢？……」

「在這裡。」不知何時走進來的艾勒里看著窗口小几，拿起鑰匙。

「窗戶也沒拴，怎麼處理？」

「拴上就好了。走吧！艾勒里。」

「愛倫．坡，奧希茲是……」范問道。

愛倫．坡握緊艾勒里交給他的鑰匙，壓低了聲音回答：

「**死了**。**被勒死的**。」

阿嘉莎輕輕叫了一聲：

「我不信！」

「是真的，阿嘉莎。」

「怎麼會……愛倫．坡，我想——看看奧希茲。」

「這——不行。」愛倫・坡閉上眼睛，痛苦地搖頭。「奧希茲是被勒死的，阿嘉莎。求求妳，不要看。雖然已經死了，她還是個年輕的女人。」

阿嘉莎立刻了解愛倫・坡話裡的意思——勒斃的屍體死狀悽慘。她點點頭，依言離開房間。

愛倫・坡手握門把，正想關門時，有人推開他的胸，橫在面前。

「為什麼急著把我們趕出去？」是卡爾。他翻眼瞪著愛倫・坡的臉，強扮討好的笑容。

「我們都是研究命案的專家，不是嗎？為了找出謀殺奧希茲的兇手，應該詳細檢查現場和屍體。」

「混帳！」愛倫・坡變了臉色，全身顫抖地叱罵。「你打算拿夥伴的死做為消遣？我們應該報警！」

「簡直說夢話，警察什麼時候來？怎麼報警？記得那些塑膠板吧？等到警察來到這裡，恐怕除了『殺人兇手』和『偵探』外，全都死光了。」

愛倫・坡不理會他，想用力關上門。可是卡爾強壯的手臂壓住他，門始終關不上。

「仔細想想，愛倫・坡。難道你能若無其事嗎？也許下一個被殺的就是你。」

「放手，卡爾。」

「或者，你有自信不會被殺？有這種自信的，應該只有兇手一個人。」

「什麼？」

「被我說中了？」

「你這傢伙！」

「夠了，你們兩個！」

愛倫．坡作勢欲撲，卡爾則一臉戒備的神色。范見情況不對，連忙飛跑過去抓住卡爾的手臂拖到門外。

「你幹什麼！」卡爾脹紅了臉叫道。這當兒，愛倫．坡乘機關門上鎖。

「別鬧了，卡爾。」

不知何時艾勒里已從廚房抽屜裡拿來剩下的六塊塑膠板，開口說道：「**很遺憾**，愛倫．坡是對的。」

2

「真無聊，大概是誰的惡作劇吧？這不是真的……」

「勒胡？」

「已經出了人命，不是開玩笑。不，一定是個惡夢。到底出了什麼差錯……」

「勒胡！別說了！」聽到阿嘉莎尖銳的聲音，勒胡肩頭微震，緩緩抬起頭，他輕輕說聲抱歉，再度沉默地低頭。

六人圍著大廳桌子坐下。

沒有人正視彼此的臉，直到昨夜仍始終俯首垂目的短髮女郎不再出席，空蕩蕩的座椅格外刺眼。

「誰殺了奧希茲？」阿嘉莎玫瑰紅的嘴唇咒罵似地吐出這句話，聲音迴盪在微暗的空間中。

「誰會說『是我殺的』？」艾勒里這麼答道。

「可是——兇手不就在這兒嗎？我們六個人當中……誰殺了奧希茲？不要再裝蒜了。」

「如果這樣就承認，誰會去殺人？」

「可是，艾勒里……」

「我知道，阿嘉莎，我知道——」艾勒里的拳頭輕敲桌面。

「這樣查不出誰是兇手。愛倫．坡，先發表你所知道的事實如何？」

愛倫．坡猶豫了一下，然後緊閉厚唇點點頭。

「剛剛說過，她——奧希茲是被勒死的。脖子上纏著一般常見的尼龍繩，下面留有清晰的勒痕，毫無疑問是他殺。」

「有沒有抵抗的跡象？」

「沒有。大概是睡覺時遭到攻擊，或者突然遭到攻擊。由於頭部沒有被毆打的痕跡，出事前並未昏倒。不過，有一點我不明白……」

「什麼？」

「剛才沒看見嗎？兇手好像整理過屍體，讓她仰臥床上，拉好被子，又在臉部蓋上毛衣……可以解釋為兇手的良心發現，問題是**奧希茲的屍體沒有左腕**。」

「什麼？」

「那是什麼意思？愛倫．坡。」

「**她的左腕被切掉了**。」

愛倫．坡緩緩環視騷動的眾人，然後把自己的雙掌朝上擱在桌面。他的手指沾著一點血跡，顏色已經發黑。

「兇手好像使用普通刀子或菜刀，也可能是大型刀刃，切的時候應該很辛苦，切面並不整齊。」

「當然是死後才切的吧？」艾勒里問。

「不能確定，不過應該沒錯。倘若心臟跳動時切斷，不會只流這一點血。」

「房裡有沒有發現可疑的刀刃？」

「據我所見，刀子和手都不見了。」

「兇手拿走了……」艾勒里細長而富彈性的手指交叉著，喃喃自問。

「兇手為何這麼做？」

「他瘋了！」阿嘉莎提高了嗓門。

艾勒里輕哼一聲，說道：「兇手一定是個偏好惡作劇的傢伙，這是**模仿**，兇手在模仿去年島上發生的命案。」

「啊……」

「青色館四屍命案——被害人之一中村和枝也是死於勒殺，左手腕被切下來。」

「可是，艾勒里，這是為什麼……」

「妳是指模仿的意圖嗎？」艾勒里聳聳肩膀。「現在繼續討論。愛倫．坡，你能推定死亡時間嗎？」

「有輕微屍斑，探脈時發現屍身已開始僵硬。由於緊握的右手指極易掰開，僵硬程度還未到關節部分。綜合上述狀況以及血液的凝固狀態，可推斷為——死後四小時至五小時。死亡時間約在今晨七點到八點左右，緩衝時間則在六點至九點之間——不過，這是外行人的意見，只能供作參考。」

「我們相信你。」卡爾像猿猴般齜牙笑道：「因為你是大醫院的繼承人，又是K大醫學院高材生。當然，那是以閣下不是兇手的前提而言。」

愛倫．坡緘默著，不看卡爾一眼。

「誰能提出自己今晨六點到九點的不在場證明？」艾勒里問大家。

「有誰注意到什麼和命案有關的事？」

沒有人回答。

「那麼，有人想到動機嗎？」

勒胡、范和阿嘉莎不約而同地瞥向卡爾。

「我明白了。」艾勒里的聲調帶著決斷力。

「看來只有卡爾一個人嘍！不過，這是假設兇手所持為一般性動機的情況。」

「什麼？你們以為我……」

「你不是被奧希茲甩掉的嗎？」

卡爾無言以對，咬著唇幾乎滲出血來。

「可是，艾勒里，如果卡爾是兇手，可能把屍體弄整齊嗎？」

混雜著嘲笑意味，阿嘉莎放言。

「卡爾不是那種人。」

3

「可惡！」

坐在岩石上，卡爾瞪著浮現眼前的貓島吐了口口水。他狠狠拔扯手邊的雜草，不在乎弄髒了手。

「真可惡……」

憤懣地罵個不停，順手把扯下的草葉擲向海中。

（那些傢伙平常各做各的，現在偏偏聯手攻擊我。還有愛倫．坡那小子，只會說著滿口漂亮話……）

其實，當時想調查奧希茲屍體和陳屍現場的不只我一個，卡爾暗忖著。尤其是艾勒里，不也打算親自調查一下嗎？勒胡和范也一樣。結果，任由愛倫．坡一人……難道大家不知道其中的危險性？

眼底的波浪拍擊著岩石，發出令人氣悶的聲響。再度向地面啐了口口水，他不甘心地捶打膝頭。

（都是奧希茲的錯。我被她甩了？哼！只不過一時無聊，和她多說了幾句話，她倒蹺起來了……莫名其妙！她以為我是誰，哈，我會為那種事殺人嗎……）

憤怒與屈辱籠罩全身，卡爾凝視前方的風景。

*

「沒錯，看樣子不會有船經過。就算砍樹造筏，也沒工具。何況那種小木筏，到得了陸地對岸嗎？……來根菸？范。」

為了找出聯絡本土的方法，卡爾以外的五人分成兩組探索全島。這裡是愛倫．坡、范、阿嘉莎三個人，正從島的南岸向東岸探查。

給了范一根菸後自己也叼上一根，愛倫．坡滿臉沉痛地交叉雙手。

「最後只好生火引人注意了。」

「這樣有用嗎？」范邊點菸，邊仰頭觀察天色。「雲層的分布不大對勁，今晚可能會下雨。」

「真糟糕，為什麼事先沒想到發生緊急情況時的聯絡方法？」

「現在說這些有什麼用，誰知道會發生這種事？」范垂下肩頭。「熱度終於退了。這究竟怎麼回事？」

「從剛剛到現在，一艘漁船也沒有。」阿嘉莎語帶悲戚地說道。陰暗的天空下，不知是否心理作用，廣闊的海顯得異常沉重。

「別洩氣，應該會有船經過這附近。也許派人守望比較妥當，兩人一組，三組輪流。」

「我不要！愛倫．坡！」阿嘉莎歇斯底里地叫著。「我不要和可能是兇手的人單獨相處，別開玩笑！」

「那麼，三個人一組……」

「大家一起來也可以，范。如果有船通過，應該是出入港口的時候——大概在傍晚到黎明左右。」

「那倒不一定。」

「試試看，不過我想船發現我們的可能性很小。送我們來的漁夫老爹說過，這裡的漁場在更南方，很少有船接近島嶼。」

「可是，沒有別的辦法了，不曉得有沒有可以當作柴火的東西？」

「這也是個問題。」愛倫．坡回頭看看背後的樹林。「都是松樹，可能不容易引燃，或者收集枯葉來燒？可是從陸地很難看到。還是得有船經過……」

「哎，我們怎麼辦？」阿嘉莎害怕地看著兩人，平日充滿自信的眼神早已不見蹤影。

「別擔心，會有辦法的。」愛倫．坡拍拍阿嘉莎的肩膀，落腮鬍底下勉強擠出一絲笑容。然而，她卻更加緊張。

「雖然這麼說，說不定你或者范，正是殺害奧希茲的兇手……」

愛倫．坡默默掏了根菸，叼在口裡。

「卡爾和勒胡，還有艾勒里也是……當中有人殺了奧希茲，又切下她的手腕？」

「這麼說，妳也是嫌犯之一嘍！」范以前所未有的陰沉表情反擊臉色蒼白的阿嘉莎。

「我不是！」阿嘉莎抱著頭，搖搖晃晃地朝樹林那頭後退。「我不相信，怎麼會有這種事？范、愛倫．坡，奧希茲真的死了嗎？兇手真的在我們當中嗎？」

*

「勒胡，我在想別的可能性。」

「別的可能性？」

「你還不懂？就是島上躲著第三者的可能性。」

「嗯？」

艾勒里和勒胡察看海灣棧橋及青色館遺跡邊的岩區後，穿過林中小徑，朝面向貓島的島嶼北岸走去。

「到底什麼意思，艾勒里？」停下腳步，勒胡追問道。

「**外來兇手的可能性**。」回過頭，艾勒里微笑著說：「怎麼，難道你希望我們當中有殺人犯？」

「哦？」

「你……別開玩笑。可是，到底是誰躲在島上？」

「我想是……」艾勒里若無其事地說道：「**中村青司**。」

「這沒什麼好驚訝的。」

「艾勒里，中村青司去年不是死了嗎……」

「所以我說那是個錯誤。你沒這樣想過嗎？勒胡。半年前發現的青司屍體是具『無臉屍體』，而且還有個園丁同時失蹤。」

「你是指，青司才是兇手，而所謂青司其實是園丁的屍體？」

「對，單純的掉包詭計。」

「因此青司還活著，現在到了這個島上？」

「很可能。說不定他**一直住在島上**。」

「住在島上？」

「記得前天漁夫老爹說的話吧？十角館的燈光可能是青司點的。」

「那些傳說的鬼故事，怎麼能當真？我問你，案發當初警察和記者滯留島上期間，還有現在——青司究竟躲在哪裡？」

「所以我們正在查呀！剛才不是檢查過小船屋嗎？只不過那裡沒有任何可疑之處。當然，先得找到和本土聯絡的方法，另一方面設法探查躲藏過人的痕跡，我提議到貓島看看也是這個緣故。」

「可是——青司是兇手這種事——實在難以想像。」

「是嗎？奧希茲房裡窗戶沒拴好對不對？假設奧希茲忘了鎖窗戶，外人不是很容易進去嗎？」

「房間的門為什麼也沒鎖？」

「那是兇手行兇後，為了到大廳那邊拿塑膠板貼在門上，所以從裡面打開的。」

「那就怪了，如果兇手是外頭的人，怎麼知道你把塑膠板收在廚房的抽屜裡？」

「那還不簡單。十角館玄關的鎖早就壞掉，任何人都可以自由出入大廳放置塑膠板。昨天一早，『那個人』先把塑膠板擺在桌上，等我們起來後躲在廚房窗口偷看屋裡的動靜。或許，我們當中有人當他的內應。」

「不會吧……」

「我只是在討論各種可能性。勒胡，你雖然很喜歡推理小說，但是似乎有點缺乏想像力。」

「現實和推理小說不同，艾勒里。那麼你說，中村青司殺我們的動機何在？」

「這個嘛……」

穿過小路來到崖上，發現卡爾正坐在那裡。他一見兩人身影，立刻掉頭站起，一言不發就想離去。

「喂，卡爾，最好不要採取單獨行動。」艾勒里叫道。但是卡爾頭也不回，踩著急促的腳步很快地消失在樹林中。

「這傢伙真傷腦筋。」艾勒里輕嘖了一聲。「剛才大家都很衝動，我也覺得說得太過分了……可是，他老把我當仇人看待。」

「我知道他的心態。」勒胡瞥了一眼卡爾走過去的方向，接著說：「艾勒里，你總是——即使目前這種情況，也能夠冷靜地置身事外綜觀全局。」

「我給人這種印象嗎？」

「是呀！所以這不是討好，我一直很崇拜你。可是卡爾正好相反，他一定是嫉妒你。」

「唔，是這樣嗎？」艾勒里一臉與我無關的模樣，向海踏出一步。

「全是灌木，這兒的觀察面不佳。」

他指的是呈現眼前的貓島。勒胡站在艾勒里旁邊，再三留意足下的狀況。

「如果躲個兩、三人，並不是不可能。不過，這個斷崖怎麼辦？」

「也許有船吧？像這種距離，只要有個小橡皮艇就綽綽有餘了。從那邊的岩區出去……喏，勒胡。」艾勒里用手指著，又說：「島的斜坡好像能爬。」

「嗯，是呀！」眺望著貓島蹲踞白波間的漆黑影跡，勒胡混亂的腦海裡拚命思索。

沒錯，艾勒里所指外來兇手的可能性不能一概否定。說不定真的有第三者藏身島上，伺機要我們的命呢！然而把這件事立刻聯想到中村青司，是不是扯得太遠了？青司尚在人間的可能性究竟多大？假定青司還活著，為何要向素未謀面的我們下毒手呢？

「這種事未免太離譜了……」勒胡緩緩搖頭。

不會有這種事，他思忖著。但是——記憶深處似乎一直牽動著，到底是什麼？**那個非想起來不可的什麼**。

拍打著足下斷崖的波浪，無情地拍擊他們的心扉。望著浪花時，他覺得記憶的碎片再度被波浪捲走。

勒胡終於放棄，看著一旁的艾勒里。然而他也已經無話可說，冷冷地凝視海面。

一陣風吹過，帶來黃昏的氣息。

4

「……由於低氣壓的影響，今晚入夜以後到明天晚上，各地雲層將顯著增多，天氣略微轉壞，明後天氣溫緩緩回升。九州各地明天的天氣預報……」

勒胡帶來的收錄音機傳出的聲音，不久換成女性ＤＪ嘈雜的嗓門。

「關掉吧，我不想聽。」阿嘉莎沒好氣地說道。勒胡識趣，趕緊切掉開關。

在沉悶的靜默中用過簡單的晚餐，六人避開奧希茲房門正對面的位置，圍坐在亮著燈的十角形桌子四周。門上仍貼著噴有「第一個被害者」字樣的塑膠板，可能使用了強力黏著劑，怎麼剝也剝不下來。

「艾勒里，玩點魔術瞧瞧吧！」阿嘉莎佯裝出輕鬆的語調。

「嗯？哦，好。」

艾勒里用力撥弄手中的紙牌，然後收回盒中放入上衣口袋。

「咦，你怎麼把牌收起來了？」

「不是的，阿嘉莎。妳不是要看我玩牌嗎，所以得暫時放進口袋。」

「我不懂你的意思。」

「這套魔術必須從這樣開始。」艾勒里輕咳一聲，瞅著鄰座阿嘉莎的眼睛。「看清楚，阿嘉莎。這裡有鬼牌除外的五十二張牌，請妳任意想其中最喜歡的一張。」

「在心裡想就可以嗎？」

「對，不要說出來。好了嗎？」

「想好了。」

「現在……」

艾勒里從上衣口袋掏出單車牌紅底的紙牌，連牌帶盒擺在桌上。

「凝視這盒紙牌——把妳心裡所想的紙牌名稱，專心地向盒子默唸。一定要很專心……」

「好，專心唸就可以？」

「對，好，行了。」艾勒里拿起裝著牌的盒子，放在左手。「阿嘉莎，妳向盒子默唸的紙牌是什麼？」

「可以說出來？」

「可以。」

「方塊皇后。」

「唔。那麼，我們來看看盒子裡面。」

艾勒里打開盒蓋，拿出正面朝上的紙牌，然後在左右手間攤成扇形。

「方塊皇后，是嗎？」

停下正在攤牌的手，艾勒里要大家注意看。正面朝上攤開的紙牌中，出現一張反面的紙牌。

「只有一張反面朝下的吧？」

「沒錯。」

「抽出來看看正面是什麼。」

「哦。好……」阿嘉莎半信半疑地抽出那張牌，翻出正面擺在桌上。毫無差錯，正是方塊皇后。

「這是真的嗎？」阿嘉莎瞪大了眼睛。

「很刺激吧？」艾勒里莞爾一笑，把牌收回盒裡放入口袋。

「你真行，艾勒里。」

「勒胡，這套魔術你沒看過吧？」

「第一次見識。」

「這是紙牌魔術的最高傑作之一。」

「不會是你和阿嘉莎學姐串通的吧？」

「絕對不是，勒胡。」

「真的？」

「我不會搞串通的把戲，更不是以五十二分之一的或然率為賭注，瞎猜阿嘉莎所想的方塊皇后。」

艾勒里點了根SALEM香菸，慢慢吸上一口。

「接下來，玩猜字謎如何？我在一本書上看過，謎題是『看上就在下，看下就在上，穿母腹在子肩』——你們猜這是什麼字？」

「什麼？」勒胡又問。於是，艾勒里重複一次謎題。

「我知道了！」阿嘉莎拍手。「是『一』對不對？」

「完全答對。」

「——哦，原來是猜字形。」

「下一個謎題『春夏冬二升五合』，猜猜看。」

「這是什麼？」

「鄉下的小店舖牆上常貼這種東西，沒見過嗎？」

「對呀！最近銀行門口也貼了起來。」愛倫．坡把新拆封的雲雀牌香菸放入菸盒，說道。

「『春夏冬』獨缺『秋』，也就是『あきない』。『二升』為兩個升，升升寫成『ますます』。『五合』是一升的一半，日文也解為『半分』——『はんじょう』。你把這幾個字組合起來，就知道謎底了。」

「是不是『生意興隆』（商いますます繁盛）？」

「一點也沒錯。」

「這樣解釋太牽強了。」

「不，這也是一種暗語。」

「提到暗語，」艾勒里說道：「最初出現暗語的文獻是《舊約聖經》裡的〈但以理書〉。」

「那麼早就有了嗎？」

「在日本，好像自古就有類似暗語的文字記載。例如，《續草庵集》的吉田兼好與頓阿法師問答歌。高中時應該都學過了吧？」

「我不知道，說來聽聽。」阿嘉莎說道。

「兼好贈歌頓阿曰：『よもすずし　ねざめのかりほ　たまくらも　まそでも秋にへだてなきかぜ』——我們暫且不管古典文學上的意境，單挑每一句的開頭第一個字，組合起來是『よねたまへ』，也就是『給我米』的意思。同樣地，取每句最後一個字倒著唸為『ぜにもほし』——『也要錢』，合起來就是『給我米也要錢』。」

「這句話還真寒酸。」

「有趣的還在後頭，頓阿法師答歌曰：『よるも憂し　ねたく我せこ　はては来ず　なほざりにだに　しばし問ひませ』——以同樣的方式組合，就成為『沒有米錢也少』。」

「古時候的人真有閒情逸致想那些名堂。」

「的確，我記得《徒然草》裡也有不同類型的著名暗語歌——記得是怎麼說的嗎，奧希茲？」

不經意傾聽著的眾人不約而同地愣住，窒息般的感覺霎時凍結了所有人的心。

「對不起，我……」艾勒里極度狼狽，這是他前所未有的失態。

自開始吃晚飯直到現在，大家無形中有股默契，誰也不願觸及敏感的奧希茲事件；然而由於艾勒里的失言，倏地又把無法逃避的現實拉了回來。尷尬的沉默來臨……

「艾勒里，還有沒有別的？」勒胡好意為艾勒里解圍。

「哦，這個……」

彷彿嘲訕好不容易才恢復嘴邊慣常微笑的艾勒里，這時，卡爾敲著桌面開口了：「阿嘉莎，來杯咖啡。」然後，不屑地瞥了艾勒里一眼，並且撇撇嘴角。艾勒里膝頭一震，正想說些什麼，卻被阿嘉莎攔了下來。

「我去泡咖啡，大家都想喝吧？」說著，阿嘉莎立刻起身獨自走向廚房。

「哎，各位。」卡爾依序盯著在座四人的臉說道：「今晚不是可憐的奧希茲守靈之夜嗎？別裝作不知道，大家靜一靜。」

＊

「咖啡來了，糖和奶精自己加。」阿嘉莎把擺著六個苔綠色杯子的托盤放在桌上。

「老是麻煩妳，不好意思。」說著，艾勒里拿起最靠近手邊的杯子。隨後，其他人也陸續伸出手。阿嘉莎自己拿了一杯，把剩下的最後一杯連同托盤一起交給鄰座的范。

「哦，謝謝。」接過杯子，范放下手裡的七星牌香菸，暖手似地捧著那只十角杯。

「范，感冒好了嗎？」

「啊，好了，託大家的福。艾勒里，我們一直沒能好好商量，到底有沒有和本土聯絡的方法？」

「大概沒有。」艾勒里啜了一口黑咖啡。「我也想過Ｊ海岬有燈塔，可以在晚上朝那個方向搖白旗，不過那座燈塔好像沒人。」

「對，的確沒人。」

「再不然，就看誰有拚死的決心游泳過去，或者做個像樣的木筏……」

「看來都行不通。」

「我考慮過生火，艾勒里。」愛倫·坡說道。

「但是光燒松葉，不會有人注意到。」

「乾脆放火燒十角館算了。」

「這個太……」

「不大妥當，而且危險。其實，愛倫·坡，剛才我和勒胡兩個除了想聯絡方法外，還在找一樣東西。」

「找東西？」

「對。最後雖然沒結果，卻把整個島找遍了……不，等一下。」

「嗯？」

「青色館——已經燒毀的青色館，」手指按著眉間，艾勒里喃喃地說：「那裡有沒有地下室？」

「地下室？」

就在這時，打斷兩人談話似地，突然有人發出可怕的呻吟聲趴在桌子上。

「怎麼了？」阿嘉莎叫道。

「怎麼回事？」

大家一起站了起來。桌子喀噠喀噠劇烈地搖動，琥珀色的液體從杯中飛濺四散。他的腳彷彿出了差錯的自動玩偶般胡亂踢動，叫喊著踢倒椅子。不一會兒，伏在桌面的上身崩潰似地滑落在鋪著藍色瓷磚的地板上。

「卡爾！」愛倫・坡叫了一聲，飛奔過去。勒胡沒提防，被愛倫・坡的身體猛然撞著，搖晃著碰倒自己的椅子。

「卡爾怎麼了？」艾勒里隨後跟來。檢視著仆倒地上的卡爾的臉龐，愛倫・坡搖頭說道：「不知道，有沒有人聽說卡爾有什麼宿疾？」

無人答話。

「怎麼會這樣？」

卡爾的喉嚨像支不順暢的笛子不斷發出微弱的聲音。愛倫・坡粗壯的手臂按住他的上半身，一面說：

「幫個忙，艾勒里，先讓他吐出來，恐怕中毒了。」

這瞬間，卡爾的身體激烈痙攣，掙脫愛倫・坡的手。蜷曲著身子，在地板抽搐掙扎。不久，又是一陣更激烈的痙攣。伴著可怕駭人的聲音，擠出褐色吐瀉物……

「他不會死吧？」阿嘉莎以畏怯的目光窺視愛倫・坡。

「我也不知道。」

「不能救嗎？」

「不知道毒的種類，很難處理。就算知道他中了什麼毒，在這種地方我也束手無策。我們只能禱告，希望卡爾服下的毒藥沒有達到致死劑量。」

＊

當天夜裡，凌晨兩點半。

在自己房間的床上，卡爾嚥下最後一口氣。

5

眾人身心俱疲，累得說不出話來。不，與其說是疲勞，不如說是接近麻痺狀態。和奧希茲的死完全不同，這次大家眼睜睜地看到卡爾痛苦倒地，掙扎斷氣。這種活生生的經驗，以及過度反常的崩潰感，反而鈍化了他們的神經。目瞪口呆，凝望半空的阿嘉莎和勒胡；雙手托腮，嘆息連連的范；忘了吸菸，直盯天窗的愛倫．坡；緊閉雙目，面色凝然的艾勒里。

天窗沒照入一絲月光，偶爾閃過幾道燈塔的光切開外面的黑暗。彷彿有生命一般，晃動著火燄的油燈。打過來又退下去，退下去又打過來，從遠方重複著單調韻律的波浪聲……

「該做個結論了，我好睏。」懶洋洋地撐開眼皮，艾勒里開口說。

「——我贊成。」愛倫·坡慢了半拍回答，其他三人也逐漸恢復神志。

「我只知道一定是某種毒物，至於毒的種類就不清楚了。」

「不能猜測嗎？」

「這個……」愛倫·坡兩道濃眉聚成八字形。「從毒發快速的情況來看，是種毒性極強的藥劑。由於曾經引起呼吸困難與痙攣現象，神經毒的可能性最大。主要毒物中較有可能的，首推氰酸、番木鱉鹼、阿托品，其次是尼古丁或砒霜。不過，阿托品和尼古丁會使瞳孔放大，死者並沒有這種狀況。若是氰酸，會散發一股杏仁般的獨特氣味。因此，我想多半是番木鱉鹼或砒霜。」

桌上六個杯子，仍留著未喝完的咖啡。阿嘉莎邊聽愛倫·坡的說明邊注視這些杯子，突然噗哧笑出聲來。「這下子，我是唯一的兇嫌了。」

「沒錯，阿嘉莎。」艾勒里淡然接受此意見。

「真的是妳嗎？」

「如果我否認，你們會相信嗎？」

「恐怕很難。」

「說得也是。」

兩人小聲對笑著。包括他們在內，在場眾人都感覺到笑聲中所含的**反常與詭譎**。

「你們兩個別這樣。」愛倫·坡沉著嗓子勸阻，叼起一根香菸後把整盒菸遞給艾勒里。「現在是認真思考的時候。」

「我知道，沒人喜歡亂開玩笑。」推回菸盒，艾勒里從襯衫口袋掏出自己的SALEM菸，取出一根，在桌面輕敲著。

「首先，確認一下事實。卡爾自己開口要咖啡，阿嘉莎到廚房時其他人都在這裡。從燒開水、泡咖啡、把杯子放在托盤上，到阿嘉莎回到座位，大約是十五分鐘。然後，阿嘉莎把托盤放在桌上。托盤上的物件，正確地說有六杯咖啡、砂糖盒、奶精罐，還有一個盤子上面放著七根湯匙，其中一根是用來調奶精的。對吧？」

阿嘉莎認真地點頭。

「下個問題是拿杯子的順序。第一個是我，然後呢？」

「是我。」勒胡答道：「卡爾和我差不多同時拿。」

「再來大概是我。」愛倫‧坡說。

「然後我拿，連托盤一起交給范。是不是這樣？范？」

「嗯，沒錯。」

「好，再確定一次。依照順序是我、勒胡和卡爾、愛倫‧坡、阿嘉莎、范。」艾勒里嘴角咬著香菸，點上火。「現在想想看，有機會在卡爾的杯子裡下毒的是誰？首先必須懷疑的，還是阿嘉莎。」

「可是，我也有可能拿到下了毒的杯子。再說，我怎麼確定卡爾會拿到毒杯呢？」阿嘉莎聲音冷峻地提出反駁。「如果我是兇手，下毒後應該會主動分配咖啡。」

「對呀！妳一向都會分配咖啡的，這次怎麼反常了？」
「沒心情。」
「哦。不過，阿嘉莎，有件事還是非說不可。或許兇手不是針對著卡爾下毒手，如果他的最終目的是殺了我們每一個人，誰是『第二個被害者』並不重要。」
「卡爾倒楣正好碰上是嗎？」
「這樣分析比較合邏輯。卡爾左右的座位是空的，他拿杯子時應該誰也沒有機會下毒。因此，還是妳嫌疑最大。」
「砂糖和奶精也可以下毒呀！」
「不，妳不是加了奶精嗎？可見裡頭沒有問題。卡爾和我喝咖啡都不加東西，所以砂糖裡下毒也不能成立。同樣地，我們當然都沒動過湯匙。」
「等一下，艾勒里。」插嘴的是勒胡。
「當時，我一直看著阿嘉莎學姐泡咖啡。因為廚房的門敞開著，我的座位正好面對那個方向，以角度來說，可以把阿嘉莎的動作看得一清二楚。況且櫃台上點著蠟燭，應該不會看錯。可是，我並沒有看到任何可疑的動作。」
「話雖如此，卻不能當作決定性的證言。從桌子到廚房櫃台的距離不算短，你不可能沒有遺漏一點小動作。何況，當初你並不是存心監視阿嘉莎。」
「對不起。」
「不必道歉。」

「不，不是這個意思……**其實，我的確一直在監視阿嘉莎學姐。**」

「勒胡？」阿嘉莎驚訝的眼神投注過來。勒胡低下頭，抖著聲音一再道歉。

「這——我並沒有惡意。今天早上謀殺奧希茲的兇手隱藏在我們當中，萬一是阿嘉莎學姐，很可能在食物中動手腳。所以，晚餐的餅乾、罐頭和果汁，我吃得很擔心。對我來說，滿不在乎地第一個吃的艾勒里簡直有問題。」

「原來如此。」艾勒里撇撇嘴，露出一絲苦笑。

「那麼，勒胡，你能斷言阿嘉莎絕對不是兇手嗎？」

「這……」

「事實上，卡爾已經死了。因此，一定有人下毒，你總不會說卡爾是自殺的吧？」

「這個……」

「所以，我剛才說過，艾勒里。如果我是兇手，怎麼避免喝到那杯毒咖啡？我自己的咖啡都喝了。」

艾勒里在十角形菸灰缸裡捻熄快吸完的 SALEM 香菸，慢慢眨了幾下眼睛。

「只有六個杯子，記住毒杯的位置並不困難。妳拿了自己的一杯，把最後一杯交給范。假如剩下的兩杯中一杯是有毒的，可以故意把有毒的給別人。萬一毒杯子到了自己手中，妳大可不喝。」

「不是我！」晃動著凌亂的長髮，阿嘉莎把頭搖得像個博浪鼓，扳著桌沿的皙白手指微微顫抖。

「艾勒里？」范突然開口。
「我只是在想，如果阿嘉莎是兇手，怎麼可能在自己首先會被懷疑的不利機會下貿然下手？阿嘉莎不是那麼笨的人，愛倫・坡，你覺得呢？」
「我贊成。」一面答著，愛倫・坡轉向艾勒里。
「大廳的唯一光源，就是桌上這盞燈。我想，大概沒有人會留意別人從托盤拿杯子的手吧？」
「你想說什麼？愛倫・坡。」
「艾勒里，第一個拿杯子的是你。乘機把藏著的毒藥放入旁邊的杯子，並不是不可能。怎麼樣？**魔術師**。」
「哈哈，懷疑到我頭上來了。」沒有流露一絲慌張的神情，艾勒里只是苦笑。「關於這一點，我只能說我沒有幹。」
「這只是假設，不能完全相信。當然還有其他可能性，例如卡爾未喝咖啡前就已中毒。」
「你是指**遲溶性膠囊**？」
「沒錯。」
「這麼說，你成了最可疑的人，大夫？況且一般人拿不到砒霜或番木鱉鹼之類的毒物。除了醫學院的你、理學院的范、藥學系的阿嘉莎……我和勒胡是文學院，跟放劇毒和藥品的研究室無緣。」

「只要有心，任何人都拿得到手，我們學校的研究室和實驗室，管理根本不嚴格，隨便假扮農學院或工學院的學生，大可自由出入，絕對不會有人干涉。而且，你不是說過有個親戚在O市開藥房嗎，艾勒里？」

艾勒里輕吹了聲口哨。「你的記性真好。」

「總之，僵在這兒討論獲得藥品的方法，根本毫無意義。」愛倫・坡欠欠身子，說道：「關於如何下毒，還有一個可能性。我想各位不會沒想到，**就是預先把毒藥塗在一個杯子上**。這麼一來，大家都機會均等。」

「一點也沒錯。」艾勒里帶著微笑，抓起額前的頭髮。

阿嘉莎忿忿地瞪了他一眼，沒好氣地說：「原來你早就知道了！」

「當然，別小看人。」

「好可惡，既然如此，剛才還一直拿我當兇手！」

「我本想連其他人也一個個輪流欺負的。」

「你心理有毛病。」

「我們現在處在這種非常的狀況之下，要我有平常的心理那才怪吧！」

「你怎麼……」

「算了，阿嘉莎，我有事問妳。」

「這次又是什麼？」

「只是確定一下。泡咖啡前，妳有沒有洗過杯子？」

「沒洗。」
「最後一次是何時洗的？」
「探索島嶼回來後不是喝過茶嗎？從那時以後，洗好的杯子就一直放在廚房櫃台上。」
「奧希茲的第七個杯子也放在一起？」
「不，奧希茲的杯子已經收進餐具架，因為看了心裡難過。」
「好，現在預先下毒的可能性更大了。只要傍晚時分到廚房去，在六個杯子中的一個塗上毒藥便大功告成。這種機會每個人都有，是吧？」
「可是，艾勒里。」勒胡說道：「如果這樣，兇手如何分辨有毒的杯子？當時，大家不是都喝了咖啡嗎？」
「**一定有什麼記號**。」
「記號？」
「對，可能有個杯子有缺口或褪色現象。」
說著，艾勒里伸手拿起卡爾用過的苔綠色杯子。
「有什麼嗎？」
「等一下——咦，奇怪……」艾勒里不解地偏著頭，把杯子交給勒胡。「你也查查看好嗎？依我看，好像和其他杯子沒有兩樣……」
「真的？」

「有沒有很小的缺口？」阿嘉莎問道。

「沒有，一點也沒有。用放大鏡看，也許會發現一點點小缺口。」

「別開玩笑，我看看。」這回杯子傳到阿嘉莎手中。

「真的，沒有任何記號。」

「那麼，事先塗毒的可能性就不能成立了？」

艾勒里一臉不滿意地撫弄著鬢邊髮絲。

「這樣一來，只剩下剛才那三種方法，兇手不是阿嘉莎就是我，再不然就是事先讓卡爾服下毒膠囊的人……」

「不管怎麼說，現在決定下毒方法和兇手似乎有困難。」

愛倫．坡表示意見。艾勒里再度拿起阿嘉莎放在桌上的杯子，在手邊細細審視，接著說：

「若是外來兇手幹的，即使杯子沒有記號也不會構成影響……」

「你說什麼，艾勒里？」

「不，」艾勒里的視線離開杯子，說道：「目前，最令人擔心的還是動機。首先必須想到，兇手和擺那些塑膠板的神秘人物一定是同一人。他——或者她打算除掉我們當中至少五個人。所謂五人，是假設『偵探』不成為『第六個被害者』的情況而言……」

「那是什麼樣的動機……」勒胡嘆息著吐出這句話。

艾勒里斷然說道：「一定有動機，即使是出於極端不正常的情況。」

「兇手是瘋子！」阿嘉莎高聲叫道。

「我們不可能知道瘋子所想的事！」

「是瘋子嗎？」艾勒里心有不甘地說著，邊抬腕看錶。「天快亮了，各位打算怎麼樣？」

「不能不睡一下，以疲倦的頭腦繼續討論也得不到答案。」

「是呀！愛倫．坡，我快撐不住了。」

艾勒里揉著眼睛，搖搖晃晃地站起來，一言不發，扠著腰就想回房。

「等一下，艾勒里。」愛倫．坡叫住了他。

「大家一起睡不是比較好嗎？」

「不要，我才不要。」阿嘉莎害怕地環視眾人。

「萬一睡在旁邊的是兇手怎麼辦？一想到兇手伸手就可以掐住脖子，我就毛骨悚然。」

「兇手不敢向身邊的人下手吧？難道不怕馬上會被抓到？」

「你敢保證不會嗎？愛倫．坡。我可不願在兇手被抓到之前，先送掉自己一條命！」阿嘉莎哭喪著臉，推倒椅子站了起來。

「等一等，阿嘉莎。」

「不要！我誰也不相信！」於是，阿嘉莎逃命似地消失在自己門口。默默目送她的身影離去後，愛倫·坡長嘆一聲說道：「她快要崩潰了。」

「那當然。」艾勒里攤開兩手，無奈地聳聳肩。「老實說，我和阿嘉莎同樣心情。我也要一個人睡。」

「我也是。」勒胡眼鏡下的眼睛布滿血絲。當范也接著站起來時，愛倫·坡只好抓抓頭髮說：「大家要小心門窗。」

「知道了。」艾勒里看了一下通往玄關的門，吐出一句話。「我也很怕死。」

第六章——第三天・本土

暮色已近。

逐漸陰暗的海面——江南站在堤防上，眺望彷彿融入海中的朦朧島影。海岸稍下方，島田正彎著修長的身子，與垂釣的孩童們嬉鬧著。

結果，兩人還是到了這裡——S區。

中村青司果真活著？今日走訪此地的目的，是為了尋找昨天所下結論的正確解答。同時，也打算再度觀察有問題的角島。

然而，費了半天工夫請教附近居民及漁夫的結果，只是得到一些沒有事實根據的鬼故事。既然實質上的推理沒有任何進展，兩人便拖著疲憊的身子離開當地，在港口附近稍事休息。

江南叼著菸坐了下來，伸直痠麻的腳。一面聆聽拍擊耳邊的波浪聲，一面凝望藍色牛仔褲與橄欖綠罩衫打扮的島田背影。他向孩童們借來釣竿，揚著無邪的語調大聲說笑，一點也不像個年近四十的男人。

真是個怪人，江南思忖著。想起昨夜島田與守須間意外的尷尬氣氛，不禁嘆了一口氣。

島田和守須個性截然不同，倘若島田是陽，守須便是陰。在內向拘謹的守須眼中，島田的開放與過度執著本身興趣的言行舉止，充分反映他輕率無禮的劣根性。或許因為島田年紀比守須和江南大得多，所以更加引起守須的反感。至於島田方面，守須**騎牆派的鄉愿作風**，著實讓人不敢領教……

「島田，該走了吧！」不一會見，江南從上頭叫道：「回程不是也要一個多鐘頭嗎？」

「好，我馬上來。」島田把釣竿還給孩子們，揮手道別。然後，修長的腿飛奔而上。

「你真喜歡小孩。」

「別挖苦我，年輕不是很好嗎？」島田沒有一點不好意思，快活地笑著。

沿著堤邊小徑走下去，兩人並肩聊了起來。

「結果什麼也沒找到。」

「哦，是嗎？」島田帶笑說道：「不是聽到許多鬼故事嗎？」

「那種故事到處都是，有什麼稀奇。只要有人死於非命，馬上就會有一籮筐的鬼故事。」

「不，我倒覺得事實隱藏在那些傳言背後。」

路邊有個黝黑的強壯年輕人，正以和外貌極不協調的靈巧雙手補綴漁網。看來還不到二十歲，熱心專注的表情殘留著幾許少年的稚氣。

「我說，江南，我不得不祈禱你的夥伴——不，以前的夥伴們，不會遭角島的幽靈所害。」島田忽然說。

「這話什麼意思？」

「就是說，角島幽靈的真面目，不是別的，正是已死的中村青司。青司如果活著，應該還在島上。可惜你以前那些夥伴並不知情。」

「但是，這……」

「先生！」耳邊突然傳來陌生的聲音，兩人驚訝地回過頭。聲音的主人，就是那位補網的年輕人。

「你們認識到島上去的大學生？」手拿著網，年輕人大聲問道。

「是呀！」島田毫不猶豫地回答，立刻快步走向年輕人。

「你知道他們的事？」

「我爹和我送他們去的，說好這個禮拜二去接他們回來。」

「是嗎！」興奮的聲音迸彈而出，島田在年輕人旁邊蹲下來。

「那麼，他們當時有沒有什麼不對勁？」

「沒有哇，他們全都興高采烈的。我真不懂，那種荒島有什麼好玩？」年輕人說話口吻淳樸，望著島田的眼睛流露真摯的光芒。他抓抓蓄著短髮的頭，厚唇間露出雪白的牙齒。

「你們在調查鬼故事？」

「嗯？——哦，可以這麼說。哎，你看過故事中的幽靈嗎？」

「沒有，那只是傳說，我不相信有鬼。」

「鬼和幽靈不一樣吧。」

「有這種事？」

「知道是誰的幽靈嗎？」

「就是中村青司嘛！還有他的太太。」

「你有沒有想過那個中村青司可能還活在角島？」年輕人詫異地眨眼，說道：「還活著？那個人不是已經死了，所以才會變成幽靈嗎？」

「也許沒死。」島田的口氣非常認真。「比方說，有人看到十角館有火光，說不定就是青司點的。與其說看見幽靈，不如推測他還活著來得實際。又有人說汽艇在島嶼附近沉沒，或許是那些釣客發現了青司而被滅口。」

「你這個人真有意思。」年輕人覺得可笑地說：「你完全搞錯了，先生，我親眼看見汽艇翻覆的。」

「什麼？」

「那天風浪很大，我正好在那附近，跟他們說那邊釣不到什麼魚，勸他們不要去。可是他們不聽，一定要出海。結果還沒靠近島，就被大浪打翻了船。老一輩的說是幽靈作祟，其實那只是單純的意外事件。你剛才說『釣魚的人被滅口』，可是根本沒有人死，汽艇上的人馬上被救起來了。」

在旁傾聽的江南，不禁迸出笑聲。島田沒趣地嘟起嘴唇，說道：「那就刪掉汽艇的事吧！不過，我仍然覺得青司沒有死。」

「他如果沒死，好端端地住在島上，那麼食物的來源從何而來？」

「有汽艇呀！他可以躲在某個地方，偶爾到這邊採購所需物品。」

「這個嘛——」年輕人歪著頭思忖著。

「你覺得不可能？」

「很難說。如果夜裡從J海岬背後上來，並不是不可能。那邊幾乎沒有路過的人，可是船繫在岸邊，遲早會有人發現。」

「他可以把船藏起來。不管怎麼說，只要風浪不大，汽艇總可以暢行無阻吧？」

「對，像現在這種氣候，船上裝個引擎就能夠到處去了。」

「唔。」滿足地哼著，島田很有勁地站起來。

「謝謝，你幫了很大的忙。」

「是嗎？你真是個有趣的人。」

島田向年輕人揮揮手，精神煥發地走向先前停在路邊的車子。江南連忙追上他並肩走在一塊兒時，他笑問：「怎麼樣，江南，這不是一大收穫嗎？」

這句「一大收穫」意義何在，江南實在想不透，但是至少不能否定青司生存的可能性。

江南含糊地應答著，抬眼注視堤防左邊籠罩在暮色中的大海。

不過……他暗自思忖。

（那些傢伙也真是的，偏偏在這個節骨眼跑到問題地點去，但願他們平安無事。）

黃昏深處，角島的黑影在靜默中逐漸融入夜色。

第七章——第四天・島

1

談話的人聲傳入耳中。

並不是很嘈雜的聲音，也不是從近處傳來。熟悉的聲調，熟悉的顏色，背後持續響著音效般的水聲——波浪嗎？對，是波浪聲……

勒胡逐漸由睡夢中被喚起。然後——睜眼的剎那，察覺自己僵著身子臥在充滿塵埃味的床舖上。

伸手摸索到眼鏡，仰躺著戴上。映入清晰視界中的，是一片慘白的天花板。他無力地嘆息了。

（我還在十角館……）

太陽穴抽痛著，伴隨而來的是段段不願想起的記憶。思潮洶湧，歷歷光景不斷浮現腦海。

他像對待易碎品似地輕輕搖頭，下了床遲鈍地換著衣服。走到窗口解開緊繫栓環的帶子，取下掛鉤，敞開內外兩層窗戶。

荒蕪的草地，傾倒的松木，以及潑灑淡墨般低沉的天空。

伸直頹然垂下的雙手，勉強做了個深呼吸。吐出胸中混濁的空氣後，關上窗，拴好掛鉤，並且綁緊繫帶，這才邁步走出房間。

大廳裡，談話的是艾勒里和范。阿嘉莎及愛倫．坡也已經起身，在廚房裡忙著。

「早，勒胡，平安比什麼都好。」艾勒里指著勒胡斜後方，說話口氣也不像開玩笑。

「嗯？」勒胡回頭一看，不禁愕然托起鏡框細瞧。

第二個被害者

卡爾的房門和奧希茲遇害時同樣位置，在與眼睛齊高處貼著要命的塑膠板，遮住了卡爾的名牌。

「兇手真是說到做到，一點不含糊。」勒胡倒退著離開門口，望向蹺腿坐在椅上的艾勒里。「其餘的塑膠板還在廚房抽屜嗎？」

「對——你的意思是處理掉比較好？」

「這……」

艾勒里把已經擺在桌上的塑膠板，全部推向勒胡。數一數，塑膠板共有六塊。

「你也看到了，『第二個被害者』的塑膠板還在這裡，真是設想周到。兇手一定以為真的出人命後，我們當然會留意最初擺在桌上的這些塑膠板，所以另外多準備了同樣的一份。

「接下來的事，不要告訴阿嘉莎——」艾勒里壓低聲音，向勒胡招手。

「為什麼不要告訴她？」

「如果讓她知道，會使事情更難處理。這是她起床前發生的事，我和范及愛倫・坡三人商量後，決定暫時瞞著她。」

「到底發生了什麼事？」

「你認為呢？」

「我……」

「是愛倫・坡發現的。他過了中午起床後，洗臉時總覺得有點不對勁，就瞥了一下裡面的浴室。結果……」

「發現了什麼？」

「對，浴缸裡有隻血淋淋的手。」

「什麼？」勒胡失聲叫道，連忙掩住了口。「那是奧希茲的……」

「不，不是奧希茲的手。」

「那麼是誰的……」

「卡爾的。卡爾的左手被切下來丟在那裡。」

「怎麼……」

「今天早上我們睡得正熟時，兇手可能來過了。卡爾的房間沒上鎖，誰都可以潛進去切下屍體的手。只要多花點時間，連阿嘉莎也辦得到。」

「手腕現在在哪裡？」

「已經放回卡爾的床上。警察一時來不了，總不能一直丟在那裡吧？」

「可是，為什麼……」勒胡按住抽痛的太陽穴。

「兇手為何這麼做？」

「其中必有緣故。」

「又是『模仿』？可是……」

這時，阿嘉莎和愛倫．坡走出廚房，開始整理餐桌。通心粉、乳酪麵包、布丁、沙拉，還有湯……

勒胡坐在座位上看看錶，已經將近下午三點。昨天只吃了一餐，照理說應該早已飢腸轆轆，如今卻毫無食欲。

「勒胡？有愛倫．坡在旁監視著，放心吃吧！餐具也全都洗過了，不會有問題。你總不會認為愛倫．坡和我是共犯吧？」阿嘉莎諷刺地說，並且稍微笑了笑，然而眼神流露些許不自然。可能是沒睡好，臉上雖然化了淡淡的妝，依然掩飾不住滿臉倦意。就連薔薇色的口紅，也比平常遜色許多。

2

吃過午餐，五人結伴走向青色館廢墟。

昔日建坪幾達百坪的地面，已覆蓋厚厚的灰土與瓦礫。環繞四周的深綠松樹當中，混雜許多褐色枯木。沉重低垂的天空，陰鬱晃動的海……

一切是那麼的沉悶，令人忍不住想潑灑整桶白漆，抹去所有的晦暗與陰沉。

廢墟西邊的斷崖並不算高，可以看見J海岬一帶。圍繞建地的松林中間有段短短的小路，通往崖下岩場的狹窄混凝土台階。

他們站在崖上，開始探尋接近島嶼的船隻蹤影。這時有個離群的人折回瓦礫堆中，是艾勒里。他踩著廢墟，忽而踢踢散落的瓦礫，忽而蹲下四處摸索。

「你在幹什麼？艾勒里！」范從斷崖那頭，大聲問道。

艾勒里笑著回答：「找東西。」

「找什麼東西？」

「昨晚不是說過了嗎？可能有地下室。」

崖上的四人訝異地彼此對看，緩步走向蹲在瓦礫中的艾勒里那邊。

「咦？」艾勒里咕噥著，摸到一片一公尺平方的污黑板狀物。「這個——有移動過的痕跡。」

那好像是燒毀的一部分牆壁，有些地方還殘留著一點藍色瓷磚。他正想用力拉動，不料輕輕一試就掀開了。

「找到了！」艾勒里高聲歡呼。

牆板下面是個方形洞穴，開著漆黑的洞口。一段狹窄的混凝土台階，通向黑暗深處。一定是沒燒掉的青色館地下室入口。

艾勒里反方向放倒拉起的木板，掏出上衣口袋裡事先準備好的手電筒，迫不及待地便想踏入洞中。

「小心塌下去。」愛倫．坡擔心的聲音揚起。

「我知道，沒問——」回答突然中斷，剎那間，艾勒里修長的身體晃了一下。哇——隨著叫聲，他的身體倒向黑暗中，彷彿被磁鐵吸入似地，頓時不見蹤影。

「艾勒里！」四人同聲叫道。范一個箭步，就想隨艾勒里後頭追去。

「等等，范，跳下去太危險了。」愛倫．坡匆匆制止。

「可是，愛倫．坡……」

「我先下去。」愛倫．坡拋掉夾在指間的香菸，從夾克口袋摸出小型鋼筆式手電筒，小心翼翼地步下台階。

「艾勒里！」一面朝黑暗中叫喊，一面強彎身子踩下第二級台階。在這兒，他突然站定不動。

「這裡拉了根釣魚線，艾勒里八成是在這兒絆倒的。」

陷阱正好設在人的小腿高度，除非凝神細看，否則不容易發現左右牆壁管路間，綁了根細而堅韌的絲線。

愛倫·坡謹慎地跨過陷阱，稍微加快動作。下頭的黑暗裡，亮著艾勒里手電筒微黃的光圈。

「范，勒胡，下來吧！小心那條線——艾勒里，你在哪裡？」

台階底下，艾勒里摔倒在那裡。愛倫·坡撿起掉在地上的手電筒，照著隨後下來的兩人腳邊，又問：「喂，艾勒里，沒事吧？」

蹲坐在混凝土地的艾勒里斷斷續續地答著不要緊，隨即抱住右足踝呻吟不已。

「腳好像受傷了……」

「有沒有撞到頭？」

「不知道。」

不久，范和勒胡下來了。

「幫個忙。」愛倫·坡說著，拉起艾勒里的手搭在自己肩頭。

「等一下，愛倫·坡，」艾勒里喘著氣說道：「我沒關係。先查查地下室的情形。」

勒胡從愛倫·坡手中接過手電筒，環照整個空間。

地下室約十張榻榻米大，周圍牆壁及天花板都是剝落的混凝土，露出幾條骯髒的管線。裡頭只有一具龐大的自用發電機，此外不見任何顯眼的東西。木板片、罐子、水桶、破布……之類的**雜物**，凌亂地散放一地。

「就是這樣，沒有別的了，艾勒里。」

「什麼也沒有?」在愛倫·坡與范扶持下,艾勒里撐著站起身子,目光追逐手電筒的光線,喃喃低語著。良久才揮去失望,逐漸平復心情。

「怎麼會什麼都沒有?勒胡,仔細看看地板。」

勒胡依言,再照了一次地下室所有地面。

「啊……這……」

從四人站立的台階口附近,畫個半徑不及兩公尺的圓弧——這個範圍以內,沒有掉落任何散亂的雜物。更奇怪的是,圓弧內連應有的積灰與塵埃也幾乎看不見。

「怎麼樣?是不是太不自然了?顯然有清掃過的痕跡。」艾勒里蒼白的臉上,浮現不合時宜的微笑。「**一定有人在這兒活動。**」

3

「不怎麼嚴重,頭也沒撞到。」愛倫·坡邊為艾勒里的右腳療傷,邊說道。

「只是輕微的挫傷和擦傷,冷敷一個晚上就沒事了。算你這小子走運,倒楣的早就一命嗚呼囉!」

「大概是緊要關頭護住了頭。」艾勒里咬著嘴唇,又說:「我真差勁,太輕率了。應該反省,怎麼會輕易落入對方的圈套?」

這時,五人已經回到十角館大廳。

艾勒里靠著牆，傷腳輕放地板上接受愛倫．坡的治療。其他三人也沒坐下，不安地看著他們。

「大廳的門最好用繩子從裡面綁住，尤其是日落以後，大家絕對不要出去，因為有人要我們的命。」

「艾勒里，我實在不敢相信。」從青色館遺跡回來的路上，聽艾勒里提起中村青司就是兇手時，阿嘉莎不禁混亂了。「中村青司還活著，真的有這種事……」

「剛才在地下室發生的事，不就是證據嗎？至少可以確定，最近的確有人躲在那裡。這個人料準了我們終究會發現地下室，所以在台階口設下陷阱。如果運氣不好，我現在已經成為『第三個被害者』了。」

「好。行了，艾勒里。」紮好繃帶，愛倫．坡拍拍艾勒里的大腿。「今天晚上不要到處走動。」

「謝了，醫生——咦，你要去哪裡？」

「我得先確定一件事。」愛倫．坡越過大廳，消失在往玄關的門邊。不到一分鐘，又回到大廳說道：「抱歉，果然不出所料。」

「怎麼了？」

「剛才那條釣魚線是我的。」

「你的？怎麼說……」

「釣魚線，我們來的那天，我把釣具箱放在玄關大廳。剛剛去檢查的結果，裡頭最粗的那捲線不見了。」

「原來如此。」艾勒里直起左膝，雙手抱住，繼而說道：「玄關大門不能上鎖，無論青司或任何人都可以自由出入，偷走釣線當然不成問題。」

「可是，艾勒里。」愛倫．坡坐在椅子上，點了根香菸。「你能斷定青司還活著，而且是兇手？」

「大夫反對？」

「雖然不是全無可能，但是這樣就斷定兇手是外來者未免過於危險，我有異議。」

「哦？」艾勒里倚著牆，抬頭注視愛倫．坡。

「看來愛倫．坡先生希望是我們當中的人幹的。」

「我不願這麼想，但我覺得這方面疑點較強。所以艾勒里，我提議調查所有的房間。」

「檢查行李？」

「對。兇手應該還有一份塑膠板、奧希茲被切掉的手、某些刀刃，說不定還可找到剩下的毒藥。」

「嗯，這個意見很好。不過，愛倫．坡，如果你是兇手，會把那些獲罪的證物放在自己房間嗎？換成我，早就藏到其他安全的地方去了。」

「可是，查一下無妨。」

「愛倫．坡。」這時，范開口了。「這樣不是比較危險嗎？」

「什麼危險？」
「我是說，假如兇手在我們五人當中，不也一起檢查房間嗎？這麼一來，豈不公然為兇手製造進入別人房間的機會？」
「范說得有理。」阿嘉莎附和道。
「誰也不准進我的房間。萬一當我們忙著檢查房間時，兇手暗中把物證藏到別人房裡，或者設下什麼陷阱……」
「勒胡，你覺得呢？」愛倫・坡皺著眉頭發問。
「我只覺得——這座十角館本身很惹人厭……」勒胡垂臉，緩緩搖著頭。
「上次不曉得誰說過，看著牆壁眼睛很不舒服。不只是眼睛，我覺得連頭腦都不清楚了……」

4

「要鹽嗎？妳剛剛擺到那邊去了。」范很客氣地向正在嚐湯的味道，拿著小湯匙東張西望的阿嘉莎輕聲說道。
「你倒看得很仔細。」阿嘉莎回過頭，眼睛瞪得圓鼓鼓的。「真是個盡職的監視人。」
她冷冷地諷刺著，但是聲音並不帶霸氣。幾番折騰，眼周已經浮現明顯的黑圈。

這裡是十角館的廚房。

在大廳移來的油燈微光映照下，阿嘉莎忙著準備晚餐，范在旁邊負責監視。其他三人坐在大廳那頭不時從敞開的門窺探動靜。

阿嘉莎好像有意藉工作把腦中所想全部驅逐出境，顯得格外忙碌。然而心不在焉的結果，使她手忙腳亂，一再出錯。

「糖在這兒，阿嘉莎。」沒多久，范又說。阿嘉莎身子一震，橫眉豎目地瞪著范。

「你不要太過分！」她兩手攏起紮著頭巾的頭髮，尖著嗓子叫道。

「要是不敢吃我弄的東西，你們大可去吃罐頭或其他東西！」

「阿嘉莎，別誤會……」

「我受夠了！」阿嘉莎拿起小盤子，向范丟過去。盤子掠過他的手臂，摔破在後頭的電冰箱旁邊。大廳裡的三人聽到聲響，驚愕地跑了過來。

「我不是兇手，我最明白！」阿嘉莎緊握雙拳，身子激烈地左右搖晃，同時大聲喊叫著。「兇手是我們當中的一個，為什麼單單監視我？我絕對不是兇手！」

「阿嘉莎！」艾勒里和愛倫・坡異口同聲叫道。

「這算什麼？派人這樣監視我，如果有人吃飯死了，是不是又要怪到我頭上！你們全拿我當兇手！」

「阿嘉莎，冷靜點。」愛倫・坡喝道，並且上前一步。「沒有人這樣想，妳先靜下來。」

「別靠近我！」

阿嘉莎瞪著眼珠子，畏怯地倒退。「不要過來！我知道，你們串通好了。你們四個人共謀，殺了奧希茲和卡爾，現在輪到我了？」

「阿嘉莎，鎮定一點。」

「那……那麼希望我是兇手，我就成全你們吧！當了『殺人兇手』，就不會成為被害人了。啊，可憐的奧希茲……可憐的卡爾……對，我是兇手，遲早會殺了你們的！」

四人好不容易才把完全失去理智，手腳亂舞的阿嘉莎制住，連拖帶拉地來到大廳，勉強她坐在椅子上。

「我不要，我不要……」阿嘉莎虛脫似地垂下肩膀，空洞的眼瞳瞟著半空。不一會兒，突然趴在桌上，全身發抖。「我要回家，求求你們……我好累，讓我回去……」

「阿嘉莎？」

「……我要回去，我可以游泳回去……」

「阿嘉莎，鎮定點，深呼吸。」愛倫．坡厚實的手掌撫在她背後，安慰道：「聽著，阿嘉莎。沒有人認為妳是兇手，也沒有人會殺妳。」

阿嘉莎好像小孩子鬧彆扭似地，伏在桌上搖頭。一再囈語般反覆說著要回家，不久轉為虛弱的啜泣聲。

經過良久，她突地抬起頭，以沙啞而平板的聲音說：「我要去準備晚飯了。」

「沒關係，回頭有人會做，妳休息吧！」

「不要！」阿嘉莎甩開愛倫．坡的手。「我不是兇手……」

5

用餐時，沒有一個人開口說話。

無可否認地，一開口必定提到命案。他們的沉默顯然是種逃避現實的表現，或許也帶有不願再度刺激阿嘉莎的體貼。當然，誰也不希望呈半失神狀態的唯一女性精神恍惚，甚至發生意外。

「待會兒我們來收拾，阿嘉莎，妳去休息吧！」愛倫．坡柔和的聲音在耳邊揚起。阿嘉莎燃起一向不在人前抽的菸，茫然凝視飄動的煙氣，一張毫無表情的臉愣愣向著愛倫．坡。

「如果睡不著，我有藥。沒騙妳，服了比較好睡。」

瞬間，她的眼中閃過一絲警戒神色。「藥？──我不要！」

「別擔心，只是普通的安眠藥。」

「我不要！絕對不要！」

「我明白了。那麼，這樣吧。看著，阿嘉莎。」

愛倫．坡從掛在椅子上的布包裡拿出小藥瓶，倒出兩顆白色藥片放在手中。然後掰開兩顆藥，把其中半顆遞給阿嘉莎。
「現在我在妳面前服下這半顆，這樣妳總該放心了吧？」
阿嘉莎默默盯著手中藥片考慮再三，這才點了頭。
「好，乖孩子。」愛倫·坡落腮鬍底下浮現笨拙的笑容，一口吞服手中所剩的藥片。「瞧，沒事吧？該妳了，阿嘉莎。」
「我還是睡不著……」
「這也難怪，妳太緊張了。」
「今天早上也是——卡爾的聲音一直在我耳邊作響……好不容易要睡著了，隔壁卡爾的房間又傳來奇怪的聲音。」
「我知道。服了藥以後，今晚就能好好睡一覺了。」
「真的？」
「嗯，馬上就會覺得睏。」
阿嘉莎終於把藥含在口中，閉著眼睛吞下去。
「謝謝……」她以毫無生氣的眼神向愛倫·坡微微一笑。
「去睡吧，阿嘉莎，記得關好門窗。」
「嗯。謝謝你，愛倫·坡。」
目送阿嘉莎身影消失後，四人不禁鬆了一口氣。
「很有名醫的架式，愛倫·坡，將來你一定是個好醫生。」搖晃夾在指間的香菸，艾勒里輕笑著。

「受不了，連阿嘉莎女王都幾乎崩潰。到了明天，我們當中不曉得又有誰要出毛病了。」

「夠了，艾勒里，別開玩笑。」

「就是得開開玩笑。」艾勒里聳聳肩膀。「如果凡事太嚴肅，連我都會發瘋。別忘了，我今天也差點沒命哩！」

「假如那是你自己唱的獨角戲呢？」

「什麼——算了，跟你計較也沒用。要是這樣，當然我也可以說阿嘉莎的演技不錯。」

「倘若兇手是自己人，任何人都有嫌疑。」范咬著指甲，說道：「只有自己才能確信自己不是兇手——總而言之，自己的性命自己保護。」

「唉……這到底是為什麼？」勒胡摘下眼鏡丟在桌上，痛苦地抱著頭。

「喂，該不會連你也要歇斯底里了吧？」

「我沒那種精力，艾勒里。兇手究竟為什麼掀起這一連串瘋狂的事？不管是我們當中的一個，或是中村青司……到底動機何在？」勒胡瞪著又小又圓的眼睛，臉上充滿悲愴。

「動機……」艾勒里低喃著。

「應該有才對。」

「我反對青司就是兇手的說法。」范慍怒地說道。

「青司沒死全是艾勒里的想像，不能採信。假設那是事實，正如勒胡所說，他為什麼要殺我們？太不合理了。」

「青司……」每次聽到有人提起這個名字，勒胡心中總會湧起一股奇妙的不安。自從昨天艾勒里說「他」還活著以來，始終有這種感覺。

注視桌上映著油燈火光的眼鏡鏡片，努力地設法從心底挖出一點什麼。**（是記憶吧？）**然而左思右想，總是不能成功。其中，似乎還參雜著一絲**更新的記憶**，這一切的一切，使他有種無可奈何的焦急與煩躁。

（到底是什麼？）

勒胡心中反覆自問。

新的記憶是抵達島嶼之後產生，這一點倒是不會錯。**可能自己無意識中在某處見到了什麼，而且非常重要……**

起床時就有的頭痛一直持續到現在。別想了，今天先睡個好覺再說，勒胡思忖著，於是說：「愛倫．坡學長，給我一顆藥好嗎？」

「哦，好。才過七點——你想睡了？」

「嗯，頭痛得很……」

「那麼，我也要睡了。」整瓶藥交給勒胡，愛倫．坡叼著菸搖晃地站起來。

「剛才吃的藥開始生效了。」

「愛倫・坡，我也要。」范慢慢從椅子上立起身子說道。
「好，一顆就夠了，藥效很強的。艾勒里，你要不要？」
「不必，我睡得著。」
不久，桌燈熄了，黑暗降臨十角形大廳。

第八章——第四天・本土

1

「我真的可以一起去？」在從O市開往龜川的車上，江南叮嚀似地問著。握著方向盤的島田正視前方，點了兩、三次頭後回答：

「沒關係，反正你認識千織，而且是這次威脅信事件的被害人。要是什麼都不讓你知道，也太不夠意思了。」

「嗯，說得也是……」然而，守須恭一前一天的忠告依舊盤據在心。在純粹自身好奇心的驅使下，主動地干涉別人的隱私，這樣做是不是不道德？

島田表示自己和紅次郎的交情不淺，並非江南和守須所能想像，倒是守須的想法及態度未免過於拘謹。

江南可以了解島田的心情，對於守須一反常態的言行，自己也很難接受。想想還真奇怪，起初興致勃勃參加推理遊戲的守須，為何突然以不道德為由而改變態度？可是話雖如此，在走訪紅次郎不過數日的今天再度登門探詢，心裡總有股強烈的抗拒與內疚感。

「如果你那麼在意，江南，就當這幾天來我們已經結為知己，你是被我硬拉著一起來的不就得了。」

聽島田煞有介事地說著，江南暗自好笑，心想這人還真是有趣。

這個男人不僅擁有旺盛的好奇心，更具備超人一等的敏銳觀察力與洞察力。至於守須前晚提示的青司生存說——他恐怕老早就想到了。

守須和島田間決定性的差異在於——守須是含有某種意味的保守派現實主義者；相反地，島田則是逐夢少年式的浪漫主義者。經由深感興趣的現實事件，促使他發揮奔放的想像力而引導出可能，然後又將此可能昇華為「夢想」。對他來說，由此產生的「夢想」是否吻合真相，本質上或許已經不是問題。

車子在幹道轉彎，穿越熟悉的街道。

風從半開的車窗吹入，夾帶著溫泉區獨特的氣味。儘管有人以「腐敗的蛋味」形容，江南卻不討厭硫化氫元素所含的臭氣。

到達紅次郎家，已經過了下午三點。

島田說，紅次郎任教的高中已經開始放春假，即使遇上返校日，今天既是週末應該早已回家，而且他平常很少外出。江南問起事先是否打電話告知拜訪之事，島田表示：

「阿紅喜歡不速之客，很奇怪吧？不過，當然得看來者是何人。」說著，眨眼笑了起來。

據說由吉川誠一一手照料的院子裡，繁花怒放一如往昔。綴滿碩大白色蕾苞的櫻枝，爭相伸向屋頂兩側。走過石板路，脆弱的珍珠花掉落一地小花瓣。

島田按了門鈴，馬上有人應門。

「是島田嗎？還有——你叫江南對吧？」

紅次郎今天穿了黑長褲和同色黑條紋襯衫，並且套上一件咖啡花紋毛衣，顯得格外瀟灑。

他見到江南似乎不覺意外，帶領兩人走進屋內。

島田一進去，便坐在陽台邊的籐椅上。江南則等紅次郎招呼後，才投身入坐沙發一隅。

「今天找我，有何貴幹？」紅次郎一面沖泡紅茶，一面問道。

「來問一點事。」島田將搖椅向前傾，兩肘靠在膝上。

「我先問你，阿紅，你前天去哪裡了？」

「前天？」紅次郎不解地看著島田。

「學校放假了，這陣子我天天在家。」

「是嗎？前天——二十七日晚上，我們到這兒找你，可是沒人應門。」

「真不好意思，這兩天趕著寫一篇論文，所以暫時謝絕電話及訪客。」

「太差勁了，簡直不夠朋友。」

「抱歉，早知道是你，一定開門。」紅次郎遞上兩杯紅茶，在江南對面的沙發坐下。「你想問些什麼？江南陪你一道來，八成又是關於那封信的事？」

「對，不過今天的目的稍有不同。」島田吸了一口氣，接著說：「是想多打聽一點千織的事。」

紅次郎端著杯子的手，突地停在嘴邊。「千織的事？」

「阿紅，我的問題很唐突，如果太過分大可打我。」說完，島田單刀直入地問道：「千織是不是你的女兒？」

「胡說，哪有這種事。」紅次郎不假思索，馬上否認。然而，江南察覺他的臉上瞬間失去血色。

「不是嗎？」

「當然。」

「唔……」島田從籐椅上站起，坐到江南旁邊。然後盯著悵然交疊雙手的紅次郎，又問：「我知道問這種無禮的問題，你一定會生氣。可是，阿紅，我只是想確定一下，千織是不是你與和枝生的孩子？」

「開玩笑也該有個程度。無憑無據，你怎能空口說白話？」

「的確沒有證據。不過，各種狀況使我不得不這麼推測。」

「別說了。」

「前天，我和江南走了一趟安心院，見到失蹤園丁吉川的妻子。」

「那又為什麼……」

「由於信的觸發，使我覺得應該對去年的角島事件，再做一番調查。我們所得的答案是中村青司沒死，他就是那件命案的兇手。」

「胡說八道，我哥哥死了，我親眼看到他的屍體。」

「焦黑的屍體，是吧？」

「這……」

「那是吉川誠一的屍體。青司是唯一兇手，他殺害和枝和北村夫妻後，以吉川當作替身活活燒死，自己卻活了下來。」

「你的想像力還是那麼豐富。光憑想像，就把我和大嫂扯在一塊兒了？」

「正是如此。」島田毫不畏怯，繼續說：「假定青司是兇手，那麼，究竟什麼緣故，逼使他陷入那種精神狀態？阿紅，你曾經說過，令兄雖然熱愛和枝，卻是一種不尋常的愛法。他正值英年便隱居島上，就是想把和枝留在自己身邊，也就是**把她軟禁島上**。他能狠心殺害心愛的妻子，動機只有一個，就是**嫉妒**。」

「你非以嫉妒為名，醜化我和大嫂的關係？」

「從吉川之妻那邊聽聞，青司好像不怎麼疼愛自己的女兒。他既然熱愛和枝，不可能不疼兩人愛情的結晶，更何況是人見人愛的嬌嬌女千織……太矛盾了。這不就證明青司懷疑自己不是女兒的親生父親？」

「我哥哥是個怪人。」

「但是，他是個愛妻子的人。他之所以不疼愛妻子生的女兒，其中必定有緣故。

「倘若我的假設成立，那麼千織的親生父親是誰？若干狀況暗示那個人就是你，阿紅。幽禁島上的和枝夫人，你是有可能和她接觸的年輕男人；千織誕生前後你們兄弟的感情惡化……」

「不像話！——夠了吧，島田？我只能否定，那些都不是事實。」紅次郎生氣地拿掉玳瑁框眼鏡。「我說過好幾次，大哥死了，絕不可能還活著。我和那件命案毫無瓜葛。」

他的語氣雖然堅定，眼睛卻不敢正視島田。擱在膝上的手無可掩飾地一直微微發抖。

「那麼，阿紅，再問一件事。」島田開口說道：「去年九月十九日——青色館失火的前一天，記得嗎？平常很少喝酒的你，那天晚上突然打電話約我出去喝酒——那時，我們一連光顧好幾家店，你喝得爛醉。依我看，你根本是藉酒消愁。」

「那又怎麼樣？」

「爛醉如泥的結果，你開始哭了。記得嗎？然後我送你回家，兩人在沙發上睡了一夜。當時你一面哭，一面喃喃反覆著：『**和枝，原諒我，原諒我……**』」

「那又如何……」紅次郎的臉色驟然大變。島田接著說：

「當時我也喝得差不多，所以沒有進一步去想。案發後，因為正好有事纏身，無法深思那夜的事。但是，現在重新思索……」島田深深嘆口大氣。「**十九日晚上，你已經知道角島的事**，對不對？」

「我怎麼……」紅次郎的頭低得不能再低。「——我怎麼會知道？」

「兇手**青司告訴你的**。」島田銳利的眼光審視紅次郎。「和枝的屍體缺了左手腕，是青司切下來的。阿紅，他是不是把切下的手腕送到你這兒來了？十九日收到手腕後，你擔心發生醜聞，所以不敢報警。為了抒解內心的衝擊，只好喝酒……」

「我……我……」

「至於你與和枝的關係及詳情，我不知道也不想問。即使青司因此發狂，誰也沒有權利責備你。只不過——十九日那天，如果你及時報警，或許能免除北村夫妻和吉川的死。你那天的沉默，畢竟也是一種罪孽吧？」

「罪孽……」紅次郎驀地站了起來。

「阿紅？」

「好了，這就夠了。」說著，紅次郎將臉移開島田的視線，以沮喪而遲鈍的步伐踱向陽台。

「那……」他指著院子裡的紫藤架，說道：「那是千織出世那年種的。」

2

江南可能還沒有回來，屋裡並未開燈。

看看手錶，晚上十點十分。該不會已經睡了……

把摩托車停在公寓附近，守須恭一走進馬路對面一家咖啡屋。

這家咖啡屋營業到午夜十二點，平常這個時候多半擠滿住宿附近的學生。可能受到春假的影響，店中客人稀稀落落。

在面向馬路的靠窗座位坐下，守須點了杯咖啡。很快地，厚實的杯子盛滿香濃可口的濃縮咖啡送上桌來。

啜著黑咖啡，守須心想喝完這杯就該走了，並不是非見面不可，回頭打通電話也可以。

（那傢伙應該改不了三分鐘熱度的毛病，現在恐怕已經厭倦偵探遊戲了吧！）

叼著菸，守須暗自思忖。

最初，煽起江南好奇心的是那封信。死者的來信——的確，僅僅如此便已足夠刺激他。況且又同時得知研究社那些人同赴角島，當然使他更蠢蠢欲動。所以才會專程到別府拜訪紅次郎，並且找自己商量，但依江南的個性，熱度升到這兒就差不多該減退了，難道……

腦海裡浮現島田潔的臉龐。

那是個頭腦靈活的人，絕對不只帶著單純的好奇心。無論如何，守須仍然無法接受他那種不像成人的探索心。

對信發生興趣是意料中事，因而探查去年那件命案也無可厚非。對推理小說迷來說，這些都是理所當然的事。然而……

對於自己建議走訪吉川誠一之妻這件事，如今想來，依然懊悔不已。當時是怎麼了，沒有慎重考慮就脫口而出。乍見陌生人來訪，針對背負殺人犯惡名的失蹤丈夫問長問短，吉川政子當時的心情又是如何？

聽了兩人的報告後，守須提出自擬的青司生存說——其實，自己幾乎不相信這種說法的可能性。所有的看法只是為了替這個畸形的推理偵探遊戲打上休止符，所做的一種假設而已。

不料提到動機時，島田開始談起和枝夫人和紅次郎的關係，終於懷疑千織可能是紅次郎的女兒。並且表示，打算找紅次郎證實這一點……

菸刺痛了喉嚨，守須難受地啜飲著咖啡。

大約經過三十分鐘，正想離開時，有輛車子停在江南的公寓門口。瞥見下車的人影，守須連忙起身。

「江南！」他走出店門叫喊著，江南立刻揮手說道：「果然是你，我就覺得那輛摩托車好眼熟。我們公寓裡頭，沒人騎250CC的越野摩托車。」

停在路邊沾了點污泥的摩托車，正是山葉XT250。

「你特地來找我？」

「不，路過這兒。」守須答著，拍拍挽在臂上的背包，然後向綁在機車後架的畫具袋努努下巴，「今天也去了國東，現在正要回去。」

「畫得怎麼樣？」

「明天大概可以畫好，完成後再請你來看。」

「嗨，守須。」島田下了駕駛座，一見守須便笑著打招呼。守須聲音變得有點不自然，說道：「今晚——今天去哪裡了？」

「哦，到阿紅——不，到別府兜風。唔，我和江南很投緣。今晚想到他屋裡喝一杯……」

在江南邀請下，島田和守須一起進屋。七手八腳地收拾好凌亂的被褥，江南拿出摺疊式小桌子，開始準備威士忌。

「守須，你喝不喝？」

「不了，我騎摩托車。」

島田一進來就站在書架前，逐一審視成列的書名。守須盯著江南把冰塊放入杯中的手，說道：「那件事怎麼樣了？」

「哦……」江南回答的聲音透著詫異與躊躇。

「昨天到S區去了一趟，只是看看角島，並且聽到一些奇怪的鬼故事而已。」

「鬼？」

「還不是青司的幽靈出現之類的普通傳說。」

「哦，那麼，今天不只是兜風囉？」

江南困窘地撇著嘴唇。「其實……」

「你們果然去找紅次郎了？」

「——是的，很抱歉沒聽你的忠告。」停下放冰塊的手，江南低頭說道。守須偏著頭，探視他的表情，問了聲：「結果呢？」

「去年那件命案——差不多都明白了。紅次郎告訴我們的——島田？酒好了。」

「你是說，已經水落石出了？」守須有些訝異，連忙追問。

江南支吾一聲，喝下杯中加了冰塊的酒。

「到底是……」

「總之，**那是青司謀畫的強迫殉情**。」於是，江南開始敘述。

3

「那是千織出世那年種的。」紅次郎的聲音顫抖著。

「紫藤？……」島田迸出聲音。

「那又怎麼樣……」說著，他恍然大悟地點點頭。看見江南疑惑的表情，便解釋道：「江南，就是《源氏物語》的故事。」

「『源氏』？」

「嗯——沒錯吧？阿紅。」

「光源氏深深愛慕父親的繼室藤壺，成年後終於成為一夜夫妻，藤壺因而懷了身孕。此後，兩人繼續欺瞞丈夫及父親……」

無疑地，紅次郎將兄嫂和枝視為藤壺的化身。而罪孽之子——千織的誕生，促使近在眼前的戀人同時遠在天邊，在這種矛盾心理下，他在自家庭院栽下了紫藤。藤壺一輩子忘不了自己和源氏所犯的罪，更不能原諒自己。同樣地，紅次郎的戀人有如藤壺……

「——果然不出所料。」島田輕輕從沙發站起，走到紅次郎背後問道：「青司注意到你們了？」

「我想——他只是懷疑。」紅次郎依舊面向庭院，答道：「他半信半疑，拚命想要否定這件事……大哥是個絕頂優秀的天才，然而站在『人』的立場，卻是個有缺陷的男人。他深愛大嫂，而這種愛，該怎麼說呢，已經成為瘋狂的獨占欲，只會無止境地要求對方的愛情。大哥自己也很了解這一點。對她來說，自己絕對不是個好丈夫。因此，他一直懷疑大嫂。對於千織，可能也懷有類似的感情。但是另一方面，又想相信千織是自己的孩子——相信的程度只有一半……這一半感情成為二十年來他與妻子之間的牽繫，也是勉強保持心理平衡的唯一依據。

「可是，千織死了。兩人之間唯一的牽繫，既擔憂又相信是自己所生的女兒死了……於是，大哥陷入完全的懷疑中。妻子不愛自己，卻愛別人，此人很可能是自己的親兄弟，這是真的嗎？他苦惱、痛苦，乃至於瘋狂……最後，大哥終於親手結束了她的生命。」

紅次郎始終動也不動地背對兩人，凝神注視紫藤架上的初生嫩葉。「角島的命案——是大哥策劃的強迫殉情。」

「強迫殉情？」

「是的。那天——九月十九日下午，島田，正如你所說，我的確收到大哥寄來的包裹。裡面是隻血淋淋的左手腕，密封在塑膠袋裡。我知道套在無名指上的戒指主人是誰，立刻了解事態嚴重……我馬上打到青色館，大哥迫不及待似地接了電話。他以分不出是哭是笑的聲音說：『和枝永遠是我的，我要用北村夫婦和吉川的死，來為我與和枝的新旅程**餞行**……』大哥完全瘋了，不理會我講的話，喊著什麼我們終於踏上新的階段，什麼這是來自巨大黑暗的祝福，還有什麼好好珍惜寄去的禮物，完全教人聽不懂，然後就掛斷了電話。

「大哥早就死了。物理上有可能雖死猶生，但是在心理上那種事情絕對不可能發生。他不是因為殺了大嫂而死，**反而是因為自己已經活不下去，所以才把她一起帶走。**」

「但是，阿紅……」

「島田，還有江南——中村青司已經死了，自殺死的。在他殺害大嫂到自殺身亡的幾天時間，並不是為了把她的手寄給我，向我復仇，或是為了看到我悲傷痛苦。事實上，他多活那幾天，只是為了抱緊始終無法得到的妻子的身體。」說到這裡，紅次郎住口不言。不知是否心理作用，他的背影似乎略顯縮小，而且比剛剛蒼老許多。

江南暗自想著：木然凝視院中紫藤的紅次郎，如今眼中看見了什麼？是自己深愛，卻命喪黃泉的戀人身影？是瘋狂殺人的兄長臉龐？抑或是意外猝死的女兒面容……？

沒錯，正如島田所指，紅次郎才是已故千織的父親。那麼，**真正怨恨使她步上死亡之路的學生們的神秘人物，當然是……**

「阿紅，我再問一個問題，可以嗎？」島田打破令人窒息的沉默。

「收到的和枝夫人左腕怎麼處理？現在在哪裡？」

紅次郎一言不發。

「阿紅……」

「我明白，你只是想知道真相，並不會去報警對不對？我明白，島田——」說著，紅次郎手指院中紫藤架。「在那裡，那棵樹下，她的手長眠在那兒……」

＊

「我想你說得對，守須。」江南把不知是第幾杯的酒一飲而盡，接著才慢慢說道：「雖然對島田有點過意不去，但我還是覺得好像做錯了什麼事，心裡很不舒服。」

守須不答腔，默默吸著菸。

「紅次郎肯定中村青司已經死了，我想這應該是事實。最後，只剩下那封信了。」

「關於吉川誠一的行蹤，你有什麼看法？」包含自問的意味，守須問道。

「對這件事，島田也一直耿耿於懷。既然找不到屍體，想必是墜崖後被潮水沖走或其他什麼原因吧！」江南答著，橫眼窺視靠牆而坐的島田。不知是否聽到二人談話，島田一手持杯，攤開從書架拿下來的一本書，聚精會神地看著。

「總而言之，」江南兩手輕拍被酒精暈紅了的臉頰。「偵探遊戲到此告一段落，等下週二他們回來後，就可以揭曉那封信是誰寄的了……」

第九章——第五天

1

勒胡整晚惡夢纏身，雖然迷迷糊糊，無邊夢魇卻排山倒海般壓得他透不過氣來。被踢掉的毛毯掉落床下，襯衫又縐又亂——昨晚沒換睡衣就睡了——髒污的全身汗水淋漓，濕黏難受。煎熬痛苦的漫漫長夜，折騰得人口乾唇裂，疼痛欲絕。

勉強撐起上半身，交疊雙手環抱自己的身體，勒胡向左右緩緩晃著昏沉沉的腦袋。

頭痛稍微緩和了點，取而代之的是腦子裡麻痺般的模糊。意識完全迷失在薄霧裡，自己彷彿置身在遙遠的地方，飄蕩虛空，沒有一點踏實感。

窗縫中洩入的微光，宣告夜晚已經結束。

勒胡伸直雙臂，撿起毛毯放在膝上。

一片朦朧的腦海中落下方形銀幕。四個角落宛如曝光的底片般漆黑而模糊，越近中央越發白亮。畫面中出現了四天前初抵此島的夥伴面龐，次第放大又放大……

艾勒里、愛倫·坡、卡爾、范、阿嘉莎，以及奧希茲。大家——連自己在內一共七人，都各自享受此次冒險旅行。至少，勒胡這麼覺得。無人島這種充滿解放感、毫無拘束的環境，對昔日命案的好奇心，還有那漠然的刺激感……原以為即使出點意外或小麻煩，反而是旅行中的一種良性刺激，一週的時間很快就會過去，誰知道……

——平短的頭髮，過寬的薄眉下眨著四處張望的大眼睛，滿是雀斑的潮紅臉頰……那張臉突然脹成紫色，顫慄、扭曲，然後鬆弛下來。纏繞在粗短脖間的細繩子，化為黑色毒蛇蠕動著。

（啊！奧希茲，奧希茲，奧希茲……）

勒胡握緊雙拳敲打腦袋，不願再回想任何事。

可是，某個不一樣的場所，不一樣的意念，促使放影機繼續迴轉。畫面持續著，總是不肯消失。

——噘起嘴唇，滿臉詭異笑容，突出的下巴，凹陷的眼睛……這是卡爾。魁梧的身體由於劇烈痛苦而扭曲，搖晃的桌子，傾倒的椅子，討厭的嘔吐物滴落聲，連那股特殊的氣味也都復甦。

「為什麼……」他低聲輕喃著。「到底為什麼……」

——艾勒里掉進地下室黑暗中的身體，愛倫．坡嚴厲的聲音，范蒼白的臉，阿嘉莎神經質的動作……

倖免於難的夥伴當中，隱藏著殺人兇手。不，或許有第三者藏匿島上。

雖然艾勒里極其認真地表示中村青司沒有死，但是素未謀面的陌生人為何要將我們置於死地？

腦際的銀幕映出黑色人影，輪廓並不清楚，滲水般的模糊黑影不規則地緩緩搖動。

——中村青司，十角館的主人，去年九月焚燒青色館自殺身亡的男人。如果他還活著，就是那件命案的兇手。

——中村青司……中村……中村……

勒胡動了一下肩膀。

（中村？）

這時，黑影開始成形。他仍在半睡眠狀態中，不鮮明的意識逐漸拾掇記憶的絲絡。不久，黑影成為一位嬌小白皙的女郎身影。

（不會吧，怎麼可能……）

是否還在夢中？中村千織居然是中村青司的女兒，真的會有這種事？

勒胡又握拳敲頭。

——夜街、雜沓、冷風、迎新會、杯影、冰音、酒氣、叫聲、喧譁、陶醉、狂態，以及……樂極生悲、緊張、狼狽、刺耳的救護車聲、旋轉燈號的銳利紅光……

「不可能有這種事。」他喉間微微迸出聲音，企圖消除耳中逐漸高漲不安的喧譁聲，可是……

聲音非但沒有平靜，反而越來越大，越來越激昂。嚴重的不安與焦躁無情地侵襲而來，全身再度滲出脂汗。象徵一切的旋轉紅光、動人心脾的慘叫，無可保留地震撼他的神經，然後……

以指甲抓著頭髮，正想吶喊出心中鬱悶時，腦中驀地浮現截然不同的畫面，聲光完全消失無蹤。

（是什麼？）

好像是別人的事，勒胡感覺到。

——是海，聽得到水聲，就在近處，沙沙搖晃的水面。波浪拍擊黑色岩脈，留下一道白線又消退……

（那是昨天。）

勒胡掀開膝上的毛毯，心中那個部分彷彿拉下厚帷幕，恐怖感頓時消失。

——**那是昨天看到的光景**。大家站在青色館遺跡旁邊的斷崖，專注地探尋船隻蹤影。當時俯瞰下方，崖下的岩場……對了，前天和艾勒里結伴到那下面探查。的確，那時……

勒胡好像被什麼附身似的。

明知自己意識尚未完全清醒，**單獨出去非常危險**——這個念頭閃過腦際，隨即沉落在霧般朦朧的內心深處。

於是，勒胡搖晃地從床上站起。

＊

阿嘉莎將門開了一道小縫，窺視大廳的情況。

沒有人，好像還沒人起床。

由於愛倫．坡提供了安眠藥，昨晚一上床很快就睡著了。直到剛剛睜開眼睛，整夜睡得很沉，也不覺得作過夢。在目前這種狀況中，難得會有如此充足的睡眠。身體的疲勞大半恢復，緊繃的神經也稍微緩和。

（這都得感謝愛倫．坡。）

阿嘉莎悄悄走出大廳。

沿著牆壁慢慢來到盥洗室門口，留心觀察四周，傾聽八方動靜。

即使在晨光中，十角形大廳依然呈現奇妙的歪曲。目光只能捕捉白壁間微妙的陰影，無法仔細觀察。

似乎還是沒人起床。唯有永無休止的波浪聲，不斷傳入耳中……

走進盥洗室，半掩著門。同時，沒忘了確定裡面的浴室及廁所的確沒有危險。

面向洗臉槽，望著鏡子。微暗中，看到自己穿著白色連身洋裝的身影。

眼眶的黑眼圈消褪了一點，比起初抵島上時，顯然憔悴許多。鏡中人臉上毫無血色，一頭乾澀的頭髮垂在肩頭。這張難看的臉，真的是我自己嗎？

梳理著頭髮，阿嘉莎深深嘆了一口氣。想起昨夜自己的醜態，不禁再度欷歔。

她經常希望自己永保美貌，容光煥發。永遠——無論何時，無論何地。從前一直以為自己辦得到，並且引以為傲。

但是，洗過臉再次審視自己的容貌——實在稱不上美麗，更談不上容光煥發……

無可奈何的情緒湧上心頭。

（只能靠亮麗的化妝來補救……）

打開裝著化妝品的小包，阿嘉莎思忖著。異常的事件、異常的狀況、異常的立場——在一連串逼人發狂的異常中，這是她僅有的安慰。

（今天不擦玫瑰色口紅，改成紅色……）

如今在這島上，不必擔心別人的注目。她唯一在意的，只是鏡中的自己。

2

范被手錶的響鈴裝置吵醒，悠悠睜開眼睛。

（——十點了。）

肩胛僵硬，全身關節痠痛，看樣子是沒睡好。

按壓浮腫的眼皮，胸口陣陣噁心。

（大家還在睡嗎？）

起身側耳傾聽，一面點了根香菸。煙氣吸入肺部，引起一陣強烈的暈眩。自己心裡很清楚，肉體上與精神上都已經到達崩潰邊緣。

（不知能否安然返家……）

空虛地凝視半空，他思忖著。

——恐怖，太可怕了。如果可能的話，巴不得像小孩一樣，哭叫著逃出去……

顫抖著身子，范捻熄香菸站了起來。

走出大廳，左邊相隔兩個房間的門虛掩著。留神一看，是廚房旁邊——盥洗室的門。

是不是已經有人起來了，他想著。

（可是怎麼沒聲音？是不是有人到洗手間忘了關門？）

門朝另一邊開著，於是范從桌子左邊繞過去。靜悄悄的，廚房裡似乎也沒有人。

左手逐一摸著藍色的椅背，突然覺得自己的心跳聲大了起來。順著桌沿轉過去，漸漸可以看見半掩的門內情形。然後……

「嗄……」

范彷彿被掐住脖子，喉頭哽塞叫不出聲音。戰慄爬滿全身，雙足釘在地上動彈不得。

盥洗室門的那一邊，倒著一團刺眼的白色。質地纖細的連身洋裝、拋置地面的玉手，還有散落一地的黑髮……靜靜躺在那裡的，是阿嘉莎不動的身體。

「啊……啊……」

右手掩口，范僵著身子。喉嚨裡頭，叫喊的衝動與嘔吐感掙扎著。無論怎麼努力，總是叫不出口。

一手扶著椅背，**半彎著**身子，他把抖個不停的腳拚命挪向愛倫·坡房間。

*

聽到狂亂的拍門聲，愛倫·坡猛然驚醒。

「怎麼了？什麼事？」睡意只纏繞瞬霎，接著他用力掀開毛毯從床上躍起，倏地衝到門口。

「誰呀？出了什麼事？」

沒有人回答。

拍門聲停止，取而代之的是微弱的呻吟聲。急忙扭轉門把，但好像被什麼擋住似地打不開門。

「喂，是誰？誰在那裡？」

說著，一面用力撞開門。然後從空隙勉強擠出身子，來到大廳。

倚在門口的是范，雙手掩口，胸口劇烈地起伏著。

「范？怎麼了，沒事吧？」

愛倫·坡手搭在他肩上，關心地問。范仍然一手掩口，一手則指向隔壁盥洗室。

「嗯？」
只見門虛掩著，從這邊看不到裡面的情形。
「那裡有什麼嗎？」
「——阿……阿嘉莎……」
聽到范的回答，愛倫．坡叫了聲什麼立刻放開手。「阿嘉莎？——范，你不要緊吧？」
范咯吱著聲音喘著氣，點點頭。於是，愛倫．坡一個箭步衝向盥洗室，往半掩的門內探視。
「艾勒里！勒胡！起來！快起來！」
竭盡氣力，愛倫．坡大聲叫道。

＊

那陣狂亂的敲門聲，吵醒了艾勒里。
敲的不是自己的房門。正想著是否出了什麼事，立即傳來怒吼般的喊叫聲。
（是愛倫．坡的聲音，難道……）
飛快地滑下床，穿上毛衣。纏著繃帶的右足踝，傷處已經不大疼痛。
愛倫．坡的聲音繼續揚起，對方好像是范。不一會兒，更大的喊聲叫著阿嘉莎。

手握門把正想衝出去，突然響起呼喚自己和勒胡名字的聲音。

「怎麼回事？」艾勒里在回答的同時，猛地打開房門。

愛倫．坡房門前，范蜷伏著身子。房間右鄰，艾勒里房間正對面的盥洗室門開著。倒在裡面的好像是阿嘉莎，一膝著地蹲在旁邊的是愛倫．坡。

「阿嘉莎出事了？」

「好像是。」愛倫．坡回頭看艾勒里。「艾勒里，范很難過，讓他吐出來。」

「好。」艾勒里扶起范，攙到廚房那邊，一邊問：「不是中毒吧？」

「不是。看到阿嘉莎，突然……」

范臉伏向流理台，不停地喘氣。艾勒里輕撫他的背部，說道：

「喝點水好了，胃裡空空的，想吐也吐不出來。」

「我沒事。我自己來，你還是過去那邊……」

「好。」艾勒里轉身離開廚房跑到盥洗室裡的愛倫．坡旁邊。

「死了嗎？愛倫．坡。」

愛倫．坡閉上眼點點頭。

「又是中毒，這次好像是——氰酸……」

阿嘉莎的屍體已被愛倫．坡翻整為仰臥，瞪大眼睛，微張著嘴，被凍結住的是近似驚愕的苦悶表情。

當愛倫．坡伸手闔上她的眼瞼，不再呼吸的臉上魔術似地呈現安詳與天真。彷彿剛剛上完妝，柔潤的面頰栩栩如生，嫣紅的櫻唇宛如正要開啟……微微飄浮的甜味，就是愛倫．坡所下判斷的依據。

「啊……」

艾勒里深鎖眉頭，說道：「杏仁味？」

「不錯。總之，艾勒里，先移到房間。」愛倫．坡伸手放上屍體肩上時，范踉蹌地步出廚房。瘦削的身體倚著牆壁，抬起蒼白的臉環視大廳。

「咦，勒胡呢？他怎麼了？」

「勒胡？」

「是啊……」

艾勒里和愛倫．坡這時才望向勒胡的房門，同時失聲叫了出來。

第三個被害者

白底紅字的塑膠板嘲笑他們似地照例貼在那裡。

3

「這麼說，**阿嘉莎是第四個？**——勒胡！」

艾勒里猛然一驚，衝向勒胡門口。

「勒胡？勒胡？——不行，上鎖了。范，有沒有備用鑰匙？」

「怎麼會有……這兒又不是旅館。」

「只好破門而入。艾勒里，讓開。」

「等一下。」艾勒里招手阻止正要撞門的愛倫．坡。「門是朝外開的，你這樣硬撞也打不開。還是繞到外面，破窗而入比較快。」

「對——帶張椅子去。」然後，愛倫．坡回頭向范說：「你也來。」

「愛倫．坡、范！」走向玄關的艾勒里叫道：「看，門把的繩子被解開了。」

他指著通往玄關大廳的門。昨天綁住兩個把手的繩子已經解開，繩子一端仍垂繫在門把上。

「看來有人出去了。」扛起手邊的一張椅子，愛倫．坡說道。

「那麼，勒胡……」

「你怎麼知道！」艾勒里催促兩人。「快點，先到房裡看看再作打算。」

*

愛倫．坡抬起椅子，使勁砸下去。砸了幾下，勒胡房間的窗戶終於破了。

看起來相當堅固的窗戶，連鉸鏈都被敲壞，內窗玻璃和窗框也破得不成樣子。手伸進去拿掉掛鉤並不困難，但是解開窗戶把手繫帶，就得費一番工夫了。

三人大概花了十五分鐘，總算打開窗子。

窗戶高度約與中等身材的范齊胸。個子最高的愛倫．坡拿砸壞的椅子當墊腳石，以令人驚訝的輕盈躍入房中。艾勒里隨後跳進，范則按住胸口靠在窗下。

然而，屋裡見不到勒胡的影子，他出去後就沒回來。

*

空氣中有些暖意，使人產生一種黏膚的感覺。昨晚下了點雨，腳下的草地柔柔的，軟軟的，還帶著濕氣。

跳出窗口的愛倫．坡和艾勒里，肩頭聳動地喘著氣。

「我們分頭去找，恐怕已經沒命了……」

說著，艾勒里一腳跪地檢視右足踝的繃帶。

「腳好了嗎？」愛倫．坡問道。砸窗時，他的右手臂也被飛散的玻璃碎片割傷了。

「沒關係，連跑也沒問題。」艾勒里立起身來，看著范。可憐的范正蹲在草地上，全身發抖。

「范？沒叫你之前先到玄關口休息，鎮定下來。」艾勒里調勻呼吸，冷靜地指揮。

「愛倫．坡，你先到海灣那邊看看，我在建築物四周和那邊的廢墟探查一下。」

＊

艾勒里和愛倫·坡分別離開後，范緩緩起身走向十角館的玄關。

剛才雖已嘔吐一陣，胃液酸苦的味道還留在舌上。噁心的感覺正在消退，而胸口依然彷彿哽著鉛塊般沉悶。

天空一片灰暗，幾乎沒有一絲風吹過，雖然並不很冷，裹著毛衣的身子卻直抖個不停。

拖著腳步，好不容易來到玄關口，范彎腰坐在被雨淋濕的台階上，縮著身子抱住膝蓋，然後深深嘆了口大氣。不久，胸口的鬱悶漸漸抒解，但是身體仍舊斷續地顫動著。

他凝神注視松影林立的肅殺風景，探索四處尋找勒胡的兩人蹤跡。不一會兒，遠遠地傳來艾勒里的叫聲。

「范！愛倫·坡！」

聲音來自右方青色館遺跡那頭。

范立起綿軟的雙腳，踩著碎步走過去。眼角瞥見海灣那邊，愛倫·坡正快步跑來。沒多久，兩人便在環繞廢墟的松林盡頭碰面。

「愛倫·坡、范，這邊！」

兩人穿過松木拱門，看到睡衣上套著毛衣的艾勒里，正站在前院中央向他們招手。從十角館這頭看去，正好是松林背後的位置。

急忙奔跑過去，兩人屏息凝視艾勒里的腳邊。

「已經死了。」艾勒里無力地搖搖頭，吐出這句話。

穿著黃襯衫，捲起斜紋夾克袖子的勒胡俯倒在那裡，兩手直朝十角館方向攤開。偏向一旁的臉半埋陷黑土中，常戴的圓眼鏡掉在右手前方。

「死於擊傷——大概是被掉在那邊的石頭或瓦礫砸破了頭。」

艾勒里指著屍體染滿污血的後腦說道。范見狀，喉頭唔地一響，連忙摀住嘴巴。原已消退的嘔吐感，再度湧上來。

「愛倫．坡，檢查一下好嗎？也許滋味很不好受，不過只能麻煩你了。」

「好。唉……」愛倫．坡按住散落的髮絲，蹲在屍體旁邊。稍微抬起勒胡沾著污血和泥土的頭，仔細檢視。圓眼珠瞪得老大，翻出白眼球，舌頭垂在唇角，不知是恐怖抑或痛苦，整張臉扭曲成駭人的表情。

「已經出現屍斑了……」愛倫．坡壓低聲音說道。

「但是，指頭一壓便消失。死後僵硬情況相當嚴重，可能是氣溫的關係，現在不敢確定——估計死亡時間達五小時至六小時。也就是說，」他看看自己的手錶，接著說：「遇害時間在今晨五點至六點，大約是那時候。」

「黎明時分？」艾勒里喃喃自語。

「總之，先把勒胡送回十角館，這樣太可憐了。」說著，愛倫．坡伸手挪動屍體。「艾勒里，你抱腳部。」

艾勒里沒反應，兩手仍然插在毛衣口袋裡，盯著屍體腳邊。

「艾勒里？喂！」

又叫了一次，艾勒里才回頭面向愛倫．坡。「有腳印……」說著，他手指地面。屍體的位置在前院中央一帶，距十角館松林約十公尺的地方。包括陳屍地點在內，廢墟周圍的地面堆積著黑色泥灰。可能由於昨夜的雨，摻灰的地面極為柔軟，因此留下幾道凌亂的足印。

「唔，好。」艾勒里沉吟一下，便彎腰抓住屍體的腳。「走吧，有點冷。」

艾勒里和愛倫．坡抬起勒胡的遺體，朝十角館走去。淡淡的波濤聲，彷彿為了哀悼他的死奏著送葬曲。

范撿起勒胡沾污了的眼鏡抱在胸前，順著原路追上前面的兩人。

4

回到十角館，他們先把勒胡的屍體送回房間。

房門鑰匙在勒胡夾克口袋裡找到，顧不得髒兮兮的上衣和長褲，屍體必須暫時安放在床上。

為屍體蓋上毛毯，艾勒里向正把撿回來的眼鏡放在床頭櫃上的范說：

「打盆水來好嗎？還有，帶條毛巾。至少，我們得把他的臉弄乾淨。」

范默默頷首，退出房間，步履仍然不穩，但已從驚嚇狀態恢復許多。

艾勒里和愛倫·坡接著處理盥洗室的阿嘉莎屍體，首先搬回她床上，雙手疊放胸前，並且理好散亂的頭髮和衣服。

「氰酸……」俯視長眠的阿嘉莎臉龐，艾勒里低喃著。「不錯，的確有股杏仁氣味。」

「死亡三個多鐘頭，大約在今晨八點左右……」愛倫·坡分析時，范進來了。

「這個東西掉在洗臉槽前，可能是阿嘉莎的。」范說著，遞上一個黑色小包。

「是裝化妝品的袋子。」

艾勒里不經意地接過來，突然想起什麼似地，開始調查化妝包。

「范？袋口本來是關著的嗎？」

「不，開著口掉在那裡，東西散落一地……」

「你都撿起來了？好吧！」

粉底、腮紅、眼影、髮梳、面霜、化妝水……

「**這個？**」

艾勒里取出兩支口紅，打開蓋子比較其中的顏色。

「別太靠近鼻子，危險！」愛倫·坡體會艾勒里的意圖，連忙警告。

「我知道。」

口紅一支是紅色，一支是玫瑰紅。艾勒里小心地檢查紅色那支，點點頭遞給愛倫・坡。

「你說對了，艾勒里。口紅被下了毒。」

「唉，真正為自己上了最後一次的死人妝——那身白洋裝就是壽衣，而且死於毒殺。唔，簡直和童話裡的白雪公主一模一樣。」艾勒里以悲傷的眼神看了床上的阿嘉莎一眼，便催促愛倫・坡和范離開房間。靜靜地關上門，說聲：「晚安，白雪公主……」

三人再度回到勒胡的房間。

用范拿來的水和毛巾拭淨勒胡髒污的臉，然後把已經擦乾淨的眼鏡放在他胸口上。

「可惜你壯志未酬，總編輯……」艾勒里關上門，眼前出現「第三個被害者」紅色大字……

十角館的大廳，只剩下艾勒里、范，和愛倫・坡三個男人。

5

回房換好衣服，艾勒里兀自坐在床沿抽完一整根香菸，這才起身走出房間。

大廳裡，其他兩人已在桌子旁邊。

愛倫·坡叼根菸，蹙著眉審視右手臂貼了膠布的傷口。范則拿起桌上的水壺，為自己倒了杯咖啡。

「幫我倒一杯好嗎？范。」艾勒里道。

范默默搖頭，掩蓋杯子似地捧著咖啡，坐到離愛倫·坡稍遠處的一把椅子上。

「好冷淡。」艾勒里微微一聳肩，走向廚房。他重新洗過杯子和湯匙，順便拉開抽屜看看。預告殺人的塑膠板還是六塊，一點也沒有減少。

「『最後的被害者』、『偵探』、『殺人兇手』……」

艾勒里回到大廳倒著自己的咖啡，一邊自言自語。然後，交互審視始終沉默不語的愛倫·坡和范。

「即使『殺人兇手』在剩下的我們三人當中，大概也不可能自動承認吧？」

愛倫·坡眉頭一皺，吐出一口煙。范垂下眼，逕自啜著咖啡。艾勒里拿著杯子，坐在距兩人各有段距離的座位上。

不穩定的沉默籠罩大廳。圍著十角形桌子散坐各處的三人之間，強烈的猜忌感毫不掩飾地交流著。

「我完全不相信。」愛倫·坡以詭異的做作口氣打破沉默。「我們當中的一個，會是謀殺其他四人的兇手？」

「也許是中村青司。」艾勒里加上一句。

但是愛倫．坡慢慢搖頭說道：

「我並不否定那種可能性，不過，我反對。其實，我原本就不贊成他還活著的說法，太不真實了。」

艾勒里哼了一聲。「那麼，兇手在我們當中囉！」

「所以我剛剛才那麼說。」

愛倫．坡憤然拍著桌子，可是艾勒里根本無動於衷，撩撩頭髮說：「我們再從頭檢討一次怎麼樣？」

他頂著椅背，仰頭看了一下天窗。天空依然如昨，仍是一片昏暗。

「從塑膠板開始好了。假定有人預先準備好塑膠板，打算帶到島上來。因為東西面積不大，很容易藏在行李裡而不被發現。我們三人當中，誰都可能是兇手。所以──注意聽：

「第三天早上，兇手將塑膠板的預告付諸行動，『第一個被害者』是奧希茲。兇手從窗戶或門潛入她的房間，下手將她勒斃，兇器是繩子。你不是說繩子還纏在屍首的脖子上嗎？愛倫．坡。但是，這並不能成為線索。首要問題是，**兇手如何進入奧希茲的房間？**

「發現當時，門窗都沒上鎖。她原本就沒鎖嗎？當然，我們不能否定這種可能。照理說，她不會兩邊都沒上鎖，尤其是門。因為前一天塑膠板才出現沒多久，她一定感到非常不安。

「這樣又如何呢？可能性相當多，我想基本上可以歸納成下面兩種。第一，她忘了鎖好窗戶，兇手從窗戶進去。另一種是兇手喚醒她，她自己打開門鎖。」

「如果兇手從窗戶進去，為什麼連門鎖也打開？」范提出疑問。

「可能去拿塑膠板，或者把塑膠板貼在門上。不過，假如依照愛倫．坡的主張，限定兇手是自己人，那麼，我想應該把焦點放在後者，也就是**叫醒奧希茲開門**的可能性。

「雖然是一大早，她也還在睡覺，但是從窗戶進去多少會發出聲音，萬一被發現不就糟了。假如兇手是研究社的夥伴，與其冒那種危險，不如找藉口叫醒她，直接開門進去來得安全。以奧希茲的個性，再奇怪的事也無法拒絕。」

「可是奧希茲穿著睡衣，會讓男人進屋嗎？」

「或許會，如果對方以事態緊急強迫她，她絕對無法狠心不開門，除非那個人是卡爾。不過，若是針對這一點深入探討……」艾勒里瞥了一下愛倫．坡，接著說：「最可疑的就是你了，愛倫．坡。你是她的青梅竹馬，對你的警戒當然比對我或范來得少。」

愛倫．坡探身向前欠欠身子，**大聲叱道**：「胡說八道！我殺了奧希茲？開什麼玩笑！」

「當然不是開玩笑。以你的處境，正是殺害奧希茲的頭號嫌犯。試想愛倫．坡你當時的心情，不難了解兇手整理屍體的奇妙行徑。」

「那麼失蹤的手腕怎麼解釋？我為什麼要切下奧希茲的手，並且帶走呢？」

「別急，愛倫．坡。我知道現在討論的不是唯一完整的答案，還有其他許多可能性。兇手可能是范，也可能是我。只不過，你目前嫌疑最大而已。

「現在，關於手腕的問題，兇手可能有意重演去年的青色館事件。但是老實說，我不明白他為什麼要模仿。范，你有何高見？」

「這個……可能是為了攪亂我們。」

「唔，愛倫．坡，你認為呢？」

「我不認為兇手那麼做，只是為了攪亂我們。不發出大聲響地切下手腕，應該是件相當辛苦的工作。」

「沒錯，**應當是有非幹不可的理由**。可是，這個理由何在……」艾勒里歪著頭，百思不解。

「這件事暫且擱置一旁，討論下一個——卡爾的命案。如果由結論說起，這件案子無法得到唯一的解答。但就我們後來所做的討論，我們當中，至少范沒有機會在卡爾的咖啡裡下毒。兇手若採用預先施毒的方法，那麼，每個人都有嫌疑了。不過如果是這樣，有問題的杯子必須有足以區別其他杯子的記號。這一點仍然有疑問。

「因此，在阿嘉莎已經遇害的現在，如果當時以魔術般的快速手法下毒的話，很遺憾的，兇手就非我莫屬了。但是還有一個可能……」

「你是想說我暗中讓卡爾服下遲溶性毒藥膠囊？」

愛倫．坡插嘴，而艾勒里只是笑著說：「對，不過，那不是個聰明的方法。倘若愛倫．坡事先讓卡爾吃了毒藥膠囊，勢必要算準毒發時間正是他喝咖啡的時候，否則萬一卡爾在未食用任何東西時倒地，首先涉嫌的還是我們的準醫生。我想，愛倫．坡不會那麼笨。此外，還有另一種方法較有可能性。」

「什麼方法？艾勒里。」

「愛倫．坡是醫學院的高材生，而且家裡在O市稱得上數一數二的私人診所。比方說，卡爾以身體不適找你商量，或者到你家診所看過病，這些都不足為奇。總之，假定愛倫．坡很了解卡爾健康上的問題。

「重點在那天晚上卡爾老毛病突然發作，比方說是羊癲風。愛倫．坡首先跑過去假裝治病，趁混亂中讓他服下砒霜或番木鱉鹼……」

「看樣子你相當懷疑我，只可惜這種論調太不合常理，簡直荒謬。」

「別這麼認真，我只是列舉各種可能性而已。如果你認為我所說的不夠合理，同樣理由，也必須否定我先前假設藉魔術手法下毒的說法。

「不曉得該高興還是悲哀，承蒙你們這麼看得起我那一點玩魔術的雕蟲小技。以迅雷不及掩耳的速度當眾下毒，沒有嘴巴說得那麼簡單。如果我是兇手，絕對避免那種極易穿幫的危險方法。比較之下，事先把毒塗在做了記號的杯子上，這種方法既容易又安全。」

「可是事實上，杯子並沒有任何記號……」

「對，所以其中必定有問題。**那個杯子真的沒有記號嗎？**」艾勒里偏著頭，注視桌上裝著咖啡的杯子。「沒有刮痕、缺口，或者顏色不均勻，和其他杯子同樣是苔綠色的十角形……不，等等。」

「怎麼了？」

「我們或許忽略了一件重要的事。」艾勒里倏地從椅子站起，問道：「愛倫．坡，當時卡爾用的杯子還保留原樣嗎？」

「嗯，放在廚房櫃台的角落……」

「再檢查一次看看。」說著，艾勒里快步走向廚房。「你們兩個也來。」

有問題的杯子擺在櫃台上，蓋著白毛巾。艾勒里輕輕揭開毛巾，杯中仍留著一點前晚沒喝完的咖啡。

「果然沒錯。」從杯子正上方檢視一番，艾勒里輕嘖了一聲。「全被矇住了，當時怎麼會沒注意到這一點？」

「到底怎麼回事？」

范一頭霧水，愛倫．坡也滿臉困惑。

「我看都一樣……」

「不一樣。」艾勒里賣關子似地說道：「十角形建築物、十角形大廳、十角形桌子、十角形天窗、十角形菸灰缸、十角形杯子……**到處都是吸引我們注意的一大堆十角形，使我們看花了眼。**」

「嗯？」

「這個杯子還是有記號的。很明顯地，和其他杯子並不一樣，還沒看出來嗎？」

「啊……」愛倫．坡和范同時叫出聲來。

「明白了吧？」艾勒里得意洋洋地點著頭，說道：

「布滿整個建築物獨特的十角形設計，給了我們誤導的方向。**這個杯子不是十角形，而有十一個角……**」

6

「現在，回到原來的地方。」

回到大廳桌旁，艾勒里重新審視兩人的臉。

「既然找到杯子的記號，就表示無論范、我或愛倫．坡，同樣都有毒殺卡爾的可能。兇手知道十角形杯子當中，只有一個是十一角形，所以事先在那個不同的杯子裡抹上毒藥，萬一毒杯到了自己手中，大可避不沾唇。」

「但是，為什麼只有一個杯子與眾不同？」范不解。

「大概是中村青司的惡作劇吧。」艾勒里薄唇中含著微笑。「在十角形建築物裡埋藏獨一無二的十一角形，匠心獨運中還帶點俏皮。」

「只有這一層意義嗎？」

「應該是，雖然這裡的確含有某種暗示傾向。

「話說回來，或許兇手也是無意中發現這個十一角杯，決定加以利用。我想兇手應該是臨時起意，因為除非事先訂製，否則這種怪杯子不易到手。可以推斷是來島後偶然發現的，這種機會人人都有。」

艾勒里雙肘擱置桌上，手指交叉在眉間。

「然後，兇手等其他人熟睡後，潛入擺著卡爾屍體的房間。費了九牛二虎之力切下屍體的左腕，放進浴缸中。和奧希茲事件發生時的狀況相同，我實在不明白兇手這種行為的目的何在。」

「阿嘉莎說曾經聽到聲響，恐怕就是兇手切手腕時弄出來的聲音……」

「沒錯，愛倫·坡。以大家開始神經過敏的狀況而言，兇手當時是冒著很大的危險。既然如此，手腕本身一定具有相當迫切的目的……這還是個謎。」艾勒里眉間的皺紋更深了。「總之，必須先確認我們三人對這些事件都有同等的機會，然後再談別的。」

「接著，是阿嘉莎——不，勒胡先。」范這麼說。

但是艾勒里搖頭否定。「在那之前，還有我——謀殺艾勒里未遂，也就是昨天的地下室事件。

「前一夜卡爾倒地前，我提起關於地下室的事。可能是兇手聽了那番話，在切下卡爾的手腕和貼好塑膠板後，偷偷出去設陷阱，當時所有人全在場，因此大家都有嫌疑，只有我是被害人，可以脫除嫌疑……」

艾勒里窺探兩人的臉，愛倫·坡和范默默交換了個眼色，表示不以為然。

「沒錯，沒有任何證據顯示我不是在演戲，況且只受了點輕傷。那麼，現在討論勒胡的遇害……」艾勒里略作沉思。「這件事有點蹊蹺，現場在屋外，而且是擊殺。還有，這次並沒有出現兇手前兩次執意表現的**手腕模仿**模式，我覺得性質似乎不一樣。」

「的確。不過，三名嫌犯依然沒變吧？」愛倫·坡說道。

艾勒里頻頻撫摸細削的下巴說：「當然沒變。有關勒胡遇害狀況的討論暫且擱下，必須再多加思考……

「最後是阿嘉莎事件，正如剛才調查所知，她的口紅含有氰酸化合物。唯一的問題是，**何時又如何下的毒？**

「口紅應該一直在她的房間——化妝包裡面。在奧希茲和卡爾遇害後，前天開始阿嘉莎就變得有點神經質，因此她不會忘記隨時鎖好房間。換句話說，兇手完全沒有機會潛入房中。另一方面，阿嘉莎不是每天都會擦口紅嗎？根據她今晨遇害這一點來推斷，下毒時間應該在昨天下午到晚上……」

「艾勒里，聽我說。」

「什麼事，范？」

「我覺得阿嘉莎今天早上用的顏色**和昨天不同**。」

「什麼？」

「今天顏色不是很鮮豔嗎？一點都不像死人的嘴唇，有種無法形容的感覺……」

范木訥地接著說：「她一向用比較柔和的粉紅色，那種漂亮的玫瑰粉紅……」

「啊哈！」艾勒里啪地彈了一下手指。「這麼說，化妝包裡有兩支口紅，其中一支是粉紅色。原來如此，紅色那支早就被下了毒。可能在第一天或第二天，兇手趁阿嘉莎尚未提高警覺時，偷偷在紅色唇膏抹上毒藥。直到今天早上，她才用了那支口紅……」

「定時炸彈。」愛倫・坡口中喃喃唸道：「這件事三人機會均等。」

「結果還是一樣。愛倫・坡，既然以兇手是我們三人之一為前提，何必一再重複提到三個人都有嫌疑？」

「你的意思是什麼？艾勒里。」

「我們來表決，以多數票決定。」艾勒里若無其事地說道：「只是開個玩笑，調劑一下。總之，現在來聽聽各位的意見。范，你覺得誰最可疑？」

「愛倫・坡。」很意外地，范答得相當乾脆。

「什麼？」愛倫・坡臉色大變，剛想叼入口中的香菸又放回桌上。「不是我——唉……光這麼說，你們不會相信。」

「當然，口說無憑。依我看，也是你最可疑。」艾勒里淡然說道。

愛倫・坡無法掩飾內心的激動，出口便問：「理由何在？我為什麼最可疑？」

「動機。」

「動機？什麼動機？我為什麼殺害四名夥伴？說來聽聽，艾勒里。」

「聽說令堂目前住在精神科醫院療養？」

艾勒里這句平淡的話，說得愛倫．坡張口結舌，緊握的雙拳頓時失去血色，微顫不已。

「幾年前，令堂因企圖殺害住院病人而被捕。當時，她已經精神錯亂……」

「真的嗎？艾勒里。」范驚訝地睜大了眼睛。「這種事，我一點都……」

「由於事關醫院的聲譽，令尊只好設法息事寧人。可能是給了對方一大筆錢，私下和解。當時從中斡旋的律師正好是我父親的朋友，所以我才知道這件事——身為醫生的妻子，精神上的負擔一定相當大吧？神經過於細膩的女性可能無法勝任，或者以為深愛的丈夫會被病人奪走……」

「住口！」愛倫．坡揚起怒聲。「不要再說我母親的事！」

艾勒里吹了聲口哨，閉口不言。愛倫．坡依然緊握拳頭低著頭，沉默半晌，突然低聲發笑，喃喃說道：「你是說，我也是瘋子……」然後，他正色注視艾勒里和范。

「告訴你們，兩位也有動機。」

「哦？洗耳恭聽。」

「首先是范。我記得在你中學時，父母雙雙被強盜殺害，連妹妹也未能倖免……因此，我們這些以命案為樂的人，令你非常憤怒。對吧？」

愛倫．坡這番帶刺的話，使得范一下子蒼白了臉。「胡說！如果我有那種心態，當初就不會參加研究社。」他解釋道：「那已經是過去的事了。況且，我不認為推理小說迷讚許殺人。所以，我不是和大家一起到這種地方來了嗎……」

「這很難說。」接著，愛倫．坡銳利的視線轉移到艾勒里身上。「還有你，艾勒里。」

「我的動機是什麼？」

「你雖然分析了一大套，卻不能否認曾經說過討厭卡爾動不動就找你麻煩。」

「我向卡爾下了毒手？」艾勒里愕然瞪大眼睛。「哈，你是指其他三人的遇害只是一種掩飾？簡直胡扯！我再討厭卡爾，也不到非置他於死地不可，更不用說還得連累無辜呢！況且你又不是不知道，我這個人一向不在乎別人的看法，怎麼可能因此殺人？」

「對你來說，這一點點動機就非常足夠了，殺個人不就像打死一隻討厭的蒼蠅而已。」

「嘿，我真的像個冷血動物嗎？」

「雖然沒那麼嚴重，但就人格的缺陷而言，意義是一樣的。我認為你是拿殺人當玩笑的人，范，你覺得呢？」

「或許是吧。」范面無表情地點頭。

瞬間，艾勒里臉上流露難以形容的複雜表情，隨即苦笑地聳肩說道：「我是該檢點自己的言行了。」

於是，三人陷入沉默中。

陰鬱混濁的大廳空氣帶著強烈的黏性，膠纏住三個人的心。周圍的白色十角形，彷彿比往日更加歪斜了。

這種狀態持續良久，陡然響起一陣嘈雜聲，風聲與林木搖晃聲此起彼落。正詫異間，耳邊傳來輕敲屋頂的微細聲響。

「哦？下雨了……」

望著天窗玻璃開始浮現的水滴，艾勒里低喃道。雨聲漸大，似乎要更加孤立被隔絕島上的他們，那麼強勁，那麼激狂。

艾勒里突然叫了一聲，望著天井站起來。

「怎麼了？」愛倫．坡狐疑似地問。

「沒……不，等一下。」說著，艾勒里回頭看看玄關，倏地彈起身子。「**腳印！**」

7

雨千軍萬馬般傾盆而下，雨聲與波浪聲相應和，整個小島成為巨大漩渦的俘虜。

艾勒里顧不得全身淋濕，在雨中奔跑。他捨棄松林拱門的迂迴小道，穿過松樹列直往右方的青色館遺跡。

他中途一度止步回顧，看見愛倫．坡和范也隨後追來。

「快點！雨水會沖走腳印！」叫著，艾勒里又全力向前跑。

他數度險些被草根絆倒，依然不懈地在林間穿梭奔馳。來到屋邸前院時，勒胡陳屍處的腳印勉強還保留原狀。

不久，愛倫．坡和范追趕而至。艾勒里氣喘吁吁，指著腳印那邊。「事關我們的命運，記牢腳印的位置。」

冷冽的風雨吹打下，他們逐一將殘留地面的幾道腳印印入腦中。水滯留，流出，腳印漸漸崩壞流失。

過了一會兒，艾勒里撩撥濡濕的髮絡，轉過身說：「回去吧，全身都在發冷。」

*

換掉濕衣服，三人馬上集合在大廳桌前。

「你們坐過來好嗎？這件事相當重要。」艾勒里說著拿起筆，打開房中帶來的一本筆記。愛倫．坡和范有些猶豫，不久也離座靠到艾勒里兩旁。

「趁印象還深趕緊畫下來。首先——這是青色館用地。」

艾勒里用一整頁紙畫下一個長方形，然後在上半部畫了個橫向的長方形。

「這是建築物遺跡——瓦礫堆。然後，這是從斷崖到岩區的階梯……」

他在大長方形左邊中間處做上記號。

「右下方是往十角館的方向，下面是松樹林——勒胡就是倒在這裡。」

在中央靠右下側畫上人體標誌後，艾勒里注視兩人的臉說道：「現在，腳印應該怎麼畫？」

「首先，往房屋遺跡的入口——松木拱門那邊，朝階梯走去有一道腳印。」愛倫．坡撫弄著下巴的鬍鬚，答道。

「其次，同樣地從入口直接到勒胡的屍體又折回去，有三道凌亂的來回腳印。還有……」

「從階梯到勒胡倒地處有兩條，相當凌亂。」艾勒里自己也說著，一一在圖中畫出表示腳印的箭頭。愛倫．坡點點頭，又說：「對。我記得從屍體直接到階梯好像還有一道？」

「沒錯。是在這裡吧？范，這樣對不對？」

「嗯，差不多是這個樣子……」

「好，完成了。」

畫好全部箭頭，艾勒里把筆記攤在便於三人觀閱的位置。

「當時，我從松木拱門跑到房屋遺跡發現勒胡的屍體。隨後你們兩人趕來，也是直接跑到陳屍處。後來，我和愛倫．坡抬屍體，范跟在後頭，從原路回十角館。可想而知，這三組凌亂的來回腳印是我們三人留下的。這些，可以暫時不列為討論對象……」

艾勒里頓了一下，撫理潮濕的頭髮。

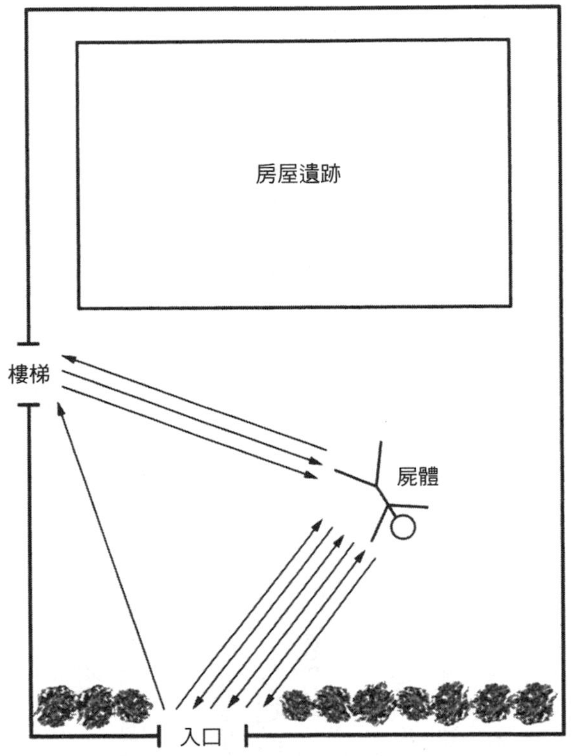

Fig.3 現場示意圖

「你們不覺得奇怪嗎？」

「奇怪？這些腳印？」蹙起眉頭，愛倫．坡反問。

「不錯。接近兇案現場的人有我、愛倫．坡和范，以及兇手。包括勒胡本身在內，到屍體附近的腳印應該有五對，總數是沒錯，可是……」

「等一下，艾勒里。」愛倫．坡盯著筆記上的圖，說道：「假如除去發現勒胡時我們三人的腳印，就剩下從入口到階梯一道，階梯到屍體兩道，以及從屍體回階梯的一道……」

「怎麼樣？有問題吧？從入口到階梯的腳印，可以斷定是勒胡所留下。從階梯到屍體兩道中的一道，當然是勒胡的腳印。剩下的兩道——往返階梯與屍體間的一對，自然是兇手的腳印。但是，**兇手究竟來自何方，去向何處？**」

「階梯……」

「對，**階梯下面就是海**。記得嗎？下頭的岩區左右都是斷崖。從海那邊上岸，除了由岩區階梯或海灣棧橋的石階，沒有第二條路。既然如此，兇手如何到這岩區？又從這兒到何處？如果繞到海灣那邊，必須迴經突出的絕壁。水相當深，兇手非游泳不可。在這樣的季節，試想水溫究竟有幾度？」

愛倫．坡拿起菸盒，沉吟著。范目光投注桌上的筆記，說道：「所以呢……」

「所以，問題在於**兇手為何採取那樣的行動？**」

在如此緊迫的狀況中，艾勒里似乎獨自享受著解謎之樂。而范只是雙手插入鵝毛背心口袋，沉默不語。

低喃一聲，愛倫．坡開口了。「兇手是在十角館裡的我們三人之一，因此他不必特地走下岩區，再經由海路回去。換句話說，他只要走回這裡就可以了。至於腳印的大小和形狀，走路時拖踩著地面就足以瞞人。我們這兒沒有專門鑑識人員，無法辨認精確的足印。但是兇手並沒有刻意毀去腳印，也就是說——他有不得已的理由，非回海那邊不可……」

「沒錯，答案已經非常明顯。」艾勒里滿意地點著頭，離座起身。「該吃飯了吧？——已經三點了。」

「吃飯？」范投以訝異的眼光。

「這種時候吃飯……兇手到底為什麼……」

「回頭再說，現在犯不著這麼著急。從早上到現在，咱們什麼都沒吃呢！」

說著，艾勒里轉身，獨自走向廚房。

8

「現在……」艾勒里開口時，已是吃完簡單的攜帶食品，並且喝過一杯咖啡的時候。

「肚子填飽了，來解決剛才的問題如何？」

「當然贊成，別賣關子了。」愛倫．坡回答，范也默默點頭。

自從艾勒里提起腳印的事之後，言行舉止便令其他兩人頗為困惑。吃飯時，他們滿腹疑慮地頻頻窺視艾勒里的神態，然而他的態度始終悠然自若，嘴邊掛著一如往昔的微笑。

「好，」艾勒里把餐具和杯子推到桌子中央，打開先前那本筆記，看著上面的圖說：「先溫習要點，聽清楚了。

「剛才推測兇手的腳印只是往返屍體和階梯間的兩道，就是說**兇手來自海邊又回到海那邊**。倘若以兇手是我們當中之一為前提，來追蹤他的路線……

「首先，他從十角館到海灣，由那裡下海游到岩區，然後爬階梯到房屋遺跡。行兇後，又經由原路回到這裡。剛剛愛倫．坡說起兇手回海邊的必要性，怎麼可能？再怎麼想都是無稽之談，根本沒有必要性或現實性。」

「那麼，艾勒里，你是說——兇手是我們以外的第三者……從海那邊——島外某處到這兒來？」

「為什麼不能有這種可能呢？愛倫．坡。」艾勒里合上筆記。「此時此刻，**兇手是外來者**不是最合邏輯嗎？儘管我們沒辦法離開這個島，但卻不表示第三者不能到此。這個神秘客大可**搭船**過來，那麼我們就不必強作游泳渡海的無理解釋了。」

「船……」

「奧希茲和勒胡為何都是大清早遇害？因為在不被我們察覺的情況下登陸此島，以半夜到清晨這段時間為最適宜。兩位覺得怎麼樣？」艾勒里從口袋裡摸出 SALEM

菸盒，發現已經沒菸便把空盒抛到桌上。然後，要求反論似地看著兩人。

「要菸嗎？」說著，愛倫・坡把自己的雲雀菸盒滑向艾勒里那頭，一邊道：「我想應該贊成吧。」

艾勒里取根菸叼在口裡，擦了火柴。

「范呢？」

「艾勒里分析得很對——也給我一根好嗎？愛倫・坡。」

「沒問題。」艾勒里把愛倫・坡的菸盒傳給范。

「不過，艾勒里，就算你說對了。第一個疑問，兇手為什麼做那些塑膠板？」愛倫・坡問道。

「不僅是『被害者』，連『偵探』和『殺人兇手』也一應俱全，那就是塑膠板的妙用。」艾勒里瞇起眼睛，吐出一口菸。「第一是讓我們相信『兇手』在七人當中，而對外人沒有防備。」

「第二呢？」

「大概是製造心理的壓迫感吧？兇手的目的是讓最後剩下的幾個人互相猜忌，甚至互相殘殺，也就是所謂**借刀殺人**。無論如何，兇手最終的目的是殺掉我們七個人。」

「太狠了……」點了根香菸，范喃喃說著。

「還有一個疑問，」愛倫・坡用粗大的拇指用力按著太陽穴問道：「殺害勒胡後，兇手為何直接回海那邊？」

「你是指什麼？」范遞回菸盒，反問道。

「就是說，兇手既然要我們以為是自己人幹的，當時應該在房屋入口和階梯間來回走動，多留下一些腳印才是上策。這點事情，只不過是舉手之勞……」

「是不是他沒有注意到地上留下腳印？」

「殺了人就直接離開小島了？那麼，『第三個被害者』的塑膠板什麼時候貼的？」

「這……」

范無言以對，愛倫．坡轉問艾勒里。

「你怎麼解釋，艾勒里？」

「是這樣的，」說著，艾勒里把香菸擱在菸灰缸上。「就像范所說，他有可能沒有留意到腳印。如果不是，兇手應該不會忘掉在入口和階梯間製造一些來回的腳印。他沒有那麼做，就表示一定有什麼突發狀況。配合勒胡遇害的情形加以推測，就可以說明此事。

「勒胡是被擊斃的，從階梯一路而來的凌亂腳印推想，當時兇手可能在後頭追殺。恐怕是勒胡在岩區發現了兇手和船──多半是兇手正要離島的時候。

「勒胡撞見後拔腿就逃，兇手立刻追了上來。這時，勒胡當然會出聲求救。追上跑得慢的勒胡滅口後，兇手很焦急。如果其他的人聽到聲音，馬上出來察看就糟了。他本身可以就近躲起來，可是船也不能被發現。於是兇手顧不得腳印，連忙回岩區把船開到海灣，然後窺探上面有沒有開始找尋勒胡的聲音。很幸運地，並沒有任何人出來。接著，兇手直上十角館在廚房窗口窺視動靜，確定的確沒人起床後，便潛入大廳貼塑膠板。隨即撇下腳印的事，立刻離島。因為如果再折回房屋遺跡，時間上實在太危險。」

「嗯，兇手在島上待了一整夜？」

「我想他每晚都來，一入夜就來監視我們。」

「躲在廚房窗口下頭？」

「大概是吧。」

「那段時間，船一直靠在海灣或岩區？」

「也許藏起來了。如果是艘小橡皮艇。可以帶到林中收疊起來，或者加上**重物**沉入水中。」

「橡皮艇？」愛倫·坡皺起眉頭。「那玩意兒能夠往返本土？」

「不必跑那麼遠，眼前就有絕佳的藏身處。」

「貓島？」

「對，正是貓島。我想，兇手可能在那裡搭帳篷。從那個島過來，手划橡皮艇就綽綽有餘。」

「沒錯，那個地方……」

「現在，再度歸納兇手的行動。」艾勒里把筆記夾在腋下，玩弄起不知何時掏出來擺在桌上的藍底紙牌，繼續說道：「昨夜，兇手也從貓島潛到島上。他先窺探我們的動向，尋找下次下手的機會時沒能得逞，便在黎明時分前往岩區。當時，昨晚的雨恐怕還沒停，所以從房屋入口到階梯那段路沒有留下兇手的腳印。

「後來，當兇手在岩區準備小艇時，雨停了，地面成為會留下腳印的狀態。就在那時候，勒胡來了。不過我不明白，那傢伙為何在那種時間到那裡去。

「兇手覺察勒胡撞見自己的形跡，連忙就近撿了塊石頭追趕勒胡，企圖殺人滅口。得手後擔心有人聽到慘叫聲出來探視，便先把小艇划出海灣窺視片刻，確定沒人起床後，潛入十角館貼上塑膠板。這就是經過的情形。」

愛倫．坡手肘擱放桌上，拇指仍然按著太陽穴，忿忿說道：「那麼，艾勒里，藏在貓島的真兇究竟是誰？」

「當然是中村青司。」艾勒里毫不猶豫地斷言。「我一開始就這麼說過。剛才懷疑愛倫．坡，完全不是真心話。」

「就算我退讓一步，承認青司還活著的可能性。但是，或許是別人也未可知。青司殺害我們的動機何在？我絞盡腦汁，也想不出來。難不成要以他發瘋了一句話帶過去？」

「提到動機，他有得是動機。」

「什麼？」

「你說什麼？」

愛倫．坡和范同聲問道，雙雙向前挪挪身子。艾勒里把牌在桌上攤成蝴蝶結形，又俐落地收起。

「剛才我們彼此列舉了許多動機，然而中村青司卻有更加明確的動機。昨晚我回房後才想到……」

「真的？」

「是什麼？艾勒里。」

「中村千織——記得吧？」

微暗的大廳裡，沉默暫時駐足。

波浪聲，波浪聲……敲打屋頂的雨聲已然消失，驟雨似乎停了。

「中村千織？」范的聲音細微而低落。

「對，去年一月由於我們無意的過失而猝死的學妹——中村千織。」

「中村……中村青司、中村千織……」愛倫．坡唸經似地喃喃低語。「難道……」

「沒錯，我只能這麼想，中村千織是中村青司的女兒。」

「啊……」愛倫．坡眉間的皺紋皺得更深了，從菸盒中敲出一根菸，直接叼在嘴裡。范不語，雙手環抱後腦閉起眼睛。艾勒里繼續往下說：

「半年前本島命案的兇手，正是青司本人。他以失蹤的園丁，或者另尋體格、年齡及血型和自己相符的男人為替身燒死火中，自己活了下來。然後，向間接**害死**女兒的我們展開復仇行動……」

突然，愛倫．坡喉間發出異聲。

「怎麼了？」

「愛倫．坡？」

椅子激烈作響，愛倫．坡搖晃身子摔倒地上。

「愛倫．坡！」

艾勒里和范衝上去，想要扶他起來。不料愛倫．坡揮開他們的手，猛力扭動身體。不久，隨著劇烈的痙攣，他仰臥地面，四肢突地伸向半空，然後綿軟地癱落地上。就這樣，愛倫．坡結束了他的一生。

只吸了一口的香菸拋落在青瓷磚地上，冉冉升起紫煙。艾勒里和范呆若木雞，茫然俯視再也不會動的「最後的被害者」。

9

白日漸沒的天空，依舊灰雲低垂，看樣子不會再下雨。抖動林木的風已經停息，周而復始的波浪聲也彷彿失去生氣般沉滯無聲。

兩人合力把愛倫．坡的屍體抬回他的房間。

房間裡，地上的拼圖仍是范上次所見模樣，幾乎毫無進展。歪著頭的小狐狸，可愛的表情似乎非常悲傷。

兩人避開未完成的拼圖，讓愛倫．坡壯碩的身體躺臥床上。等范蓋上毛毯後，艾勒里為死去的他闔上眼皮。苦悶歪扭的嘴邊，微微飄散杏仁香。

默禱片刻，兩人沉默地走回大廳。

「真正是定時裝置，可惡！」用力踩熄仍在地上飄著煙氣的香菸，艾勒里氣憤得聲音發抖。「愛倫・坡的菸盒裡，一定被混入一根含有氰酸的毒香菸。可能是潛入房中，用針筒注入。」

「是青司幹的？」

「當然。」

「這麼說，我們也有危險……」

范軟綿綿地癱在椅子上，低喃著。艾勒里走到桌邊，僵著手點燃油燈。白色的十角形房間，開始在微光中搖晃燈影。

「中村青司……」凝視火燄，艾勒里喃喃自語。「想起來沒有，范？青司本是十角館主人，他不但熟知全島和建築物內外情況，八成也持有這兒全部房間的另一份備鑰。」

「備鑰？」

「縱火焚燒青色館時，便帶在身上藏匿起來。所以，他可以自由進出所有的房間。在阿嘉莎口紅裡下毒，或勒斃奧希茲都易如反掌。當然，愛倫・坡的香菸也是一樣。他穿梭於我們的死角，如影子般徘徊在這棟建築物。我們就是躍入十角館陷阱裡一群可憐的獵物。」

「我在書刊上看過，他以前是建築師……」

「好像是，或許這座十角館正是他自己設計的傑作。一切都是他造的……不，等等，說不定……」艾勒里銳利的目光環視大廳。

「怎麼了？艾勒里。」

「我剛剛想到——用來毒殺卡爾的那個杯子。」

「那個十一角杯？」

「對，那個杯子可能不是用做記號而已，記得嗎？范，你不是說過**為什麼只有一個那樣的杯子？**」

「哦，我是說過……」

「當時，我以為只是青司的惡作劇。**現在想想，說不定真的含有某種暗示——全是十角形的建築物中，獨獨設置一個十一角形**……怎麼樣，想到什麼沒有？」

「十角形中的十一角形？如果暗示什麼的話……」喃喃說著，范挑了一下眉毛。

「會不會是——**有第十一個房間？**」

「對。」艾勒里認真地點頭。「我也這麼想。這棟建築物中央大廳除外，共有十個同樣的梯形房間。浴廁、盥洗室算一個房間，廚房、玄關大廳，以及七間客房——是否在這十個房間以外，某處還隱藏著一個房間……」

「難道青司不是躲在廚房窗口，而是從那密室中探查我們的動靜？」

「正是如此。」

「可是，密室在哪裡呢……」

「依照建築物的構造推斷，應該是在地下……」

艾勒里撇撇嘴，淡然一笑。

「十一角杯，就是開啟密門的鑰匙。」

*

那**開關**設在廚房地板下的儲藏箱裡面。

儲藏箱本身沒有什麼特別，地板的一部分是個長八十公分，寬一公尺左右的蓋子，一拉把手便可輕易打開。

洞的深度大約五十公分，四周及底部都是白漆木板，裡頭什麼也沒有。

「就是這個，范。」艾勒里指著說。

「我猜想是在放杯子的廚房裡，果然不出所料……」

手電筒的光照在儲藏箱的底板——仔細觀察，才能看到中央有個直徑數公分的淺洞，洞口稍外側可見圓形的凹陷痕跡。

「范，杯子給我。」

「剩下的咖啡怎麼辦？」

「這個時候只有倒掉了。」

艾勒里接過杯子，趴在地板上。右手伸入儲藏箱中，試著把杯子套入中央的洞裡。

「行了，完全吻合。」

十一角形的匙孔和鑰匙會合了。

「轉轉看……」

慢慢使勁扭轉，沿著周圍凹陷的洞果然開始轉動。不一會見，傳出喀嚓一聲確實的回響。

「好，打開囉。」

艾勒里輕輕從洞口拔下杯子。這時，白色底板開始靜靜往下傾斜。

「了不起。」艾勒里咕噥著。「這是齒輪之類的構造，使木板滑落時不會發出聲音。」

不久，兩人眼底出現通往地下密室的階梯。

「進去看看，范。」

「最好不要下去。」范逃避的口氣說道：「萬一遭到埋伏……」

「沒關係，天剛剛暗下來，青司可能還沒來。即使他在裡面，我們二對一，怕什麼！」

「可是……」

「如果害怕，在這兒等著，我一個人下去。」

「啊……等等我，艾勒里……」

＊

潮濕發酸的氣味撲鼻而來。

兩人仰賴艾勒里所攜的手電筒，邁入漆黑的洞中。

階梯雖然老舊，卻很牢靠。輕輕踩下去，不會發出一點嘎吱聲。

為了不重蹈覆轍，走在前面的艾勒里謹慎地踏穩腳步前進。

走不到十級，下面果然是個相當寬敞的房間。大約包括廚房正下方，到中央大廳的全部面積。

地板和牆壁都是混凝土，沒有任何家具。高度比艾勒里略高的天花板上開了幾個小洞，微光由此洩入。

「那是油燈的光。」

艾勒里囁嚅著聲音說道：

「就在大廳下面。原來我們所說的話，全被他聽見了……」

「青司果然躲在這裡？……」

「不錯，他一定在這兒豎耳傾聽我們的一舉一動。若是這樣，應該也有通到建築物外面的密道……」

艾勒里梭照周圍牆壁，醒目的黑色斑點、骯髒的混凝土，到處都是龜裂及修補的痕跡。

「那邊！」說著，艾勒里止住燈光。

下了階梯右內側一隅，有個古老的木門。

艾勒里和范走到門前，停下腳步。接著，艾勒里伸手握住覆滿紅鏽的把手。

「不知會通到哪裡？」范壓低聲音問道。

「現在……」艾勒里小心翼翼地旋轉把手。沉重的聲音響起，木門動了。屏住呼吸拉動把手，門慢慢打開……

瞬霎間，兩人悶哼一聲雙雙掩鼻。

「這是什麼？」

「好難聞……」

黑暗中充滿強烈的異臭，那是一股令人反胃的惡臭。

兩人立刻意識到是什麼東西發出的臭氣，劇烈的生理厭惡感使他們驟生寒顫，渾身起了雞皮疙瘩。

那是腐肉的氣味，生物腐敗的臭味。而且……

艾勒里以顫抖不止的手握緊手電筒，照向門那頭的黑暗彼方。

黑暗持續到深處，果不其然，正是通到外面的密道。

光環徐徐下降，照回髒污的混凝土地……

「哇！」

艾勒里與范齊聲尖叫。

異臭的來源，就在這裡。

微光照映下，赫然出現狀極恐怖的肉塊。殘缺不全的屍肉露出白森森的骨頭，污黑而空洞的眼窩敞開著……毋庸置疑，那是一具半呈骷髏狀的人類屍體。

10

夜半時分，十角形大廳不見人跡。油燈已熄，只有無邊的黑暗交纏在混濁的寂靜中。

只有似在遙遠世界盡情演奏的波浪聲，永不懈怠地響起。向黑暗開口的十角形天窗，冒出零星火花。

突然間，建築物某處傳來硬邦邦的聲音，隨即轉為生物吐氣般的聲音。不久，平靜的聲音逐漸膨脹、成長……

片刻之後，十角館已是一片火海。

白色的建築物籠罩在透明火光中，吐著濛濛煙氣。震撼大氣的轟隆巨響，威猛兇狂的巨大火焰，穿過夜空流雲衝向天際。

這種不尋常的光線，毫無阻攔地抵達隔岸的Ｓ區。

第十章——第六天

1

電話鈴響了起來。

撐開沉重的眼皮，看看枕邊的鐘，上午八點。

守須恭一挪動慵懶的身體，拿起話筒。

「我是守須。哦，是的。嗯？什麼？再說一次……角島的——十角館失火？真的？」

掀開毛毯，緊緊握住話筒，急切問道：「那麼，大家怎麼樣了？」

霎時，守須稍微鬆弛緊繃的身子，深深點了幾下頭。

「是……這樣嗎？我該怎麼做？好，我知道。謝謝……」

他掛上電話，伸手拿了根香菸。睡意已完全消散，點了菸用力吸上一口，拚命使自己鎮定下來。

抽完一整根香菸，他立即叼上第二根，又拿起話筒。

「喂？江南嗎？是我，守須。」

「哦。怎麼了？一大早就來電話。」耳邊傳來的江南聲音含糊不清。

「壞消息。」守須說道：「十角館失火。」

「什……麼？」

「聽說所有人都死了。」

「什麼？不會……你不是開玩笑吧？明天才是愚人節。」

「若是開玩笑就好了，我剛剛才接到聯絡電話。」

「怎麼可能……」

「我現在要到S區，你也會來吧？——能聯絡到島田嗎？」

「哦……」

「那我們在那裡碰面，有關人員要在港口附近的漁業公會會議室集合，聽到了嗎？」

「知道了。我馬上通知島田，和他一起去。」

「好，回頭見……」

＊

三月三十一日星期一，上午十一點半，角島。

許多人來來往往。

依然冒著淡淡煙氣的十角館殘骸，就像一具巨大怪物焚斃後的屍體。

萬里晴空，島四周的海洋溢一片亮麗春色。如此和煦的景致與島中滿目瘡痍的悽慘光景，形成強烈的對比，教眼見者無不怵目驚心，惋嘆連連。

「組長！S區方面，死者家屬差不多到齊了。」手持無線電呼叫器的年輕警官叫道。

被稱為「組長」的是一名四十出頭的肥壯男子，以手帕掩著口大聲喝應。

「好，叫他們過來。到了通知我一聲，別讓他們擅自上岸！」

然後，他把視線拉回正在相驗屍體的法醫身上。

「這個呢？」望著腳邊焦黑的屍體，問道。空氣中彌漫強烈的異臭和熱氣，令人著實難受。

「是男的。」戴著白口罩的法醫回答。

「個子較矮，後腦部有嚴重裂傷。」

「嗯。」

組長滿臉疲憊，點著頭，目光移開屍體。

「──喂！你們那邊怎麼樣？」

聲音投向稍遠處正在瓦礫中檢查其他屍體的人員。

「這個也是男的，火源好像在這附近。」

「哦？」

「可能先淋上燈油後點火，這名死者似乎也在自己身上淋了油。」
「哦，是自殺？」
「大概是，不過得配合其他狀況才能確定……」
組長蹙起眉頭，匆匆離開現場。這時，身後一名警員問道：
「屍體要不要抬出去？」
「等家屬來了再說。」仍背著身子，組長吩咐道。「如果隨便移動，萬一屍體和隨身物件分開就麻煩了，到時會搞不清誰是誰。」
說完，他小步跑到風頭處。
「看樣子，午飯準吃不下了……」
嘴裡咕噥著，他拿開手帕，深吸一口海風。

*

隔著冷冰冰的灰色百葉窗，可以看見明亮的海岸。這是個寬敞但沒有任何裝飾，殺風景的房間。
S區漁業公會會議室。
雜亂地擺著幾張摺疊式長桌和椅子，不安地依偎著的疏落人影，低沉的談話聲。
獨坐窗際的守須，不知在廉價的菸灰缸裡捻熄了第幾根香菸。

（角島十角館失火……）

內心激烈地震盪著。

（全部死亡……）

午後將近一點左右，江南和島田終於出現了。他們環顧室內見到守須，立刻跑了過來。

「島上情況怎麼樣？」

江南劈頭就問，守須靜靜搖頭說：

「詳情還不知道，死者家屬剛剛過去認屍。」

「真的全部死了嗎？」

「嗯。十角館完全燒毀，灰燼中發現了所有的屍體。」

江南當場愣住，肩膀頹然下垂。

「有人縱火？或者發生意外？」

「現在還不知道……」

島田潔靠著窗，從百葉窗縫往外看。江南拿把椅子坐在守須旁邊，又問：

「那封信的事說了沒有？」

「沒有，不過我把信帶來了……」

兩人苦著臉互相對看。

「我們都被耍了。」

島田凝視窗外自言自語。兩人訝然回頭，他沉重地說道：

「這當然不是意外，而是預謀殺人，是復仇。」

屋裡的視線瞬間射向三人，島田連忙壓低聲音：

「這裡不是談話的地方，出去說。」

守須和江南默默頷首，從椅子站了起來。

打開笨重的鐵門，正要步出走廊時，背後傳來幾個男人的交談聲。

「有幾具屍體顯然是他殺……」

2

三人來到海岸，彎腰坐在防波堤下擺在水邊的方形水泥塊上。

眼前一片無垠大海，蕩漾在燦爛的陽光下，柔和的氣氛與他們此刻的心情正好相反。角島恰處在Ｊ海岬背面，望不見蹤影。

「他們死了……」江南抱膝的手微微顫抖。「我真混帳……」

「江南？」島田一臉詫異，別過頭去。

江南緩緩搖了幾下頭，恨恨地說：「到處偵查的結果，卻是一場空。如果我設法警告他們一聲，或許……」

「沒有用。」島田撫摩瘦削的臉頰，彷彿告訴自己似的。

「像我們這種為了幾封信到處奔走的人，實在太少了。就算報警，警方也會以為是惡作劇，一笑置之。」

「可是……」

「雖然我真心以為青司沒死，島上那些人有危險，但也僅僅如此。除非出現決定性的證據，能夠確信他們會遭殺害，否則只是一個單純的推測——儘管我們到了S區，若要渡海調查未免太沒道理了。」

「島田，」守須插嘴。「假定他們全部遇害，那麼，就表示中村青司還活著……」

「這很難說。」島田支吾其詞。

「你想兇手會是誰呢？」

「這個……」

「還有，島田，關於那些署名青司的信，你怎麼想？是否和這次角島事件有關？」江南一連提出幾個問題。

島田面色凝重，說道：

「事到如今，不能說沒有關聯。」

「同一個人幹的？」

「我想是的。」

「換句話說，那是殺人的預告？」

「和預告有點不同。因為信在他們到角島之後才寄到，若是預告似乎略嫌牽強。

我想，應該有其他目的。」
「怎麼說？」
「江南，我們初識那天，你分析那封信導出三種意義。記得嗎？」
「嗯——控訴、威脅，還有暗示我們重新調查去年的角島事件……」
「沒錯。」
島田憂鬱的眼神投注海面。
「於是，我們開始追查去年的命案，結果終於真相大白。但是，我覺得這並不是兇手預期的結果。兇手恐怕沒料到我們會追根究柢？我想，兇手寄信真正的意圖，除了控訴你們的罪狀，**還暗示著中村青司之影**。」
「中村青司之影？」
「也就是說，以中村青司的名義寄信，讓我們以為已死的青司其實還活著。兇手這麼做，企圖使青司背上黑鍋，成為代罪羔羊。」
「這麼說，你懷疑的是……」
「**中村紅次郎**。」
守須慢條斯理地吐出這幾個字。
「現在已經揭曉中村千織是紅次郎的女兒，因此具有殺害那些人動機的人不是青司，而是紅次郎……是不是這樣？」
「動機方面，最可疑的的確是紅次郎。但是……」說著，江南審視島田的表情。

「但是，他一直在別府……」

「記得那個小伙子說的話嗎？江南。」

「嗯？」

「送研究社那些人到島上去的年輕小伙子。」

「哦，記得。」

「他說過，若是裝有引擎的船，往返島陸兩地並不困難。你能斷言阿紅沒那麼做？——阿紅說這幾天為了趕寫論文，回絕所有訪客和電話，把自己關在家裡埋頭苦幹。這些話是真的嗎？」

島田仍舊眺望海面，兀自頷首。「不錯，身為他的至交好友，雖覺遺憾也不得不懷疑他。

「女兒死了，自己與無法結合的戀人之間唯一的橋樑也毀了。而心愛的戀人又慘死親兄長手中，這是多麼痛心的人間慘劇！由這幾點去分析，動機不是十分充足嗎？

「阿紅以前也是十角館的主人，偶然得知害死女兒的那些人要到那裡旅行，這沒什麼好奇怪的。於是——他暗示青司還活著，讓大家把疑點轉移到青司身上；並且寄信給你們，藉青司的名義吐露自己無法宣洩的心情。同時，也給自己寄了類似的信，表示自己是被害人之一。」

三人默然俯瞰大海，各有所思。

「就是這樣。」過了一會見，守須低語。「再也想不出專程到島上殺人的其他動機，最可疑的還是紅次郎。可是，島田，這一切完全都在臆測的範圍……」

「是的，守須。」島田自嘲似地撇撇嘴。「只是我的猜測，沒有任何證據。而且，我也不想去找證據。這件事，更沒有必要積極地告知警方……」

J海岬後面出現兩艘船，於是島田站了起來。

「警方的船回來了。我們走吧！」

3

「那三個是什麼人？」角島搜證回來的組長，詢問身邊的警官。

據目前角島建築物所有人，即地主兼房地產商巽昌章表示，滯留十角館的Ｋ大學生是他姪兒的朋友，要求從上週三起在那裡借宿一週。

警方根據巽手邊的角島成員名單，和校方取得連繫才聯絡到學生家長。由於其中有些學生離家外宿，因此家屬無法全部到齊。不過依據先前的檢查結果，勉強可以辨識所有屍體，向死者家屬做了簡單的問案調查後，所得情報大半雷同。

「哦？哪三個？」

警官反問時，組長手指屋裡靠窗處。「那邊的三個人。」

「哦，他們是研究社的朋友，下午就來打聽事情經過了。」

「嗯。」組長略偏粗粗的脖子。

背靠著窗交談的兩個年輕人旁邊，是個背向這邊往外看的高個兒男人。

組長從在命案現場弄髒了的外套口袋抽出雙手，朝三人走去。

「對不起，打擾一下。聽說你們是死者研究社裡的朋友？」

突來的沙啞聲音，使兩個年輕人連忙抬眼。

「我是警方的人。」

「哦，辛苦了。」

說著，往外看的高個子回過頭來。組長嘖了一聲，說道：「果然是你，正覺得背影好眼熟……」

「真是奇遇，我也猜想或許是你哩！」

「你們認識？島田。」一名年輕人驚訝地問。

「我以前不是說過**在警界有點人際關係**嗎？說的就是他。江南，介紹一下，這位是縣警島田修組長。」

「島田？那麼，你們是……」

「沒錯，他是我家老三。」島田組長告訴他。

「哦……」

島田組長乾咳一聲，瞪著體型和自己恰好相反的弟弟的臉。「你怎麼會在這裡？」

「當然有原因囉！我和這兩位一起行動，詳細情形說來話長……」島田潔看著旁邊的兩人，說道：「這位是Ｋ大推理小說研究社的守須，這位是前社員江南。」

「唔……」島田組長以複雜的表情面對兩人。

「我是縣警島田，請多指教。這次發生的事實在相當悲慘……」他的語氣極為鄭重，說著，肥壯的身體落坐在身邊的椅子上。「推理小說研究社？嗯，我年輕時也看了不少那一類的書——研究社做些什麼事？」

「介紹推理小說書評，自己也試著創作。」

守須回答時，一位便衣刑警走來，交給組長一張紙。他瞥了一眼，點著頭說：

「這是驗屍報告，寫得很簡單。」

「可否說來聽聽？」江南問，組長看了一下弟弟，微啟唇角道：

「反正這小子待會兒一定會追根究柢，在可能的範圍內，我盡量告訴你們。

「屍體——情況都相當糟糕——除了其中一具，全都在失火前遇害。燒死的那具屍體可能是自殺，也就是自己淋上燈油引火自焚，他的房間正是火源，雖然目前還不能斷定，八成是此人殺害其他人後自殺……這些事請不要告訴別人。這名死者的名字——」組長目光再度落在紙上，說道：「哦，松浦……松浦純也。你們當然認識吧？」

守須和江南屏息頷首。

島田潔愕然問道：「真的是自殺？」

「我說過還不能斷定，其他人也是一樣。死因要等解剖結果出來，才能知道詳細情形。不過……」組長目光移回守須和江南身上。「談談這個松浦純也，他是個怎麼樣的人？」
「這個人很難形容……」守須答道：「今年四月起升法學院四年級，成績優秀，頭腦一流，辯才無礙，只不過有點特立獨行……」
「原來如此。還有呢，守須？」
「什麼？」
「他們不是因為研究社的活動，到島上去的嗎？」
「可以這麼說，但是不在研究社活動範圍內。」
「這麼說，結伴同行的幾個人在社裡特別要好？」
「嗯，雖然和要好的程度有些差別，倒也可以這麼說。」
這時，先前來過的刑警又向島田組長耳語。
「好，知道了。」
組長兩手插入外套口袋，站了起來。
「我有點事，失陪了……還有，近期內警方可能約談研究社的同學，到時請你和江南都務必出席。」
「是的。」江南乖乖地點頭。
「那麼，再見……」向弟弟眨眨眼，離開前組長又改變主意，再度轉身面向守須和江南。
「關於松浦純也，假設這次的命案是他幹的，你們想得出什麼動機嗎？」

「這……」守須答道：「我實在不敢相信，尤其是艾勒里，怎麼會……」
「你說誰？」
「哦，就是松浦。艾勒里是他的綽號……」
「艾勒里——和作家艾勒里・昆恩有關係嗎？」
「嗯，就是他。該怎麼說呢？這是我們研究社的傳統，以推理作家的名字稱呼社員。」
「哦，全部都有綽號？」
「不，只有一部分成員有……」
「到角島那些人都有綽號。」江南補充解釋。
島田組長頗感興趣地眨著小眼睛，笑吟吟地問了一句：
「江南，你以前也有綽號？」
「嗯，有。」
「叫什麼？」
「不好意思——叫道爾，柯南・道爾。」
「哦，大作家的名字。守須，你呢？是不是叫摩理斯・盧布朗？」組長乘興問道。
守須挑動一下眉毛，輕聲說了聲不。然後，嘴角突然浮現一絲落寞的微笑，略垂眼簾放低聲音說：

「范・達因。」

第十一章——第七天

摘自一九八六年四月一日星期二，A日報社會版。

角島十角館再傳連環命案！

案發於三月三十一日黎明時分，大分縣S區，角島十角館火災現場，發現投宿此間的六名大學生屍體，身分已經確定。

死者是K大醫學系四年級山崎喜史（二十二歲）、法律系三年級鈴木哲郎（二十二歲）、同系三年級松浦純也（二十一歲）、藥學系三年級岩崎杏子（二十一歲）、文學系二年級大野由美（二十歲）、同系二年級東一（二十歲）等六名學生（學級依三月之時點記錄）。他們預定由三月二十六日星期三起留宿十角館，為期一週。

根據調查，六名死者中有五名在火災前業已死亡，疑似他殺。警方正抽調去年九月同島青色館四屍命案資料，全力偵辦此一連環命案暨縱火事件……

＊

摘自同日、同報社晚報——

十角館地下室發現骨骸！

……經過搜索後，俱已焚毀的十角館地下室赫然出現一具男屍。屍體已呈骷髏狀，死亡時間大約四個月至半年以上，年齡推定為四十餘歲。此外，頭部有鈍器擊打的痕跡。

之前，警方不知有此地下室的存在。根據各種跡象顯示，這具屍體極可能是去年九月案發後即告失蹤的吉川誠一（四十六歲）遺骸，身分正積極確定中。

第十二章——第八天

1

開拓山坡地建校的K大，擁有形狀奇特的廣大校園；學校一隅的三層盒型校舍裡，聚集著大學校園裡的各社團。

角島十角館發現六人屍體的第三天，也就是四月二日星期三下午，社團會館二樓的推理小說研究社，大約集合了十名能夠出席的社員。

嘈雜的狹窄室內擺了兩張會議用長椅，學生們擠著肩膀坐在一起。其中，當然也有前社員江南孝明，卻不見組長之弟島田潔的蹤影。

（他是客氣呢？還是有事不能來？）

不安瞬間湧上守須恭一心頭，又立刻打消。

（沒關係，他什麼都不知道。不會注意到什麼，不可能會注意……）

島田修組長帶著一名便衣人員，稍微遲到了幾分鐘。

他望著濛濛煙氣蹙起眉頭，瞥見江南和守須後，親熱地打了個招呼。隨即，向聚集的眾人說：「謝謝各位撥冗參加，我是島田。」他親切地寒暄幾句，便穩穩落坐在備好的椅子上。

全員自我介紹後，島田組長約略說明了事件概要。接著，手持備忘錄對照學生面孔，然後才進入正題。「再重複一次角島六名死者姓名，山崎喜史、鈴木哲郎、松浦純也、岩崎杏子、東一，以及大野由美。各位對他們應該都很熟悉……」

聽著組長沙啞的聲音，守須眼前逐一浮現六人臉龐。

（愛倫．坡、卡爾、艾勒里、阿嘉莎、勒胡，還有奧希茲……）

「……六名死者中，有五人在火災當時早已死亡。東及大野分別死於擊殺和勒殺，山崎、鈴木、岩崎三人死於毒殺的可能性極大。剩下的松浦，火災發生時還沒死，根據初步判斷，可能是在房間和自己身上淋遍燈油，然後引火自焚。」

「松浦學長是否殺害五人後自殺？」一名社員提出問題。

「正是如此。至於殺害三人的毒藥來源，事實證明松浦的親戚在O市開設藥房，他經常在那裡出入，很容易弄到藥物。目前，我們是這種看法。不過，動機就難找了。所以我們今天勞駕各位，就是想聽聽大家的意見。」

「有沒有考慮過第三者下手的可能性？」

「這一點絕對不可能。」

由於組長一口否定，守須好不容易才忍住鬆了一口氣的神情。

「無論如何，已斷定松浦純也死於自殺。此外，五人的殺害方法及死亡推定時間，都有很大的差異。其中甚至有死亡已經三天以上的……其他死者的情況也各有不同。

聽說那一帶很少有漁船經過，但根據常識推測，不大可能有人偷偷搭船過去，花三天以上的時間幹下連環血案。」

「可是，組長——」開口的是江南。「去年青色館事件裡，在類似狀況下燒死的中村青司，不是被認為死於他殺嗎？」

「那件案子的判斷，具有各種微妙的理由……」組長睜大大象般的小眼睛。「判定為他殺的最大因素，是因為那名失蹤園丁的存在。一個本該在島上的人無故失蹤，自然會惹來嫌疑。無可推諉地，這名園丁就是主要兇嫌。

「不過，你們沒看到昨天的報紙嗎？焚毀的十角館發現秘密地下室，裡頭有具死亡多時的男屍，極可能是那名園丁的屍體。」

「哦，原來如此。」

「因此，現在不得不急遽改變去年角島事件的解釋。就是說，中村青司確實是自焚而死，整個事件是他本人計畫的強迫殉情。而且，」組長意味深長地使了個眼神。「某方面出現了掌握此點的新證據。」

是島田潔吐露的嗎？守須心想。

——不，他說過自己明白真相就好，不會告知警方。不知什麼緣故，總覺得這句話確實可信。即使他的親哥哥是警界人士，也不會改變他的承諾。

（那麼，或者是中村紅次郎供出真相……）

「這件事暫且不談。」島田組長環視眾人的臉。「你們當中，有幾個人知道他們要到角島？」

守須和江南雙雙舉手。

「嗯，只有你們——知道是誰提議這次的角島之行嗎？」

「他們老早就有這個打算了。」守須答道：「這次正好有點**關係**，可以住在十角館……」

「**關係？**怎麼說？」

「哦，我的伯父——巽——經營大規模的房地產生意，從前地主手中買下那片土地。是我拜託伯父……」

「是不是巽昌章先生？原來你就是他的姪兒——你沒有一起去？」

「嗯，我不想去曾經發生命案的地方。大夥兒都興高采烈，偏偏我不喜歡，而且房間也不夠……」

「房間不夠？不是有七間客房嗎？」

「**其實只有六間**，你問伯父就知道，有個房間根本不能使用，下雨時漏得很厲害。**那個房間**只是個空殼子，什麼都沒有。大概是打算修理，所以把家具搬空了。天花板全是污斑，險些就要塌下來。部分地板也破爛不堪，幾乎可見底了……」

「原來如此。那麼他們六人當中，怎麼說呢？誰擔任旅行的幹事？」

「我向勒胡——對不起，應該是東，我向東提起這件事。東是這次的總編輯——也就是研究社的領導人。不過，他總是找松浦商量事情。」

「就是東和松浦兩個人囉？」

「是的，就是這樣。」

「除了個人的行李外，好像也帶去不少食品和毛毯，那又是怎麼回事？」

「那是我伯父準備的，我幫他們送過去。就在他們出發的前一天，雇漁船送到島上去。」

「唔，待會兒查證一下。」

組長摩挲厚實的下巴，再度環視眾人。

「各位可曾想到松浦純也殺人的動機？」

嘈雜中，社員們開始低聲討論。守須也適時加入，然而心中所想完全是別的事。

——白皙的臉龐。

——用力摟住彷彿就會破碎的嬌軀。

——披肩的烏黑長髮。

——總是浮現幾許困惑的細眉，帶怯的落寞眼神。

——含著微笑的櫻唇，小貓般嬌柔的聲音……

（千織、千織、千織……）

他倆悄悄避開別人的眼光，默默地相愛著。

研究社的夥伴及其他朋友，誰都不知道這件事。這並非故意隱瞞或是羞於啟齒，只不過兩人都有點膽怯，生怕公開戀情的結果，會破壞屬於自己的小天地。

然而，所有的一切在那天突然化為泡影。去年一月的那個晚上，她的生命被奪走了。毫無疑問，是那六個人，沒錯，就是他們！

（當時如果一直陪在她身邊……）

他嚴酷地責備自己，更痛恨那六個人。

昔日，父母及妹妹也同樣突然被帶走。別人蠻強地、擅自地，以殘酷的手拆散溫暖的家庭，一言不發地把他親愛的家人帶到遙不可及的地方。後來——好不容易才尋覓到生命中最寶貴的千織，不料又……

（那絕不是意外。）

她絕對不是縱情飲酒的女孩，況且明知自己心臟不好。一定是那些醉得失去理智的人半強迫地勸酒，她在無法拒絕的情況下，終於……

她是被那些傢伙害死的。

（被害死的……）

「守須？」旁邊傳來江南的聲音。

「啊，什麼事？」

「那封信怎麼辦？」

「嗯？怎麼回事？」聽到兩人對話，島田組長忙問道。

「是這樣的，上次忘了告訴你，」江南從口袋掏出那封信，回答說：「他們啟程到島上那天，我接到了這樣東西。守須那邊——也收到一封……」

「信？中村青司寄的？」

「嗯。」

「你們也接到了？」組長接過江南遞來的信，看著裡面的內容。

「被害人家裡——包括松浦——全都接到同樣的東西。」

「這和島上命案沒有關係嗎？」

「很難說。不過，先把它當成一種惡作劇比較正確。無論如何，寄信人總是個死人。」島田組長露出一口黃牙，苦笑著。

守須附和似地放鬆嘴角，另一方面，卻悄然跌入回憶之中……

2

原本，千織的父親是中村青司這件事，是她親口說的。她還說，青司在S區一個叫角島的小島上，過著獨特的隱居生活。失去千織半年多以來，他始終耽溺在悲痛與憤恨中，天天像病人似地悽慘度日。直到去年秋天，得知她住在角島的雙親慘死後，內心更加不安。不過當時並未想到，那次事件居然會以此種形態助他解決心中的激憤。

日復一日，他經常思忖著以某種形態，讓害死千織的六名男女了解自身的罪惡。他的痛苦並非大聲譴責一句——千織是你們害死的，就可以了事。生命中無法取代的珍寶已經被奪走，而且是被他們奪走的。

他滿心期盼的，除了復仇再無他物。在知道伯父巽昌章買下十角館後，這種想法在明確的意志下，開始凝結成使用殺人手段的形態。

千織的出生地角島青色館，那裡曾經發生她父母的慘劇——那六名罪人居然為了滿足自己的好奇心，興高采烈地渡海登島……這幅畫面刺激著他，使他有股衝動想以某種鮮豔的色彩，將他們完全抹煞掉，修正畫面。

起初，他打算在角島殺了六人後自殺。但是這麼一來，自己也會埋沒在罪人的行列中。自己該做的是**審判**，以復仇為名的審判。

一再思考後，終於擬定**計畫**。讓六人命喪角島，自己全身而退的計畫……

於是，當三月初確知獵物即將躍入陷阱時，放出了開啟序幕的第一箭。

「我伯父買下了十角館，如果想去，我可以向他說一聲，怎麼樣？」

不出所料，他們輕易地上鉤了。

事情談妥後，他主動著手準備。並且研究六人的情況和氣象台長期預報，然後檢討最適合的日期。

按照計畫，必須是天氣晴朗及波浪平穩的日子。所幸，三月下旬不致有惡劣的氣候。但是完全依靠天氣預報，是項危險的賭注，萬一下手那幾天條件十分惡劣，也只好罷手不幹。

就這樣，決定由三月二十六日起一週的日程。

準備好寢具、食品，以及其他種種必需品，可以啟程了。租來的寢具是**六人份**，這當然有原因。總之，**為了讓同行者認為自己也一起去，同時使其他人相信自己不去，只有六個人到角島旅行**，非細心部署不可。

假藉中村青司的名義製妥九封信，目的有二。

其一，當然是「控訴」。向人控訴中村千織**死於**他們六人手中。其二，藉「死者的來信」這種極富魅力的餌，**推動江南孝明展開行動**。

至於以青司名義寄給中村紅次郎的信，純粹是針對江南可能採取的調查路線，所設的一種布局。他很了解江南的個性，早已預料接信後到處調查的結果，還會來找自己商量。此外，倘若必須主動聯絡江南時，信的流傳是種絕佳的藉口。

九封信一律以大學研究室開放給學生使用的文字處理機印成，又到超級市場買來材料，做好兩組塑膠板。

三月二十五日星期二——出發的前一天，他先在O市寄出九封信，再到S區請事先雇好的漁船把行李運到島上。然後回S區謊稱要到國東，借用伯父家的車。車後座行李箱備妥裝有引擎的橡皮艇、打氣筒、燃料用的罐裝汽油等物。

橡皮艇是伯父釣魚時所用，平常放在車庫的儲藏室。伯父只在夏秋之際的釣魚季節才用得上，現在暗中借用一下不必擔心被發覺。

J海岬後面一帶，即使白天也罕有路人。把小艇和打氣筒藏在海岸附近的草叢，適當地消磨時間後再去還車。按照預定計畫，告訴伯父今夜返回O市，明天又要去國東。事實上，雖然回到Ｏ市，入夜後便騎摩托車再赴Ｊ海岬。

從Ｏ市到Ｊ海岬，白天約需一個半鐘頭車程。但是晚上騎２５０ＣＣ摩托車飛馳，一個鐘頭便綽綽有餘。若是越野車，只要小心駕駛，也可騎入馬路以外的荒地或草叢。把車放倒在海岸的雜樹林裡，上面用褐色罩布蓋住，根本沒有人會發現。

他把事先藏好的小艇組合起來，換上橡皮潛水衣。藉著月色和Ｊ海岬無人燈塔照出的光影，獨自划向角島。

風並不大，卻沉重而冰冷，雖然以前曾經向伯父借用過小艇，早已熟悉操縱法，但由於夜晚能見度不佳，加上身體不適，行路比預料中來得艱苦。

身體情況不佳，是因為從前一天起就沒喝過水。為了往後的計畫，必須滴水不沾。

Ｊ海岬到角島，大約三十分。

抵達地點是岩區，船預定藏在這兒。

首先收疊橡皮艇，和打氣筒一起用防水布包妥，再與密封在塑膠袋的引擎綁緊。然後放在大岩石間，沉入波浪不會直接拍擊的水中，上面用石頭壓住。此外，又把繩子的一端繫在突出的岩角上。補給燃料用的罐裝汽油，分別藏在這兒的岩石後面和Ｊ海岬草叢。

月光下，他肩掛著大型手電筒，緩緩步向十角館。預先選定玄關左方會漏雨，沒有家具的房間自己使用，睡覺時可用白天運來的睡袋。

就這樣，迎接六名罪人的陷阱準備妥當。

3

隔天三月二十六日，六人抵達島上。

他們沒有察覺任何異狀，更沒有起疑。整整一週的時間，不管發生什麼事，都無法和本土取得聯絡。但他們毫無危險的預感，一味沉迷於冒險氣氛中。

當天晚上，他以感冒為由提早回房。**滴水不沾的作用，也就在此。**

雖然早知輕微脫水會引起類似感冒的症狀。為了瞞過醫學院學生愛倫‧坡的眼睛，裝病絕對不能失敗。倘若經他診視確實身體不適，就可確保無人懷疑。

正當大廳裡的人繼續歡談之時，他便換上橡皮衣，帶著裝有必需品的背包，從窗口潛出去。來到岩區組好小艇，趁著夜色划向J海岬，然後騎摩托車趕回O市。

回到自己的房間，大概十一點左右。身體已經疲憊不堪，然而重要的事這才開始。

馬上打電話到江南寓所，利用他當作**自己確實在O市的證人**。

當時電話沒打通，不過沒關係，倘若他如預期中展開行動，一定會有所聯絡。說不定，江南已經來過電話了。果真如此，可能會問起他今天的行蹤。到時藉口也早已準備好，就是**那幅畫**。

為了證明六人赴島期間，自己確實在本土活動，事先準備那幅磨崖佛的畫。不，正確地說，應該是**那些畫**。因為，**畫一共有三幅**。

三幅畫分別是炭筆素描淡彩階段、全圖以畫刀抹上厚彩階段，以及完成階段。當然，三張構圖完全一樣。

去年秋天傷心之餘，漫無目的地瀏覽國東半島山中風景。憑著當時的記憶，將季節改為早春，事先畫好作畫過程各階段的圖畫。

把第一階段的畫擺在畫架上，盯著寄給自己的信，等候江南的聯絡。萬一和他聯絡不上，必須找其他的「證人」……微微發熱的腦中捲起漩渦般的不安，強自忍耐，拚命使自己鎮定下來。

將近十二點時，電話終於響了。

不出所料，江南吞下了餌食。當天，他已拜訪過中村紅次郎。然而守須對於島田潔那名男子的出現，不覺有些許困惑。

「證人」成為複數雖然再好不過，但是過度介入反而不妙。只有讓自己適當地加入偵探遊戲，才是上策。

幸好他們關心的不是**現在**，而是**過去**。看樣子，至少不必擔心他們會追蹤六人到島上去。為了加深兩人對自己「存在」的印象，故意放言擔任「安樂椅神探」的角色。並且表示還要到國東寫生，約好翌日晚上再行聯絡。當時靈機一動，建議他們走訪安心院的吉川政子，**目的是將兩人的注意力移開現在的角島……**

兩人離開後，他稍事休息。黎明前又騎摩托車趕往J海岬，換乘繫在岸邊的小艇回角島。

回到十角館，確定大廳無人後，把塑膠板擺在桌上。

（那些塑膠板究竟意味著什麼？）

是否希望他們知道即將成為「被害者」？或者自覺有種奇妙的義務感，倘若不事先發布「處刑」宣告不算公平？抑或在不同層次上，含有更加痛烈的諷刺意味？……

恐怕自己複雜的心理反映，已將三者全部包含在內。

＊

第二天晚上比第一天更早回房，離開大廳前雖和卡爾差點起衝突，也設法克服了。

由於缺乏水分的滋補，身體虛弱得幾乎站不住腳。潛出房間前，把阿嘉莎交代服藥用的水喝個精光。第三天以後預定不回本土，必須補充水分，及早恢復身體狀況。

從角島回O市的路途，比前一夜更加艱辛。途中，甚至屢次打算放棄……自己單薄的身子何以有那股毅力，至今仍覺不可思議。

回到房間，首先努力補充水分。江南和島田來了以後，開始討論角島事件時，他一連喝了幾杯紅茶……

依照預定計畫，翌日起便不再回O市，因此扮完自己的角色後，必須對兩人的話採取否定態度。當下斬釘截鐵地宣布自己退出此事，以免翌日以後他們再行聯絡。

不過，當時聲色俱厲地向島田吐露的那番話，全是由衷之言。尤其得悉兩人打算挖掘千織身世之謎時，頓覺義憤填膺。

和前一天同樣地，黎明時分趕返角島。回到十角館房裡，暫時在黑暗中平復激動的心情。

4

他選擇奧希茲為第一個被害者，有若干理由。

首先，對她而言也可算是顧念情分——早點死掉可以避免知道之後的混亂及恐怖。

奧希茲——她和千織非常要好，含羞帶怯的表情頗有千織的神韻。她可能並未積極加入殺害千織的行動，而僅僅是個旁觀者。但是——雖然如此，也不能單單放過她。

另外一個極大的理由，就是**奧希茲左手中指戴著那枚金戒指**。

奧希茲一向沒戴過戒指，突然戴上格外引入注目。**那枚似曾相識的戒指，或許正是自己送給千織的生日禮物**。

奧希茲是千織的好朋友（千織的喪禮上，她哭腫了雙眼……）。由此推測，她很可能收下千織的戒指當作紀念品。

既然她和千織那麼親密，應該知道角島是千織的故鄉，或者甚至知道自己和千織的關係……

那枚戒指內側刻有自己和千織的英文名字縮寫——KM & CN——即使千織沒直接說出口，千織死後，奧希茲發現戒指所刻英文字母的可能性也很大。一旦島上果真有人遇害，她推想出動機和兇手的或然率相當高。

因此，不得不先結束奧希茲的性命。

於是潛出大廳，直接到奧希茲的房間。為了方便辦事，當然瞞著六人私藏一份伯父給的十角館預備鑰匙。開門溜進房間，趁她熟睡時在脖子纏上繩子，使勁緊勒。

奧希茲的眼球彷彿即將迸出，眼凸唇歪。手腳抽搐一陣，腫脹的臉逐漸發紫……很快就斷了氣。放好她的屍體，是因為內心深處總覺得她太可憐。

原想從屍體手上取下戒指，收回千織貼身的紀念品，另一方面也為了避免有人注意到屍體手上的戒指，而展開推論。然而，或許是水土不服，奧希茲的手指脹得褪不下戒指。

如果戒指一直戴在手上，從外表看不到英文縮寫。不，不行，不能把含有千織和自己珍貴回憶的紀念品丟在那裡……

於是決定採取強硬手段，**切下手腕**。

倘若只切掉中指，會使人更加留意那枚戒指。況且，切除左手腕的行為可解釋為「模仿」去年的青色館事件。同時期待這種吻合會產生一種效果，也就是向島上人暗示後來島田潔所說的「青司之影」。

使用預備為兇器之一的刀子，辛苦地切下屍體手腕。暫時把手腕埋在建築物後面的地中，打算事成後再行挖出取回戒指。

為了留下第三者由外侵入的可能性，特地打開窗戶掛鉤，也沒鎖門。然後辦最後一件事，從廚房抽屜拿出「第一個被害者」的塑膠板，貼在門上。

*

在阿嘉莎的口紅塗上氰酸，是前一天——第二天二十七日下午的事。當時塑膠板雖已出現，但由於他們警戒心不夠，才有機會潛入房中下毒。

按照預定，應該很快便會發現阿嘉莎的屍體。不料事與願違，使得「限時裝置」行動遲遲不敢推出。

下一步，所用的是十一角形杯子。

那個奇妙杯子的存在，是在抵達角島第一晚所發現。讚嘆之餘，便決定加以利用。第二天早上擺好塑膠板後，偷偷把那個杯子帶回房裡，另從餐具架拿個杯子代替。

使用的毒藥是從理學院實驗室偷出來的氰酸鉀和亞砒酸，杯上塗的是無臭的亞砒酸。然後，第三天晚餐前，趁他們不注意時，把毒杯子和廚房櫃台上六個杯子之一掉換過來。

自知有六分之一的機會拿到十一角杯，果真如此便避不沾口。但沒有那個必要，卡爾成了「第二個被害者」。

眼睜睜看著卡爾的死——比奧希茲更加鮮活可怕。心中一隅不禁為自己的恐怖行徑感到隱隱作痛，然而如今已經不能罷手。無論如何，必須冷靜、大膽地完成大事……

黎明前，大家終於解散。等眾人就寢後，從另備一組塑膠板中拿出「第二個被害者」，貼在卡爾的房門上。進一步切除卡爾屍體的左手，丟到浴缸裡。保持「模仿」一貫性的目的，是為了掩飾奧希茲不翼而飛的左手腕。

接著，轉向青色館廢墟。

卡爾倒地前，艾勒里聲稱**青色館可能有地下室**……

他早聽伯父提過地下室的事，混在行李中隨漁船運來的塑膠燈油桶便藏在那裡的**雜物**之中。

既然艾勒里懷疑有人躲在地下室，遲早會去調查。

於是故意清掃地下室地面的松葉，製造出有人出入的痕跡。然後用從愛倫．坡釣具箱裡偷來的釣魚線，在樓梯口設了個陷阱。不出所料，翌日艾勒里果然中計。

（愚蠢的艾勒里……）

的確是聰明一世，糊塗一時。他居然雀躍不已地衝入可疑的地下室，簡直辜負「偵探」之名。算他命大，只是摔傷足踝並無大礙。雖不否認對於陷阱含有若干期待，卻也不渴望如此輕易便**獲得一具屍首**。

期待落空的，倒是阿嘉莎的口紅事件。仔細觀察，才發覺所用口紅顏色和下過毒的不一樣。倘若翌日她還安然無恙，就得另謀計策了……

愛倫·坡提議搜查各人房間時，難免有些焦急。

當然，這種情況事先已列入考慮。塑膠板、黏著劑及刀子等物品他早就藏入外面的草叢，切手腕時的血衣也已埋入土中。裝燈油的塑膠桶在地下室，毒藥隨身攜帶。檢查歸檢查，總不會搜身吧？房裡只放了一件橡皮潛水衣，一旦被察覺也可設法瞞過。

不過，被人發現房間的狀態總是不妙，還好可以推說因為擔任準備工作，有責任選住最差的房間。儘管有此藉口自圓其說，但最好還是不要洩漏機密。因此，當時自己極力反對愛倫·坡的建議。

然後，當天晚上，由於阿嘉莎突發歇斯底里，意外地使大家提早回房。

本來當天晚上並不打算離島，又覺白白浪費一整晚實在可惜，不如回O市和江南聯絡，以期加強不在場證明。

身體狀況還差強人意，雖然有點擔心多雲的天氣，但根據收音機的氣象預報，天氣不會轉壞，波浪也算平穩。隨即下定決心，循前兩次同樣路線朝向O市，返回自己的住處。接著，佯裝剛由國東回來，摩托車後載著畫架走訪江南寓所……

5

夜裡下了點雨，倒不致造成妨礙。第五天——三月三十日清晨，天剛發白便平安回到島上。

駛近岩區時關掉引擎，操槳划到岸邊。把繩子繫在岩石上開始收疊小艇時，發生了意料之外的事……

突然聽到有人悶叫一聲，抬頭只見勒胡佇立階梯中央，愕然望向這兒。

（被發現了！）

非殺不可，瞬時滅口的念頭閃過。

事情發生得太突然，根本來不及細思膽小的勒胡何以此時獨自來到岩區。或許他無意中發現繫在岩上的繩子，一時好奇所以跑來看個究竟。無論如何，被他撞見總是不爭的事實，即便他全不知情，也會逐漸了解事情的真相。

心中念轉，隨手拿起一塊石頭奮力追趕逃命的勒胡。

追趕者心急如焚，而勒胡更是有過之無不及。跌跌撞撞地邁不動腳步，因此兩人距離一下子就縮短了。

他驚悸之餘，朝著十角館大聲呼救。這時已經幾乎追上，便陡然將石頭擲向他的後腦。隨著沉重的聲音一發擊中，勒胡立刻向前仆倒，他撿起掉落的石頭，再度砸向他已經裂開的頭，一次又一次……

確定勒胡不可能活命後，急忙趕回岩區。途中雖然注意到地面的腳印，但焦急之下無法冷靜地處理。萬一有人聽到勒胡慘叫趕來探視，事情就更加不好收拾了。還是趕快離開吧，混亂的腦子命令著。

臨走前，約略環視四周的腳印，並且斷定沒有留下任何明顯的特徵。

（他們不是警察，這種程度的腳印應該不成問題……）

於是，腳印的事不再縈繞腦海。

最可怕的是突然有人出現，小艇被發現就糟了。

當下離開岩區繞到海灣，暫時把小艇壓在棧橋下與水面間的廣闊空間，躲在那裡窺視上面的動靜。很幸運地，並沒有任何人被驚醒。

回到海灣收好小艇，藏在棧橋一端的小船屋裡。雖然得冒點風險，總比再返岩區好得多。

潛入十角館，在勒胡房門上貼妥「第三個被害者」的塑膠板，這才回房鑽進睡袋。當時情緒激動，全身神經緊繃，只能淺淺小睡。渾身麻痺發軟，胸口微覺噁心。不久即被手銬的鬧鈴裝置吵醒，便走出房間打算喝口水。不料——阿嘉莎的屍體赫然出現。那天早上，她終於換了口紅顏色。

人命夠多了，我不願再見到屍體！——心中吶喊著。脫離桎梏，無法抑止的嘔吐感自體內翻湧而上。他在精神上或肉體上，都已經達到極限。

然而，不能放棄，絕對不能罷手……

為痛苦所纏繞的內心深處，不斷閃過戀人永不復返的音容笑貌。

*

艾勒里，以及愛倫·坡——和僅存的兩人圍坐在十角形桌邊，已近大結局了。

當時的情勢，不利的箭頭完全指向愛倫·坡。若不是後來艾勒里加以否定，演變下去，或許愛倫·坡會被當成所有命案的兇手。

在勒胡遇害現場，當艾勒里對腳印表示興趣時，心臟幾乎停止跳動。

（鎮定下來，不會有問題的。鎮定下來……）

一面抗拒胸口湧上的嘔吐感，一面告訴自己。艾勒里旋即轉身。

（沒事了，沒事了……）

不由得撫胸鬆了一口氣。

可是，艾勒里突然又提起腳印的事。

（是否犯了什麼錯？犯下什麼致命的錯誤……）

追隨艾勒里趕到現場，當他要大家記住腳印的狀態時，才恍然明白自己所犯的錯誤。對於自己的愚昧無話可說，心想一切都完了。

原本早有心理準備，當被害人數增加，嫌犯範圍逐漸縮小時，自己可能陷入動彈不得的地步。果真如此，就必須順應狀況，隨時準備採取應變的各種手段。最惡劣的情況，可能是以寡敵眾的格鬥——暗自思忖著，不禁捏緊了經常暗藏在上衣口袋的小刀。

艾勒里進行腳印的檢討當兒，數度想持刀刺殺二人……一旦失手反被控制，就真的大勢已去。況且，至於艾勒里是否將嫌疑指向自己，還有考慮的餘地。

蜷縮身子聆聽艾勒里高談闊論，忍受著龐大壓力，拚命思索最佳的應對法。然而，艾勒里把結論發展到錯誤的方向，居然斷定兇手由島外搭船而來，並非三人中任何一個。

言下之意，箭頭指向中村青司。看樣子，他真的相信青司還活著。「青司之影」會到此以這種決定性的方式保護自己，倒是始料未及……

頓時，腦筋開始清晰靈活。

艾勒里的香菸抽完了，愛倫．坡隨即遞上菸盒。這是個絕佳的好機會，千萬不能錯過。

倏地從口袋掏出一樣**東西**，細長的小盒中放著一根摻有氰酸的雲雀牌香菸。這是事先準備好，一有機會就用來對付愛倫．坡。

藉口自己也想抽菸，把菸盒弄到手。然後，在桌子底下進行掉包。從菸盒裡取出兩根菸，一根叼在口中，一根藏進口袋。接著，把毒香菸放回菸盒。

愛倫．坡菸癮相當大，拿回菸盒後可能馬上又再來一根，若愛倫．坡沒拿到有毒的香菸，艾勒里就可能中頭彩。無論如何，兩人總會死一個。到時候，最後的一個人就好解決了。

終於——愛倫・坡吸入了毒香菸。

6

大廳剩下兩個人。

愛倫・坡死後，艾勒里仍深信青司是兇手。對於眼前的夥伴，絲毫沒有警戒的模樣。

看來不必急著動手，大可慎重地等待機會。最完美的方式是讓最後一個人「自殺」身亡……

（愚蠢的艾勒里……）

結果，他到了最後關頭始終合作無間。艾勒里自以為是名偵探，其實只是個無可救藥的小丑。最諷刺的是，自己無意的奇妙宣告竟然成為事實。最後剩下的兩個人，果真是「偵探」和「殺人兇手」。

不過，對於艾勒里最後由十一角杯引導出十角館中存有第十一個房間的敏銳推理，不得不表示敬意。自己也曾經疑惑何以有那樣的杯子，卻不曾想到居然是機關。雖在本土聽江南他們說過，建築家中村青司對**機關的特殊興趣**。

即使如此，這件事並不會危及自己的立場。或者說，密室的發現反而更加確定艾勒里所謂青司即兇手的論調。

兩人進入地下密室，艾勒里開始探索通到外面的密道。在那裡，出現了另一具屍體。

念頭一閃，立刻知道這是下落不明的吉川誠一屍體。

吉川果然在半年前便已遇害，他可能在青色館遭瘋狂的青司襲擊，帶傷逃到這兒力竭而死；或者青司本人帶他到此，加以殺害。

把自己的想法，告知佇立屍體面前啞口無言的艾勒里。他掩著鼻子杜絕腐臭，點點頭說道：「話是不錯，如果這樣，在去年的事件中，青司從何處找來當作替身的屍體呢——」接著，他又開口：「走吧，范。我們必須調查這條密道通往哪裡。」

避開屍體，步入密道裡頭。一面走著，一面思忖；既然如此，就奉陪到底。

或許，艾勒里根本就懷疑自己（比方說，注意地面塵埃的狀態……）。他是否佯裝沒留意，伺機幹掉自己？……剎那間，不安閃過腦際。於是右手暗中握緊口袋裡的刀子，跟著艾勒里走在混濁的黑暗中。

不久，密道盡頭出現一扇門，傳來陣陣波浪聲。

艾勒里打開門，浪濤更響了。

密道出口在面臨海灣的斷崖中央，門外只有一個類似窄陽台的突出空間，下面是一片漆黑。看來，距離海面還相當遠。

艾勒里看準立足點，慎重地往外踏出一步，以手電筒環視周圍的情況。不一會兒，他若有所悟地回過頭來，說道：

「這個角度正好從屋上或下面的海都不易發現，勉強可由岩塊走到石階那邊。青司果然從這兒來……」

＊

「青司今晚一定會來。」回到大廳，艾勒里說：「現在，秘密通道已經找到。不管他從密道或玄關來，只要兩人在一起就不必怕。可能的話，我們反過來逮住那傢伙。」

他隨聲附和著，沖泡兩人份的咖啡。同時把從愛倫・坡那裡私藏的幾顆安眠藥，溶入其中一杯咖啡，然後若無其事地交給艾勒里，而對方竟不疑有他地一飲而盡。

「……我有點睏，也許是鬆懈下來的緣故。范，你不要緊吧？我睡一下，如果有事立刻叫我……」

這就是名偵探退場的台詞。

沒多久，艾勒里趴在桌上，發出天真無邪的鼾聲。確定艾勒里熟睡無疑後，便把他抱回房間放在床上。

計畫中，決定讓艾勒里「引火自焚」。警方遲早會從屍體中驗出安眠藥，去年狀況相似的青司屍體，可能會因為吉川誠一他殺屍體的出現而判定為自殺。這種情形對警方論斷此次事件，多少會有所影響。

雨早已停息，彷彿不會再下。

先到海灣備妥橡皮艇，然後從廢墟地下室拿出燈油。接著掘出奧希茲的手，取下戒指，把手腕放回屍體邊。

剩下的塑膠板、血衣、毒藥、刀子等物，以及所有不宜留下的東西，全部搬到艾勒里房間。打開窗戶，在整個房間灑遍燈油。其他房間也適量淋上燈油後，把丙烷筒帶進大廳。自己從外面繞到窗口，最後剩下的燈油全倒在床上的艾勒里身上，順便把空塑膠桶丟進去。

艾勒里好像快要醒轉，然而這時點了火的打火機，已經扔到沾滿燈油的床上。火舌的出現與關窗的動作幾乎同時。

他不由得後退身子，閉上眼睛。眼眸中，瘋狂的紅色透明火燄跳躍成漩渦，逐漸擴散……

＊

翌日早上，他像死透了般地沉睡著。

被伯父來電通知事故而吵醒後，聯絡過江南，自己立刻趕到S區。

先到伯父家中，藉口到J海岬探視島的情況借出車子。然後依言到J海岬，把隱藏的小艇和汽油桶放入後車廂。這時人們的注意力全都集中在角島，誰也不會留心J海岬這邊。

回伯父家還車時，順便把橡皮艇放回原位。收拾妥當後，才到港口和江南他們會合……

7

在K大社團會館所舉行的集會一結束，守須恭一獨自匆匆離去。

艾勒里——即松浦純也在不為人知的動機，或精神失常的狀態下，殺害五名同伴後引火自焚……看來，警方的觀點終究會是這樣。今天的集會中雖未找出具體動機，然而艾勒里個人行為及若干特立獨行的小插曲，似乎引起島田組長極大的關心。

總之，事情的發展比預料中來得順利。

用來當作本土行動證明的畫，不需要的兩幅已經處理掉。一切均已辦理妥當，再也不必擔心任何事。是的，再也不必……

全部結束了，守須思忖著。

全部——復仇已告落幕。完全落幕……

終曲

黃昏的海邊，閒寂時分。
夕陽下，映著霞光的波浪遠遠拍擊而來又消退。
他獨自坐在同一處防波堤上，凝視暮色中的海洋。
（千織……）
良久，心中數度輕輕呼喚。
（千織……）
一闔眼，那夜的火焰立即在眼前復甦，那麼鮮活，那麼深刻。巨大的追悼之焰撕裂黑夜飛舞而上，裹住攫獲獵物的十角形陷阱。
她的幻影重疊似地浮現在烈火熊熊之中。呼喚低訴，而她始終垂著眼簾，默默無語。
（——千織？怎麼了？）
火燄越燒越激烈，持續著鮮豔的紅光。倏地，戀人的倩影被鮮紅的漩渦吞沒，逐漸擴散消失。
他安靜地站起。

幾名孩童在水邊嬉戲，他佇立片刻，瞇眼眺覽眼前的光景。

（千織……）

再度輕喚，然而閉目或凝望，她的倩影已不再出現。他胸中滿是失落，無邊的空虛感由心底湧上。

海面載著落日餘暉，即將融入夜色中。不知是否心理作用，波浪似乎不斷竊竊私語。

突然有人拍拍肩膀，他愕然回頭。

「嗨，好久不見。」

一個瘦高個子滿懷笑容，站在他面前說：

「公寓管理員說你常到這個海岸來。」

「哦，是嗎？」

「你好像很沒精神。我在旁邊看了好久，你究竟在想什麼？」

「沒……找我有事嗎？」

「沒什麼大不了的事。」

高個子在站著的他身邊坐下，叼起香菸喃喃說這是今天的一根。

「那件事情已經塵埃落定，警方也好像不再追查。不知你有什麼看法？」

「還有什麼好說，是艾勒里……」

「不，沒那麼簡單。你不覺得其中另有文章嗎？」

（這個人到底想說什麼？）

他沉默地望著海。高個兒男人點了菸，抬頭審視佇立的他的表情，繼而說：

「我以前曾經懷疑阿紅是兇手——事實上，後來閒著沒事時擴大想像的範圍，想到一件有趣的事。所以，今天專程來找你研究。」

（不會吧……難道他注意到了？）

他沒有回答，別過臉避開男人的視線。

（不會有這種事……）

「喂，別那麼無情，聽我說說嘛！不過，我這想法實在離譜，尤其是你，也許會一笑置之。說不定我會因此挨罵，但是，就當是我單純的幻想好了……」

「不要說了。」

他以失去抑揚頓挫的聲音，平淡地說：

「那件事已經結束了，島田。」

然後，轉身背對叫住他的男人，走下孩童們戲耍的沙灘。

他自覺窩囊，心情紊亂不已。

（怎麼會……）

用力甩甩頭，想要驅出心中的動搖。

不可能，絕不可能被識破。即使那想像力旺盛的男人碰巧想到真相，那又如何？沒有任何證據，如今他還能怎麼樣？對不對？……

（對不對？千織。）

問著戀人的幻影，可是沒有回答，甚至連影子也不再出現。

（為什麼？……）

瞬間，不安如海嘯般湧起。濡濕的沙沉沉纏住他的雙腳——

這時，腳邊有樣東西閃閃發亮。

（**這是什麼？**）

蹲下去一看，不由得他表情訝然僵凝。隨後短吁一聲，抽動的嘴角轉為淡淡的苦笑。

是個淺綠色的小玻璃瓶，靜靜躺在波浪沖擊的沙灘上。半埋在沙中的瓶子裡，可以看見幾張摺好的紙片。

（啊……）

他撿起玻璃瓶，回頭看了一下仍坐在防波堤上向這邊望的男人。

（果然是**審判**……）

孩童們結束遊戲，就要回家了。他緊握拾起的玻璃瓶，朝孩童慢慢走去。

「小弟弟！」

他叫住一名男孩。

「拜託你一件事。」

男孩莫名其妙地抬頭看他。他露出無風夜海般沉靜的微笑，把**瓶子**塞在男孩手中，然後說：

「幫我把這個交給那位先生好嗎？」

後記

單行本

筆者自幼便熱愛推理小說，經過小學時期五花八門的「胡亂體驗」後，照例也想仿效一番。中學、高中，以及上了大學之後，任何事都可等閒視之，唯獨對推理小說情有獨鍾，而且相當執著。大學時代參加「推理小說研究社」這個社團，也是基於此點。

大學四年間，成天消磨在推理小說和科幻小說、電影、音樂、麻將當中。理所當然地重修一年後，不知何故又進了研究所——眼見同學、後進陸續由大學、社團，以及推理小說「畢業」，而自己依然繼續寫些「不像大人」的故事，有時難免懷有輕微焦慮或類似內疚的感情。

有朝一日，如果自己創作的孩童般夢想世界能給更多人看……原本只是一個渺茫的念頭，豈料會以此種方式實現。儘管心裡很高興，但老實說，仍然有種未達願望的感覺。對拘泥於「只不過是推理小說」的自己，微覺慚愧……

謹向取閱筆者這本處女作的各位進獻一言。

這本小說是向熱愛推理小說的作者們——尤其是潛在意識中含有（我以為）「不像大人」全部精華的推理小說迷，所寫的一封信。不過，絕對不是漠視掏錢買書的讀者而自以為是的「信」。最近，筆者經常感嘆推理小說的知音難尋，為了避免日後追悔，先在此向難得的知音（特別針對先看「後記」的人）致歉，請原諒筆者大言不慚。故事結尾，各位必會因意外的結局大感驚訝。

最後借用這個篇幅，向協助本作品問世的各方人士表示誠摯的感謝。

數年來，經常設身處地商量建議、多方協助的島田莊司先生；熱心觀閱僅四年前有一面之緣的學生不成熟的短篇作品，並且勉勵有加的連城三紀彥先生；給與直接機會使作品問世的竹本健治先生；冒著風險出版前途未卜的生手冷門作品的及第音樂公司磯田秀人先生、平野優佳小姐、講談社的宇山秀雄先生，以及比任何人都——給與此作品最實質合作的小野不由美女士（真正享受各位讀者對結局所發驚嘆聲的權利歸她所有）……

——寫到這裡，筆者仍低頭鞭策自己貧瘠的腦細胞，構思下一個「欺騙」眼光雪亮讀者大眾的方法。

綾辻行人

一九八七年 夏

文庫版

這部作品的第一稿，是在距今八年前所寫成。當時二十二歲還是大學四年級生的我，事實上，壓根沒想到自己會寫出長久以來渴望的長篇小說，更不覺得自己有這樣的能力完成這個任務。不過，剛好那年我搞壞了身體，幸運地無法參加就職活動，早早就決定留級，於是就乘機開始拚命寫稿子。

那時所取的篇名是〈追悼之島〉加上副標——十角館殺人事件，拿去投某個新人獎。結果，通過第一次預選後就落選了。但是，那是我生平第一次投稿參加新人獎，能通過第一次初選，就已經高興得手舞足蹈。現在，我還小心地收藏著刊載預選結果的那本雜誌。

對於書寫推理小說的熱情，自那以後一直都沒改變過，留級的那一年，當時研究室的助教Ｋ氏勸我考研究所，漸漸我也就朝此方向進行，過了不久，我就認真投入了學術研究活動。想當年……再這麼說下去可就沒完沒了，先就此打住，後來八年前的〈追悼之島〉原稿上，我又加了許多點子，經過數次改稿作業，一九八七年九月把書名改成《殺人十角館》出版。

說來說去，在書本成書之前發生了許多事情，要說到這其中不可欠缺的要素，應該就是我即使繞了一些路，仍舊成為了一名推理作家這個條件吧，想起來真是相當具有真實感。我還真是個幸運的傢伙。

＊＊＊

這次藉由文庫本刊行的機會，我又再重看了一次稿子，真想把過去寫得不好的地方改過來。可能的話，也想過全面改寫，但另外一方面，也有這樣就好了別再改的心情，結果就只更改了客觀上的錯誤以及生理上怎麼樣都忍受不了的幾個地方（即使是這麼說，一校稿上還是滿江紅……）。

本書與講談社的NOVELS版最大的不同點就是「歐璐芝」、「凡斯」、「陸路」改成了「奧希茲」、「范」、「勒胡」吧。這個更動純粹是奇檬子的問題，沒有什麼深刻的意義。敬請原諒。

＊＊＊

第一次看這本文書的讀者，如果能讓您喜歡的話，也請把手伸向綾辻的其他書吧。雖然都是些笨手笨腳、魅力不足的小說，雖然可堪自負之處只有這些都是我殫精竭慮創造出來的。

最後——

關於這本《殺人十角館》，要對我的女朋友獻上謝意。宇野東海女氏——小野不由美小姐。再次跟妳說聲謝謝。

綾辻行人

一九九一年 八月

我的「十角館」

20位日本名家×10位華文名家致敬文

朝霧カフカ

有段時期，我為了何謂「館系列的必然性」而煩惱不已。而且幾乎是當成攸關生死的重大問題嚴肅地煩惱。

當時我正在思考文豪超能力戰鬥漫畫《文豪Stray Dogs》的外傳小說《綾辻行人VS.京極夏彥》的情節。這是冠上兩位老師大名的超能力者鬥智較勁的小說，問題是劇情。這部作品不管怎麼想，都會在初稿階段就請兩位老師過目，顯而易見，沒辦法用「噯，邊寫邊想，總有辦法吧」的心態開始動筆。好了，這麼一來，絕對不可或缺的要素是什麼？

我認為是「必然性」。當然，這是虛構作品，現實中綾辻老師和京極老師才不會上演生死鬥（就我所知應該是沒有）。可是在小說裡，為了讓主角冠上「綾辻」這個名字，我認為必須重現絕對必然會發生的某些光彩奪目的「綾辻性」才行。這令我絞盡腦汁。

然後我得到了結論。那就是「振動」。第一次讀到《十角館》時的那種衝擊，撼動大腦，幾乎把我轟出現實的超振動。這股振動推動了時代。領悟到這一點後，我覺得我已經完成了八成，心滿意足地去睡覺了（附帶一提，隔天起我完全陷入了寫稿地獄）。

我孫子武丸

我加入京大推理研究會，認識綾辻先生，是一九八三年的事。綾辻先生大我兩歲，但我重考了兩年，所以在推理研究會裡，他是大我四屆的學長。

我們住的公寓滿近的，而且都離大學很遠，所以我們開始沒事彼此拜訪，通宵達旦聊推理小說、阿宅話題。我忘了是過了多久的時候，有一次綾辻先生在他的住處給我看了一份整理成好幾冊檔案夾、精心謄寫過的稿件。那正是《殺人十角館》的原型，投稿亂步獎的《追悼之島》。我還沒有讀，就已經大受震撼了。一個只比我大了兩歲的學長，居然完成了一部長篇小說，並且投稿文學獎。相較之下，我一直懷著想要寫長篇小說的心願，卻連一篇短篇都沒有好好完成過。

然後就如同諸位所知道的，那份稿件就是《十角館》（後來雖然大幅增潤過，但主要情節當然不變）。

「原來同樣是學生，也寫得出這樣的作品！」我想就是這樣的衝擊，確實地帶給了我往後創作的能量與衝勁。如果只是模糊地希望，絕對無法成為作家。而《殺人十角館》就是讓我實際跨出那一步的紀念性作品。

有栖川有栖

《殺人十角館》我在發售當天就買來讀完，並以一介推理小說迷的身分大喊快哉：「我就是想讀這樣的作品！」但是與此同時，再也沒有像《十角館》這樣令我讀完後難以釋懷的作品了。也不教難以釋懷，該怎麼形容才好……？

就在讀到《十角館》的幾個月前，我投稿江戶川亂步獎的《月光遊戲》連初審都沒有通過，被退稿了。《十角館》寫的是推理研究會的大學生在前往的孤島上發生連續殺人案，而拙作寫的是推理小說研究會的大學生在前往露營的山上發生連續殺人案（和火山爆發）。

《十角館》以亂步獎之外的其他形式獲得了肯定，出版問世，而拙作卻是全毀沉沒。這是兩部不同的作品，會有不同的結果也是很正常的事，但《十角館》是「新人能夠以這種類型的本格小說出道」的希望之光，還是「我們已經得到綾辻行人這樣的才子了，不需要更多本格的新人了。可別自以為是地投稿本格作品過來啊」，再也無門可入？兩邊的解讀都有可能，令我感到無所適從。

我的處女作問世，是在「十角館衝擊」的一年四個月以後。

《十角館》出版後已經過了三十年。在感慨歲月如梭的同時，我很開心能夠以朋友的身分對綾辻先生說：「恭喜出道三十週年！」

伊坂幸太郎

十五歲到二十歲的年紀，我有一部分是「期待島田莊司的新書而活的人」，每天到書店去查看有無新書推出，是我的例行公事。當然，「島田莊司的新書」不可能出版得多頻繁，那天高中生的我也在松戶或柏的書店小說區晃來晃去，看看平台上有沒有有趣的作品，結果書腰上的文字躍入眼簾：

「綾辻行人這樣的作家難得一見——島田莊司讚不絕口」

這是什麼！我興奮極了。而且還有一句：「世上還有尚未發現的大詭計！」

這是什麼！我期待萬分。

除了《殺人十角館》，還有《殺人水車館》及《殺人迷路館》陳列在一起。我印象很深刻，當時我雖然混亂「是不是出了什麼驚天動地的事？」卻也興奮不已。

我很喜歡小說一開始登場人物的大學生主張「推理是紙上談兵就夠了」、「已經受夠社會派寫實主義了」的部分。可能是因為我對此很有共鳴吧。書裡都已經寫得這麼明白了，卻有人批評「人物描寫不及格」，當我知道這件事時，覺得好像看到「連招牌都不看就走進店裡的人」，總而言之，從那個時候開始，我也成了一個「期待新本格新作品推出而活的人」。

乾胡桃

《殺人十角館》的角色們以黃金時期的作家名字彼此稱呼。阿嘉莎．克莉絲蒂、艾勒里．昆恩、艾瑪．奧希茲、范．達因、愛倫．坡、卡斯頓．勒胡、約翰．狄克森．卡爾。這些人選應該有其意義。比方說，《十角館》整體的劇情來自於阿嘉莎．克莉絲蒂的《一個都不留》；在探討前年發生的青色館四重命案之謎時，使用了艾勒里．昆恩理論首次提出的特殊用詞；待在本土的社員之一自稱安樂椅偵探，而艾瑪．奧希茲的《角落裡的老人》被認為是安樂椅神探的代表作；日本人容易把青色和綠色混淆，因此也可以把范．達因的《格林家殺人事件》與青色館重疊在一起來看；青色館在一年前的命案時毀於祝融，「青色館的倒塌」（あおやしきの崩壊）從字音上也可以硬說成是近似於愛倫．坡的作品《亞夏家的倒塌》（アッシャー家の崩壊）。至於卡斯頓．勒胡和約翰．狄克森．卡爾，因為字數限制，這裡只能割愛。附帶一提，我在讀《殺人十角館》時，因為我是卡爾的粉絲，對於作品中自稱卡爾的學生設定感到不滿（下巴戽斗，個性不合群）。卡爾應該是個更通情達理的紳士才對。還有，那句話當然令我大受震撼。即使說正因為有了這番體驗，後來我才能寫出《愛的成人式》也不為過。《愛的成人式》裡，《十角館》以角色讀到一半的書的形式登場，這當中蘊含了我對這部作品的感謝之意。

恩田陸

那是一九八七年的事。這年三月我大學畢業，成為社會新鮮人，鎮日忙著熟悉工作。可是能夠用自己賺的錢買精裝書，讓我感到很幸福。

我一直很喜歡本格推理小說，長久以來總是納悶這類小說為什麼一直沒有推出新作品？

在我讀大學的時候，NOVELS尺寸（173mm×105mm）的小說蔚為風潮。講談社NOVELS顯然是後來才跟著推出的，給人的印象也很不起眼。然而就在這個書系裡，出現了這本作品。它看起來熠熠生輝，完全就是「眾所期盼的」、「嶄新的」本格推理小說。這本作品為講談社NOVELS這個書系定了調。

我花了一天讀完。太有趣了。「那一行」真正衝擊性十足。

後來過了三十年，我自己也成了小說家；但我已經放棄自己來寫本格推理小說了。我暌違許久地讀了新裝版。「那一行」的衝擊依舊如同當年那般震撼力十足。

這令我由衷地感到開心。往後我也會一直做為綾辻行人「眾所期盼的」、「嶄新的」推理作品的讀者之一，永遠期待下去。

北村薰

對我而言，「新本格」時代的開幕鐘聲是在何時響起的？如果說十年叫做往昔，那麼那就是一個半往昔以前的事了——我曾在別處寫過這樣一段話，自從那之後，又一個十五年過去了。

十五加十五，三十年。時光飛逝。就像唱起懷念的歌曲一樣，我又寫了一樣的話。某個晴朗的週日早晨，我翻開《朝日新聞》週日版的書評欄，專欄上如此宣告：

——充滿詭計與驚奇的推理小說之花，竟一口氣綻放出兩朵！

上面所列舉的作品，是泡坂妻夫老師的《幸福之書》和綾辻先生的《殺人十角館》。

那篇文章驅策了當時已遠離推理小說的我前往書店。

——時代動起來了！

它讓我萌生出這樣的預感。後來我得知那篇匿名書評是東京創元社的戸川先生寫的。聽說他不會介紹自家出版社的書，而這也是命運使然。

我立刻前往附近的出租影片店兼書店。現在那家店也已經成了LAWSON超商。許多事物消失了，但當時「興奮期待」的情緒，我到現在依然記憶猶新。我認為《殺人十角館》是一部往後也能繼續給予新讀者這種本格「興奮期待」的作品。

北山猛邦

我以推理作家的身分出道文壇，過了十五年——剛好是今年迎接三十週年的《殺人十角館》的一半。換句話說，當我做為新人才剛出生的零歲時，《十角館》已經是和我現在一樣的十五歲了……同樣是十五歲，居然如此地天差地遠，真令我愕然。更進一步說，我讀到《十角館》，是出道四年前的事，《十角館》十一歲的時候。十一歲時的《十角館》大哥——不，以印象來說，別說大哥了，感覺更像伯伯——向我展示了神秘的魔術，讓我領悟到推理小說的樂趣。那個夏天……我因為完全被《十角館》所展現的魔法魅住，連續好幾天都關在陰暗的家裡，沉迷於館系列等新本格作品。

當時我實際上是大學一年級生。我在青澀的年歲邂逅了《十角館》，受到的影響之深遠，難以估計。結果後來我順利從講談社 NOVELS 書系出道文壇，在作品文庫化時，選擇了和《十角館》一樣的書背顏色。

總有一天要寫出像《十角館》一樣開創新時代的推理小說——這是我身為推理作家的夢想，以及目標。

辻村深月

如果你可以忘掉讀過的內容，以未讀的狀態，再次閱讀任何一本喜愛的作品，你會選擇哪一本書？

對推理小說愛好者來說，這應該是人人都夢想過的狀況。若被問到這個問題，我想很多人一定會選《殺人十角館》。這麼說的我，其實也是長年來如此回答的人之一。

不過，現在我也會這麼想：如果小學六年級的那一天，我沒有讀到《殺人十角館》，毫無疑問，絕對不會有今天的我。

由於那一次的邂逅，我記住了綾辻先生的名字，讀遍了綾辻先生的每一本作品、他所提到的每一本書和電影。我有太多東西是沒有《十角館》就不會遇到的，然後由於嚮往這樣的世界，我自己也開始動筆寫起小說來，並（擅自）從綾辻先生的名字取了一字，將筆名取為「辻村深月」。總有一天要像《十角館》一樣，在講談社NOVELS書系出版自己的作品，成了我的夢想。

所以這個問題實在惱人。對我來說，回到未曾讀過《十角館》的狀態，就形同是拿過去的我的全部——身為作家、身為辻村深月的身分去交換。

即使如此，我還是有可能拋棄這些全部，選擇再一次體驗那鮮明強烈的讀書體驗。真正是魔鬼的誘惑。這令我渾身顫抖，體認到《十角館》的驚人與可怕。

西澤保彥

對我而言，《殺人十角館》一言以蔽之，應該可以定位為「引導西澤保彥從一個家裡蹲的尼特族變成職業作家的作品」。

第一次讀到講談社 NOVELS 版的經驗，只有「衝擊」兩個字可以形容。它的內容當然深深地震懾了我，但最令我吃驚的是，作者跟我同年，而且生日只差了兩天，這個事實令我徹底驚愕無語。說得誇張點，我甚至難以相信現實中真的會有這種事。不過當然不是在壞的意義上。

過去我一直模糊地想要成為作家，但心中一隅卻早已放棄了希望，也是事實。我認定我不可能靠寫小說養活自己。

但是由於《殺人十角館》的問世，我開始這麼想了：這個作家不是也跟我同年嗎？所以如果我努力一點，或許也有辦法。成為職業作家或許絕不是個不可企及的夢想。

如此不知天高地厚，還請諸位海涵，不過如果那個時候我沒有如此自大的念頭，在《殺人十角館》出版的隔年找到工作的我，後來應該也不可能從事文字創作。

法月綸太郎

恭喜《殺人十角館》出版三十週年。

這種時候應該要說「時間過得真快」，或「三十年一眨眼就過去了」，不過重新回顧一看，這仍是一段漫長的歲月。不只是單純的漫長而已，而是有起有落、有暴風雨有落石，險阻重重，包括對我自身的境遇在內，直令我感嘆不已。

特別是綾辻先生，他身為「新本格第一棒跑者」，總是承受著最劇烈的抨擊風浪，挺身面對。由於風壓太強，他遍體鱗傷，有段時期我也看到他相當難熬的模樣，也因此更無法把這三十年來的沉重就這樣以歡欣的心情帶過。我毋寧是痛感到綾辻行人這名作家實在太了不起了，竟能一路對抗著深沉的惡毒、詛咒及罪業，撐到今天。從這個意義來說，也許本格這具「鎧甲」具有強力的免疫作用。

在迎接三十週年這個值得紀念的一年，唯一令人遺憾的，還是讓《殺人十角館》面世的宇山先生已經不在了。現在的讀者，應該完全無法想像當時的宇山先生做出了如何打破常識的驚世駭俗之舉。但是只要《十角館》不斷地受到世人閱讀，編輯宇山日出臣的業績也將繼續留存在歷史當中——我想要在此特別提起這件事。

初野晴

留名日本推理小說史，在過了三十年後的現在仍持續吸引新的讀者，被許許多多的人徹底討論的作品《殺人十角館》。要撰寫關於它的短文，就像是要從乾毛巾裡擠出水分來——不，就像都過了四十歲，才想尋找長高的方法一樣，令我緊張萬分。

如果單論我個人的經驗，《殺人十角館》是把沉迷於運動社團而疏遠了閱讀的我又重新喚回書本世界的作品。同時它也是我立志成為作家時的教科書。本篇短文的讀者當中如果有人立志成為小說家，希望你們特別留意一點，那就是綾辻行人在這本出道作，就已經擁有自己的「型」了。這個「型」在後來的館系列、耳語系列、深丘尼系列等延續下去。立志成為作家的人，應該要思考自己的「型」是什麼、該如何表現才好。雖然我望塵莫及，但是在投稿的時候都會強烈地意識到這一點。

我喜歡本格推理小說，覺得越本格越好。只要優先事項確實處理好，即使過度膨脹也無所謂——我深愛這樣的自由。《殺人十角館》中大學生的設定和詭計的震撼性固然令人稱道，同時它更是絢爛的設計與樣式美完美融合的逸品。我真的好羨慕接下來才要拿起它的讀者……

東川篤哉

我剛出道不久時，寫了一部長篇叫《館島》，有一座六角形的洋館登場，不過我想借用這裡的篇幅澄清一下，這座館絕對不是模仿《十角館》而寫的。我才不會模仿呢。不，就算我有時候會模仿，但再怎麼樣都不可能模仿《十角館》好嗎？當時還是個無名小卒的我，怎麼有膽去模仿早已是備受讚譽的傑作的綾辻作品呢？——絕對不可能嘛！

不過就算這麼說，人家是十角形，我是六角形，無法否認確實很像。既然如此，那我得要小心點，起碼要避免惹來翻版的批評。我懷著這樣的警惕執筆寫作，但這時候最為困擾的就是館的名字。叫《六角館》的話，感覺會與許多人為敵。可是還有別的名字嗎？對於一座六角形的館，也找不到其他更貼切的名字了吧？經歷一番苦思惡想之後，我決定刻意不為這座館取名。

結果《館島》成了一部關於沒有名字的館的推理小說。這個天外飛來的奇想大獲成功。結果沒有名字的館這樣的設定，在作品中擁有了重要的意義。看來我因為想要寫出和《十角館》不同的作品，結果卻比什麼都更要強烈地意識到《十角館》，而完成了《館島》這部作品。偉大的傑作，總是會不斷地影響著後來的作品。

麻耶雄嵩

《殺人十角館》在我高三的時候出版，但我是個鄉巴佬，一直要到加入京大推理研究會才知道這部作品。我立刻拜讀，大受震撼。我完全中了作者的計，徹底被騙了……但詭計又十足本格，讓人甘拜下風。

現在雖然我也忝列推理作家之一，但當時作家對我來說高不可攀，還會用學生特有的高高在上的心態佩服地想：「不愧是寫書的人，果然不一樣。」當時綾辻先生會在推理研究會的例會後頻繁露臉，為學生表演撲克牌魔術。那時小野女士、法月先生、我孫子先生都尚未出道文壇，因此綾辻先生是我第一個親眼見到的、而且是唯一的作家。

寫出如此精采的推理小說的人，竟如此親切地與一介大學菜鳥交談，令我感激涕零，留下了極深的印象。因此我在出道以後，都要求自己對新生要盡量和善。《殺人十角館》這部作品本身亦是如此，當時綾辻先生的言行，到現在仍是我心中許多方面的典範。

道尾秀介

想像一幅標題為《吃驚》的人物畫。

接著想像一幅標題為《驚愕》的人物畫。

每個人在一生當中，都會有幾個瞬間露出與《驚愕》的人物畫一模一樣的表情來。不過在漫長的人生裡，真的只有寥寥可數的幾次而已。相對地，《吃驚》的表情更要日常許多，比方說只是照鏡子的時候發現鼻子底下掛著一行紅色的液體，就可以看到這樣的表情。

傑出的小說，能夠帶給讀者非日常，而《殺人十角館》就給了我人生當中應該只會出現幾次的這種非日常表情。如今回想，真該叫誰來幫我拍張紀念照的。

皆川博子

三十年前，推理小說遭到寫實主義的枷鎖五花大綁。就像拯救安德洛米達的帕修斯一樣，斬斷這些鎖鏈的第一擊，就是綾辻行人的《殺人十角館》。在遠離日常及社會派寫實主義、現實中似不可能存在的洋館中，與外界的聯繫斷絕的狀態下發生的連環命案、誤導讀者的技巧——這些當時的推理小說幾乎完全失去的「本格推理」遊戲的樂趣，有許多年輕讀者都是透過這部作品才第一次接觸，但它也因此遭到評論家的炮轟，被批評得體無完膚。然而綾辻先生不僅沒有就此萎縮，反而更在第三作《殺人迷路館》中打造出出人意表的館來。我真是開心極了。我對有「新本格之父」之稱的名編輯宇山先生極口稱讚，說這部作品太有趣了。在非系列作的《霧越邸殺人事件》裡，綾辻先生以史無前例的手法成功地寫出融合幻想與理論的本格推理，達成了難如登天的成就，我一樣向宇山先生陳述感想，結果他叫我直接去跟本人說，因此我厚著臉皮寫了感想信。從此以後，不知不覺間，我們成了「京都的 My Son」與「東京的老媽」。恭喜本格推理復興的金字塔《殺人十角館》的愛藏版推出！

老媽

宮內悠介

我應該是在一九九五年，高中的時候第一次讀到《殺人十角館》的。當時的我很喜歡連載中的人氣推理漫畫，社團的朋友便若無其事地把這本作品塞給了我。說到那之前的我，興趣是寫程式和作曲，完全不碰小說。如今回顧，我覺得我是無法接受現今的國語教育，在無意識之中做出了抵制。然而我卻一口氣被吸引了。「原來小說可以這樣描寫人！」這個發現，現在仍做為我的原初體驗刻劃在心中。然後，我的個性是凡事都要親自嘗試一下才甘心，因此立刻打開 Windows 3.1 的記事本，開始寫起被大雪封閉的山莊的小說。當時剛好隔壁班正流行有獎徵答的猜兇手小說，我便帶著我的稿子毛遂自薦。只看過一本小說就寫下的我的作品，水準可想而知（祈禱沒有人記得這件事），但《殺人十角館》就是我的小說創作的原點。它對我的影響之大，如果沒有遇到這本書，我往後的人生應該會截然不同。後來隨著年齡增長，我的興趣也變來變去，但綾辻作品就像伏流一樣，長存在我的心底。我到現在依然深切地感謝能在那個時候遇到這本作品。

宮部美幸

一九八七年九月，我以短篇出道文壇時，《殺人十角館》已經做為話題新書，高高地堆積在書店平台上，一眨眼便成了暢銷書。它看起來既耀眼又令人羨慕，我覺得這位與我同齡的作家實在太遙不可及了。後來我有機會見到綾辻先生本人，發現我們連生日都一樣，與夫人小野不由美女士的生日也只差一天，從此以後，我便私心認定我們是「業界三胞胎」。

即使出版超過三十年，《殺人十角館》這部有如推理小說史紀念碑的作品所綻放的光芒依然絲毫未減。雖然這些年來有起有落，但能夠一同笑著迎接三十週年，我真的很開心。乾杯！

山口雅也

愛藏版祝賀信，直到《殺人百角館》問世——

恭喜《殺人十角館》愛藏版出版。

綾辻先生的《十角館》付梓的一九八七年，我也推出了遊戲書《第十三位名偵探》，由此算來，身為作家，我們算是「新本格」的同屆同窗呢。如此一想，這份感慨真是感同身受。

當時我讀到《十角館》，把自己和登場人物重疊在一起，感到莫名地懷念：「啊，我還在唸書的時候，也是這樣呢。」

我最喜歡館類推理小說的世界觀了。畢竟我小學的時候，最愛的江戶川亂步作品就是《三角館的恐怖》（雖然這其實是羅傑．斯卡萊特（Roger Scarlett）的作品改寫）。年幼的時候，我也曾夢想自己或許至少寫得出《三腳館的恐怖》之類的作品來（現在還來得及預約入住吧？）。

你和我所敬愛的神聖恐怖皇帝——達利歐．阿基多（Dario Argento）都將廣義的館類作品（？）揮灑自如，我想電玩「惡靈古堡」應該也可以算是一種館類作品，但我深切地期盼綾辻先生能夠做為館類推理小說的大頭目，一路寫到《百角館的殺人》。

順頌時綏。

米澤穗信

我聽說《殺人十角館》對於追求松本清張口中「鬼屋」的推理小說、並哀嘆沒有新血的愛好家們來說，真正是久旱甘霖。

之所以用「聽說」，是因為我開始讀推理小說時，綾辻行人已經活躍於文壇了。更正確地說，是因為我正是從《殺人十角館》開始接觸推理小說的。奧希茲？好奇怪的名字。守須？從沒聽說過這種姓氏，這是哪個地區的姓氏啊？——雖然我無知到對無關緊要的細節疑問連連，但還是沉迷其中，隔天便帶著少得可憐的零用錢，跑去買下了續集。我喜歡中村青司，追逐著他的影子，巡遍了九座館，在這段期間，從未對推理小說感到飢渴。我理所當然地享受著這難能可貴的恩惠，說來真是太奢侈了。

長大以後再次重讀，除了驚訝原來這是一部如此大膽的推理小說，對自己的毫無所覺傻眼之外，同時也忍不住想正襟危坐，敬佩這部名作當然是如此令人讚嘆。對我而言，《殺人十角館》是出發點、是路標，更重要的是，即使現在拿起它來，仍會感受到淡淡的欣喜，就是這樣的一本作品。

文善

對推理作家來說，發生在暴風雨山莊中的連續殺人事件，有種難以言喻的魔力，總是想要挑戰一下。然而對讀者來說，這種套路卻是熟口熟面，正是所謂「本格已死」。

不，這不是近期的討論，而是三十年前。

我讀《殺人十角館》時還未開始創作，我不會忘記在真相大白的一刻，那頭皮發麻、背脊發涼，呆了數秒才回過神來的驚嚇。然而成為推理作者後，書中收錄的綾辻行人老師寫給台灣讀者的話，才更讓我頭皮發麻。那時他寫道，希望在歐美已經看不見解謎小說的時代，為讀者帶來代表「智慧之旅」趣味的作品。在社會派和懸疑小說興盛的年代，《殺人十角館》以嶄新的「裝置」，開創了新本格盛世。而後來他更接連出版了「館系列」的作品，雖然明知要提防，但我還是一次又一次地被推陳出新的伎倆騙倒。頭皮發麻的驚奇漸漸加上感動的讚嘆，享受解謎樂趣之餘，還有對綾辻行人老師對本格血脈的堅持由衷地佩服。

在《殺人十角館》面世三十年後的今天，大家仍是在討論「本格已死」。也許，環境並沒有改變，變的是創作者中，有誰有綾辻行人般，那屬於喜愛惡作劇的孩子的淘氣，但同時還有那毋忘初心、堅持所愛的匠人氣概。

余小芳

對作者的第一印象源自學生時代推理週的書展，因好奇翻閱學姐大力推薦的《眼球特別料理》，徹底體驗怪奇和恐怖引發的毛骨悚然。翻讀《殺人十角館》後更大感懾服，脫胎自《一個都不留》的故事原型，敘事樸實平穩、邏輯之美純粹，展現推理迷的熱情及推研社的創作之夢。二〇〇六年作者訪台，頭戴墨鏡、黑帽，身著黑西裝、襯衫及鮮紅色球鞋的特殊風格，至今深印腦海。那時將作者親簽的磚頭書《殺人暗黑館》借閱給學弟，不幸泅泳於礦泉水中，後來轉手借給學妹，書籍一直在外旅行著。

「館系列」、「殺人方程式系列」、「耳語系列」、《推理大師的惡夢》、《童謠的死亡預言》等非系列作、「殺人鬼系列」、「深泥丘醫院」等，風華了我的學生年代。拜博客來推理館的嚴選書機緣所賜，《最後的記憶》在移動的交通工具上拜讀。而《Another》體現作者已然練就的筆力，是融合恐怖和推理的顛峰神作，任職之處的執行長，甚至因為我將此書借予她而廢寢忘餐。

推理小說乘載著生活的記憶，綾辻行人的作品儼然成為我人生序列回憶組成的一部分。即便時光遠走，而今擔任社團指導老師，不減當年的是對推理小說的喜愛，以及標誌著出身於大學推研社的曾經青春和狂熱。《殺人十角館》三十週年紀念版，於推理史或我個人的閱讀史，皆具備里程碑的意義。

杜鵑窩人

如果說島田莊司是台灣最有影響力的日本推理作家，東野圭吾是台灣銷量最佳的日本推理作家，應該都沒有太多的異議。但是我心目中影響台灣推理界最大的日本推理作家則是綾辻行人！在一九八八年，台灣的日本推理在松本清張、西村京太郎和赤川次郎的作品充斥之下，台灣翻譯的日本推理書市已經飽和也可以說讀者已經膩了。台灣的讀者當然知道日本推理界正掀起「新本格」的浪潮，但是大部分的讀者沒有閱讀日文原本的能力，所以只好望洋興嘆。還好當時皇冠出版社出版了《奪命十角館》！無疑地，這本書在當時對台灣的日本推理小說閱讀和台灣本土創作投下了一顆震撼彈！

一九八八年前後剛好是台灣推理本土創作在林佛兒的《推理》雜誌鼓吹起的那一股風潮，已經無力再續而後漸趨沒落的時候，可謂舊力已盡卻新力未生。畢竟612圖書大限已經限制了各類型歐美推理小說的引進，而同時太多相同類型的日本推理小說也餵飽了讀者，台灣推理本土創作沒有學習模仿的新花樣也是必然之事。這個時候，綾辻行人的《奪命十角館》橫空出世，讓有心的台灣推理本土創作者像被雷打到一般地震撼，原來推理小說還有新花樣。我至少聽過藍霄、既晴、冷言和哲儀對我表達這本書對他們的影響，所以，你能忽視這本書嗎？

既晴

多年前，台灣推理迷之間曾經流行過一種說法——要證明你是個「推理魔」，請從你的書架上拿出一本《奪命十角館》……對，這是《殺人十角館》的舊譯名。而且，還得是皇冠「日本金榜名著」的版本。這種說法還有其他變形，不過，我最喜歡這一個。

原因無他。綾辻在京都大學讀書時，參加了推理小說研究社，才寫下這本《殺人十角館》。故事設定，剛好與他的校園生活相互呼應，因此，亦可視為作者的青春印記。我讀這本書，也是在大學時期，不難想像，它給我的衝擊有多大。這不單是閱讀視野的拓展、創作概念的啟發，甚至更多的，是關於人生定位的思索。

是的。不談推理架構、詭計布局，在綾辻行人的作品中，談的總是「自我的存在」。透過封閉空間、怪奇屋宅，以及對謎團充滿執念的一群人，「館系列」建構出一套簡單俐落、精巧扼要的世界觀，彷彿舞台劇般的演出形式，將時間、空間做了極致壓縮的凝鍊，迫使我們不得不正視自身的心理幽魅、探究潛意識中那深不見底的闇黑。

三十年後，《殺人十角館》的洞見依然銳利。回歸新本格浪潮的歷史原點，在緻密的智力遊戲、純粹的解謎樂趣裡，尋求超越寫實框架、擺脫社會咒縛的人性善惡之隙，在見識過當代推理小說發展百花齊放後的今日，正是最好的時刻。

陳栢青

「德川家康」真的讓我們家康嗎？「久石讓」夠久嗎？「小室哲哉」裡都隔成小室了吧？住在「夏目漱石」裡便是「少爺」了嗎？無數日本人名作大樓名，半世紀以來台灣的建案與命名的關係全像《殺人十角館》寫的：原來我們全用別人的名字待在一座小島上。在台北生活像活在「館系列」裡，你瞧租屋總是一戶再自己隔出九間，看小說附錄平面圖也猜不出哪裡有密室暗門，裡頭的房客不是房客，房東不是真的房東，出了事才知房客是冒名，大房東是二房東，二房東其實是三房東，若不是有多重人格便是搞人稱交換。還有裡頭東西其實都壞了等你入住才發現契約上有註明需要賠償，原來是預先寫好了未來情節誘騙你來實踐……在台北的日子不過活在綾辻行人的小說裡，摺疊、隔壁、重疊、錯位、幻影布幕，整座台北就是殺人東京館。我最想要搬到小說家筆下「館」的隔壁，什麼館都好，如果，如果館裡發生什麼，附近的房價就要下跌了吧。那時我們就真能住得起一個地方。要我說，下一任市長真該選中村青司，換過許許多多地方，生活裡已經沒有哪裡可以去了，而我心裡還有個地方空著並總是住著綾辻行人。

陳浩基

二〇一一年，受島田莊司老師之邀，我有幸到東京參觀鮎川哲也賞頒獎典禮。宴會上著名推理作家雲集，平日只出現在我書架上的名字一一在我眼前把酒言歡，教當年我這個文壇菜鳥大開眼界。雖然我渴望跟他們拍照，但我不敢冒昧提出請求，害怕在這種「大場面」過於失禮——只是，當我遇上某位老師時，理智被欲望壓倒，我厚著臉皮請對方跟我合照留念（對方親切地答應）。他便是綾辻行人老師。

對我來說，綾辻老師的《殺人十角館》不只是一部推理小說，更是一面區隔了兩個時代的里程碑，令讀者重新了解以詭計為主軸、以跟讀者鬥智的傳統推理小說的驚人魅力。《十角館》最厲害之處，在於它「承先啟後」的特點：作者用上一個經典的偵探小說構圖——孤島、預告謀殺、一個都不留，乍看是一部單純向前人致敬的作品，卻以另一種手段去拆解和重組這道詭計，注入全新的生命力。推理小說一向有特定規範，無論在敘事方式、角色塑造、布局結構等等都有一定套路，推理作者們習慣在這些規範中努力找尋創意和盲點；然而《十角館》教導了我們如何在「保存既有觀念」之下「打破既有概念」，堪稱劃時代的推理寫作教材。對華文推理作家而言，這是非讀不可之傑作。

張亦絢

印象中，我想我不曾錯過館系列的任何一本。只要拿起「館」，馬上可以津津有味地讀下去。每每讀完之後，彷彿從喜愛的咖啡店離開般，令我感到悵然若失。

至於像《Another》，也曾令我興起要評析的好感，我在《晚間娛樂：推理不必入門書》中，提到過《殺人時計館》與《童謠的死亡預言》——後者使我對童謠運動產生莫大的興趣——能令讀者對事物產生多種好奇一事，綾辻行人像沒那麼文謅謅的卜洛克，但感染力不相上下。《殺人十角館》也令我印象深刻——「啊！那本！」——結局令人驚訝的元素，我曾在歐美的推理中讀過，但處理得並不好，我被嚇完後，就決意忘掉了；同樣元素到了綾辻行人的「那瞬間」，則被我歸檔為珍藏的「難忘類」——我喜歡綾辻行人，喜歡他不過火的幽默感之外，還因為我覺得他是一個了解「悲傷」的作者，他並不利用它來淹沒你，也不用它來狂添炫技與奢華感——而是讓你點點頭道：沒錯，真是這樣。這種分寸地拿捏，是我願意親近的一種素心。

「因為社會（派），所以才要更本格」——是我特別關心的推理路線——綾辻行人就是曾經啟發我這個想法的作者之一。閱讀他，作品不是唯一焦點，總還會延伸出對推理史的思索，因此，我十分樂意帶著愉快的心情推薦：他既適合初階的推理迷品嘗，也值得進階的推理迷反芻。

張渝歌

這世上有很多事物，剛誕生的時候帶來懷疑和恐懼，卻在不被看好的情況下，漸漸影響歷史的走向。一九〇二年，「熱力學之父」克耳文勳爵如此論斷：「熱氣球和飛機將永遠不會在實用層面上成功。」隔年，萊特兄弟的飛行器成功在空中飛了五十九秒，飛行紀錄為二百五十九點七公尺，而且是可自由控制的穩定飛行。

《殺人十角館》在日本推理小說史上，可說是如同飛機的誕生。本格派源於江戶川亂步，但在松本清張橫空出世後，這個注重公平性與邏輯推理的文類便漸漸式微，直到一九八七年《殺人十角館》出版，本格推理才復興起來，影響了無數後輩作家。

回想起來，甫讀完《殺人十角館》，確實有點像第一次乘坐飛機的心情：忐忑不安，又驚懼不已。不安的是，一時間難以接受這種利用「本格推理敘事傳統」所設計出來的詭計，但這種前所未見的嶄新手法，卻帶來久久無法平復的震撼。也難怪三十年前出版時造成那麼大的轟動。

其後，我開始嘗試長篇小說創作，某部分就是想要效法《殺人十角館》的創新精神。每天深夜，我躺在學校宿舍的木板床上，苦思離奇的詭計：看似無破綻的鋼管、造型特異的衣櫃，以及最重要的，難以預料的結局。

看到有人能背著沉重的本格包袱翱翔天際，我就也想跟著動動翅膀。

游善鈞

那時還不知道自己未來會寫起推理小說。時近夏日的熱炎午後，後背黏答答的——決定蹺課。晃進咖啡館前拐到圖書館借幾本書好度過這段悶煩時光。塞進落地窗邊的單人沙發椅，烏陰天空降下大雨。轟隆震耳的雷陣雨。向服務生點了一杯有拉花的熱拿鐵。當然，還有一塊巧克力派。忘了是怎麼決定先讀這本書。或許是黯淡昏晦的光線。或許是那天溫度特別低的空調。或許是外頭唰唰唰唰線條粗黑如繩的雨水。還有比這更適合閱讀一本推理小說的氛圍嗎？

很快掉進去——孤島。暴風雨。奇特的建築。精巧的謊言。感覺窗外激起的水流漩渦般一圈圈匯聚過來。對於畢業在即卻一點都不想考公務員、不想和周遭同學一樣進入銀行證券業的自己來說——這樣的情境格外能引起共鳴。

時間就這樣過去。在另一個人搭建而起的世界度過一段時光，原來是如此幸福的事。就算裡頭有死者、有兇手。甚至很多時候，充滿憤怒、悲傷、懊悔和遺憾……但那是一個自給自足的、完整的世界。一個可以讓無數在現實生活中毫無交集的讀者在某個瞬間彼此產生如雨絲連結大地天空般的微妙聯繫。

浮在咖啡表層的拉花暈糊開來。點綴巧克力派的碎粒堅果切面映著輝芒。也許心底隱隱約約知道未來會寫起推理小說。

寵物先生

猶記得上大學那年暑假，讀了《殺人十角館》便一頭栽進推理小說的世界，書中對角色們的描寫，是個會以作家之名稱呼彼此，相當怪異的團體生態，卻也使我對大學推理社團有特殊的想像（後來入社才知道完全不是那麼回事）。書末提及作者綾辻行人與大前輩島田莊司的相遇，也開啟我對「創作」這件事的嚮往，直至兩人先後來台灣演講、分享自己的心路歷程，當時在台下的我，那股青春的回憶一下又湧了上來。

台灣早期推理沙漠的年代，本書一直在老書迷的共同回憶裡占有重要地位，內文平實易讀、詭計機巧的特點，也讓不少文筆生澀、腦中卻有千萬點子的新銳作家們（包括我自己）躍躍欲試，紛紛投下創作種子。它不僅是「新本格」的開山作，引領日本一票作家致力於古典推理的復興，對台灣推理創作新勢力的誕生、發展亦功不可沒。

簡單的角色與大學社團設定、孤島連續殺人的經典安排、對《一個都不留》致敬的詭譎氛圍，最後是令人驚愕的真相。不複雜、也不高深，卻能喚醒你我心中的本格推理魂，想寫故事的朋友，本書會激發你「有為者亦若是」的創作熱情；想研究日本推理的朋友，本書所呈現的某種寫作風格，也是讓你一窺「新本格」堂奧的入門磚。

謎人俱樂部

歡迎加入**謎人俱樂部**！為了感謝您對皇冠出版的推理、驚悚小說的支持，我們特別規劃推出讀者回饋活動，您只要按照規定數量蒐集每本書書封後摺口上的印花（影印無效），貼在書內所附的專用兌換回函卡上，並詳填個人資料後寄回，便可免費兌換謎人俱樂部的專屬贈品！詳細辦法請參見【謎人俱樂部】活動官網。

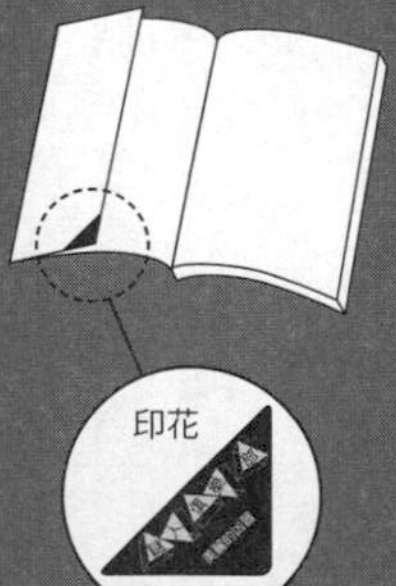

【謎人俱樂部】臉書粉絲團
www.facebook.com/mimibearclub

☐集滿4個印花贈品（二款任選其一）：

A：【推理謎】LOGO皮質燙銀典藏書套一個
（黑色，25開本適用，限量1000個）

B：【推理謎】吉祥物『獨角獸』圖案皮質燙金典藏書套一個
（咖啡色，25開本適用，限量1000個）

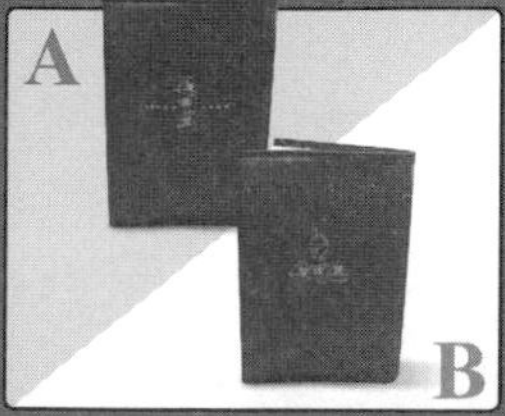

☐集滿8個印花贈品（二款任選其一）：

C：【推理謎】LOGO皮質燙金證件名片夾一個
（紅色，11.5cm x 8.6cm，限量500個）

D：【推理謎】吉祥物『獨角獸』圖案環保購物袋一個
（米色，不織布材質，41.5cm x 38.6cm，限量1000個）

☐集滿12個印花贈品（二款任選其一）：

E：【推理謎】LOGO不鏽鋼繩鑰匙圈一個
（限量500個）

F：【推理謎】吉祥物『獨角獸』圖案馬克杯一個
（白色，320cc容量，限量500個）

**謎人俱樂部會不定期推出最新限量贈品提供兌換，
請密切注意活動官網和粉絲專頁。**

【注意事項】
◎本活動僅限台灣地區讀者參加。
◎贈品兌換期限自即日起至2025年12月31日止（以郵戳為憑）。
◎贈品圖片僅供參考，所有贈品應以實物為準。
◎所有贈品數量有限，送完為止。如讀者欲兌換的贈品已送完，皇冠文化集團有權直接改換其他贈品，不另徵求同意和通知。贈品存量將定期在【謎人俱樂部】活動官網上公佈，請讀者在兌換前先行查閱或直接致電：（02）27168888分機114、303讀者服務部確認。
◎皇冠文化集團保留修改或取消謎人俱樂部活動辦法的權利。辦法如有更動，將隨時在【謎人俱樂部】活動官網上公佈。

國家圖書館出版品預行編目資料

殺人十角館【30週年紀念愛藏版】/ 綾辻行人著；洪韶英、王華懋譯. -- 初版. -- 臺北市：皇冠, 2018.9　面；公分. --（皇冠叢書；第4715種）(殺人館系列；1）

譯自：十角館の殺人 限定愛藏版
ISBN 978-957-33-3397-5 (平裝)

861.57　　107013375

皇冠叢書第4715種
殺人館系列 1

殺人十角館

【30週年紀念愛藏版】

十角館の殺人 限定愛藏版

作　者—綾辻行人
譯　者—洪韶英、王華懋
發 行 人—平 雲
出版發行—皇冠文化出版有限公司
台北市敦化北路120巷50號
電話◎02-27168888
郵撥帳號◎15261516號
皇冠出版社(香港)有限公司
香港銅鑼灣道180號百樂商業中心
19字樓1903室
電話◎2529-1778　傳真◎2527-0904
總 編 輯—許婷婷
責任編輯—蔡維鋼
美術設計—王瓊瑤
著作完成日期—2017年
二版一刷日期—2018年9月
二版三刷日期—2024年4月
法律顧問—王惠光律師
有著作權・翻印必究
如有破損或裝訂錯誤，請寄回本社更換
讀者服務傳真專線◎02-27150507
電腦編號◎031201
ISBN◎978-957-33-3397-5
Printed in Taiwan
本書特價◎新台幣399元/港幣134元

謎人俱樂部贈品兌換卡

我要選擇以下贈品（須符合印花數量）：☐A ☐B ☐C ☐D ☐E ☐F

1	2	3	4
5	6	7	8
9	10	11	12

【個人資料蒐集、利用及處理同意條款】

您所填寫的個人資料，依個人資料保護法之規定，皇冠文化集團將對您的個人資料予以保密，並採取必要之安全措施以免資料外洩。您對於您的個人資料可隨時查詢、補充、更正，並得要求將您的個人資料刪除或停止使用。

本人同意皇冠文化集團得使用以下本人之個人資料建立該集團旗下各事業單位之讀者資料庫，做為寄送出版或活動相關資訊、相關廣告，以及與本人連繫之用。本人並同意皇冠文化集團可依據本人之個人資料做成讀者統計資料，在不涉及揭露本人之個人資料下，皇冠文化集團可就該統計資料進行合法地使用以及公布。

☐同意　☐不同意

我的基本資料

姓名：＿＿＿＿＿＿＿＿

出生：＿＿＿＿年＿＿＿＿月＿＿＿＿日　性別：☐男 ☐女

職業：☐學生 ☐軍公教 ☐工 ☐商 ☐服務業

☐家管 ☐自由業 ☐其他＿＿＿＿＿＿＿＿

地址：☐☐☐☐☐＿＿＿＿＿＿＿＿

電話：（家）＿＿＿＿＿＿＿＿（公司）＿＿＿＿＿＿＿＿

手機：＿＿＿＿＿＿＿＿

e-mail：＿＿＿＿＿＿＿＿

我對【綾辻行人「殺人館」系列】的建議：

寄件人：

地址：□□□□□

北區郵政管理局登

記證北台字1648號

免 貼 郵 票

〔限國內讀者使用〕

105020

台北市敦化北路120巷50號

皇冠文化出版有限公司　收